アメリカ文学と「アメリカ」

依藤道夫
齊藤　昇
谷　佐保子
竹島達也
花田　愛

鼎書房

目　次

はじめに ………………………………………………………………… 7

第1部　ニューヨークと現代アメリカ演劇

（竹島達也）

第1章　Greater New York の光と影 ………………………… 10
1．ニューヨークと現代アメリカ演劇・10
2．現代アメリカ演劇の創成とオニール・11
3．『毛猿』——表現主義と「古代および現代人の喜劇」・12
4．エルマー・ライス——ニューヨーカーの劇作家のパイオニア・16
5．『地下鉄』——Greater New York と現代人の悲哀・17
6．『街の風景』——スラム街の移民たちの声・20

第2章　アメリカの悪夢とアメリカの孤独 ………………………… 27
1．『ウィリー・ローマンの頭の中』・27
2．アーサー・ミラーとニューヨーク・29
3．『セールスマンの死』
　　——アメリカの成功神話と農本主義的価値観との相克・30
4．アメリカに「逆輸入」された『動物園物語』・35
5．不条理演劇のパイオニアとしての『動物園物語』・36
6．大都会の孤独と絶望・39

第3章　都市文明の破綻と記憶の中のニューヨーク ………… 46
1．「喜劇王」ニール・サイモン・46
2．『二番街の囚人』——ニューヨークの没落と再生・47
3．サイモンの自伝劇、BB 三部作・52
4．『ブライトン・ビーチの思い出』——ユダヤ系アメリカ人のユートピア・53
5．『ブロードウェイを目指して』
　　——ブライトン・ビーチと母親への「ラヴ・レター」・58

第2部　テネシー・ウィリアムズが抱く南部への愛憎

〈谷　佐保子〉

第4章　「南部美女のたどる道」── 1940 年代の作品から………… 68
1. テネシー・ウィリアムズの生い立ちと南部・68
2. 『ガラスの動物園』──南部美女の自尊心が子どもを追い詰める・72
3. 『欲望という名の電車』──暴かれた南部美女の二面性・76
4. 『夏と煙』──ピューリタニズムのもたらした自己分裂・79

第5章　「性と暴力」── 1950 年代の作品から ……………………… 83
1. 1950 年代のウィリアムズ劇・83
2. 『バラの刺青』──シチリア系移民の解放された性・83
3. 『やけたトタン屋根の上の猫』──南部の大農園主一家にまつわる内情・85
4. 『地獄のオルフェウス』──南部田舎町における異端者へのリンチ・88
5. 『青春の美しい小鳥』──白人男性の性的嫉妬が生み出す去勢・91
6. 『この夏突然に』──同性愛を排除するキャニバリズムとロボトミー・94

第6章　「追憶劇と同性愛」──後期の作品から ………………… 97
1. 後期のウィリアムズ劇・97
2. 『小船注意報』と『クレヴ・クールの素晴らしい日曜日』
　　──現実との妥協・97
3. 『ヴィユ・カレ』と『曇ったり、晴れたり』
　　──同性愛者ウィリアムズのたどった道・99

第3部　アメリカ古典文学の文豪たちを読む

〈齊藤　昇〉

第7章　神話伝説の世界──ワシントン・アーヴィング文学とフォークロア… 104
1. はじめに・104
2. ニューヨーク文人誕生、そしてイギリスへ・104
3. 短編集『スケッチ・ブック』の評価・110
4. アーヴィング文学の源泉・111

第8章　文豪の憩う風景
　　　　──ホーソーンのセイラム、コンコード、そしてイギリス… 118
1. はじめに・118

2．故郷セイラム・119
　3．コンコードの風景・122
　4．イギリスに渡ったホーソーン・125

第9章　アメリカ短編小説の名匠
　　　　──O・ヘンリーの波瀾万丈の人生を辿って ……………… 130
　1．はじめに・130
　2．出生から少年期まで・131
　3．教育環境・132
　4．テキサスに出て・135
　5．結　婚・137
　6．新聞の発行・139
　7．逃亡と裁判・142
　8．社会復帰に向けて・146
　9．ニューヨークに進出・149

第4部　時代表象のための〈場所〉
　　　──ドス・パソス、コールドウェル、ケルアック──

（花田　愛）

第10章　近代化への警鐘──ドス・パソスの描くニューヨーク……… 156
　1．20年代ニューヨーク・156
　2．乗換え地点としての〈ニューヨーク〉・158
　3．キュービズムの美学と政治学・160
　4．ドス・パソスのピカソとの出会い・164
　5．ドス・パソスのニューヨーク観・168

第11章　コールドウェルと30年代
　　　　──『タバコ・ロード』に浮かび上がるグロテスクな南部…… 174
　1．南部人コールドウェル・174
　2．30年代南部・178
　3．重層化するグロテスクな描写・181
　4．ユーモラスか、グロテスクか・186

第12章　帰属することへの抵抗
　　　　──サル・パラダイスの放浪とケルアックのボヘミアニズム……… 191

1．移動をめぐるイデオロギー・191
　　2．サル・パラダイスの移動・195
　　3．ボヘミアニズム・202
　　4．特定の地域への帰属を拒むボヘミアニズムへの傾倒・205

第5部　フォークナーとアメリカ南部

（依藤道夫）

第13章　フォークナーと南部貴族 …………………………… 210
　　1．フォークナーにおけるアメリカ南部の"家族"・210
　　2．「エミリーのバラ」──フォークナーの求めたもの・217

第14章　フォークナーと南部精神──『墓場への侵入者』を通して … 223
　　1．『墓場への侵入者』・223
　　2．フォークナーの人種観・232

第15章　フォークナーと南部の歴史及び自然 ………………… 238
　　1．フォークナーと南北戦争・238
　　2．フォークナーと自然・244

あ と が き……………………………………………………… 255

表紙：*Great American Authors*
　　　（Randy Green 作、White Mountain Puzzles 発行）より転載。

はじめに

　本書、『アメリカ文学と「アメリカ」』は、アメリカ文学が草創期以来本質的に備えている活力や多様性を、アメリカ合衆国の大きな特徴の一つである、それぞれの地域が持つ独特な風土や文化・歴史を重視しつつ、各執筆者が自分の専門領域とする作家や作品に焦点を当てて論じたものである。本書の基本的な方針としては、アメリカ文学についての専門書であるばかりではなく、アメリカ文学やアメリカ合衆国に関心がある一般の方や学生たちが更にその興味や教養の地平を広げるための橋渡し的な図書になることも目標としている。本書の内容は、大別すると、ジャンル的にはアメリカ小説と演劇、対象となる地域としては、アメリカ文学の「舞台」として非常に重要な意味を持つ東部（ニューヨークやニューイングランド）と南部を中心的に取り上げている。なお、配列については、東部と南部についての論考を交互に組み合わせ、読者の多様な興味を喚起するように配慮した。

　第1部「ニューヨークと現代アメリカ演劇」においては、アメリカの繁栄の光と影を象徴する巨大都市ニューヨークの文化・社会・歴史の諸相を投影している劇作品を系統的に取り上げ、それぞれの劇作家によって変化する作品の本質や魅力がニューヨークとの相関関係の下に論じられている。第2部「テネシー・ウィリアムズが抱く南部への愛憎」では、ウィリアムズの生い立ち、家族関係、実社会との関わりから生じるアメリカの中の「異国」南部に対する愛憎が、劇作品の中にどのように投影されているかについて、時代を区切って詳しく述べられている。

　第3部「アメリカ古典文学の文豪たちを読む」においては、旅先で収集したフォークロア、神話や伝説から独自の創作世界を作り上げたワシントン・アーヴィング文学の魅力が論じられており、また、ナサニエル・ホーソーンの作家としての軌跡が、自らの文学活動の拠点となったマサチューセッツ州のセイラムやコンコードなどの歴史的な風景を絡めて描かれている。更に、全米各地を転々としたO・ヘンリーの知られざる波乱万丈の生涯が詳述されている。

　第4部「時代表象のための〈場所〉」においては、ドス・パソスのニュー

ヨークを舞台にした代表作と〈キュービズム〉的な絵画技法との関係が分析され、アースキン・コールドウェルが描く世界大恐慌期のグロテスクなアメリカ南部、更には、〈移動〉という空間性やスタイルが効果を発揮するビート作家ジャック・ケルアックの世界が論じられている。第5部「フォークナーとアメリカ南部」では、アメリカ深南部ミシシッピーの大地の子たるウィリアム・フォークナーの文学世界が、彼の主テーマたる家族（南部旧家）についてその没落の過程を踏まえて論じられ、次いで、後期の作品を通じて彼の南部観や人種観が考察されている。最後に、フォークナー文学の源泉に欠かせない南北戦争や先祖、それに同文学の背景を成すミシシッピーの自然について論じられている。

　本書のタイトルのアメリカにかぎ括弧（「　」）が付いているのは、各執筆者のアメリカ文学やアメリカ合衆国に対する、アプローチの仕方や方法論、更にはその基本的な認識や想いにおける独自性を重視し、それぞれが構築した個々人の異なったアメリカ像を意味したいという願いからである。そのため、各章の形式的な体裁や取り扱うアメリカの地域上のバランスについては、出来るだけ統一するように心掛けたが、内容的な面については、執筆者各自の個性を尊重する方針を取っている。その結果として、本書の内容の面での首尾一貫性や統一にはやや欠ける面があることは否定できないが、その多様性が、多面的でダイナミズムあふれるアメリカ文学の理解の一助になってくれることを願うものである。

　最後に、出版の機会を下さった、東京情報大学教授三瓶眞弘氏と鼎書房の加曽利達孝氏に深く感謝申し上げます。

2007年3月
竹　島　達　也

第 1 部

ニューヨークと現代アメリカ演劇

竹 島 達 也

第1章　Greater New York の光と影

1．ニューヨークと現代アメリカ演劇

　ニューヨークと現代アメリカ演劇との関係は、アメリカ合衆国はもとより世界の演劇文化の中心の一つでもあり、不夜城（Great White Way）の異名を持つ、ブロードウェイ（Broadway、マンハッタンの、南北は41丁目から54丁目まで、東西は6番街から8番街までの劇場街）の存在によって非常に密接なものになっているのは誰もが認めるところであろう。アメリカ演劇とは、戯曲であろうと、ミュージカルであろうと、多くの場合、ニューヨークで上演される演劇のことを意味しており、他の地域で上演された劇作品も、何らかの点で注目されれば、ニューヨークでも上演されることが多い。その劇作品の集客力を見込めれば、1,000人程度も収容できる大規模な劇場が林立し、かなり商業化されたブロードウェイで上演される。まだ注目される前の劇作品や文学的あるいは芸術的な内容を重視した作品は、ブロードウェイから地理的にも外れ、劇場規模もブロードウィと比較すると小さいオフ・ブロードウェイ（Off-Broadway）の劇場で上演される。更に、実験的・前衛的な性質の強い劇作品などは、小規模な劇場ばかりではなく、教会やカフェ、倉庫など本来は劇場ではない建物を利用して上演され、そのような活動の場は、オフ・オフ・ブロードウェイ（Off-Off Broadway）と呼ばれている。いずれにしても、アメリカ演劇は、ブロードウェイというマンハッタンの劇場街をベースにして捉えられる傾向が強く、ニューヨークがその活動拠点の中心であることは異論のないところである。

　第1章から第3章においては、このようにニューヨークと非常に関連の深いアメリカ演劇の世界を通じて、アメリカ文学とニューヨークというテーマについて論じてゆく。具体的には、後にノーベル文学賞を受賞することになるユージーン・オニール（Eugene O'Neill, 1888-1953）登場以後の20世紀のアメリカ演劇の作品（戯曲）の中でニューヨークを本格的に取り上げたものを出

来るだけ系統立てて分析してゆく。劇作家といった創造的な感性を持った芸術家がどのように20世紀を代表する巨大都市ニューヨークを表現してきたかについて、各劇作品の本質に触れ、その文化的あるいは歴史的な諸相を重視しつつ探究してゆきたい。

2. 現代アメリカ演劇の創成とオニール

1915年以前のアメリカ演劇は、ビジネスとしては安定していたが、人気俳優を売り物にするスター・システムを基盤にした、娯楽性の強いミュージカルやコメディーがその主流を占めていた。国外の劇作品の上演も多く、アメリカ演劇自体の水準は、概して高いとは言えず、質的に高いアメリカ独自の劇作品の登場が待たれた。1915年、世紀転換期のヨーロッパの小劇場運動の影響を受け、2つの劇団がアメリカで活動を開始する。1つは、マンハッタンのグリニッチ・ヴィレッジ（Greenwich Village）を拠点にしたワシントン・スクウェア・プレイヤーズ (Washington Square Players) であり（結成は1914

ユージーン・オニール
(*Historical Atlas of New Yory City*)

年）、当時のコマーシャリズムが蔓延したブロードウェイに対抗する姿勢を示し、芸術性の高い劇作品の上演を目指した。もう1つの劇団が、ワシントン・スクウェア・プレイヤーズから一線を画して、ジョージ・クラム・クック (George Cram Cook, 1873-1924) とその妻で劇作家のスーザン・グラスペル (Susan Glaspell, 1882-1948) が結成したプロヴィンスタウン・プレイヤーズ (Provincetown Players) である。

プロヴィンスタウン・プレイヤーズは、1915年の夏、マサチューセッツ州のプロヴィンスタウンで、オニールの『カーディフを指して東へ』(*Bound East for Cardiff*) を上演し、その後はニューヨークに進出、グリニッチ・ヴィレッジの劇作家劇場 (Playwrights' Theater) で本格的な活動を開始することになる。1922年まで活動を続けたプロヴィンスタウン・プレイヤーズの意義

は、劇作品の商業的な価値よりも芸術的な価値を優先する方針の下、アメリカ人の劇作家によって書かれた作品を上演し、何よりも現代アメリカ演劇の父とも言えるオニールを世に送り出したことにある。更に、多幕劇の『地平の彼方』(*Beyond the Horizon*, 1920) がブロードウェイで上演され、オニールは、ピューリツァー賞を受賞し、最初の本格的なアメリカの劇作家としての地位を確立した。

3. 『毛猿』――表現主義と「古代および現代人の喜劇」

　オニールは、1922年3月、プロヴィンスタウン・プレイヤーズの上演により、オフ・ブロードウェイのプロヴィンスタウン劇場 (Provincetown Theater) で、『毛猿』(*The Hairy Ape*, 1922) を発表する。『毛猿』は、登場人物の荒々しい言葉遣いがニューヨークの地方検事の怒りを買い、その斬新なスタイルが観客や批評家を戸惑わせた。『毛猿』は、その演劇技法としては、当時ドイツから流入した表現主義 (Expressionism) を使用している。その点で、リアリズム劇の多いオニールの作品の中では、追い詰められた黒人の心理状態を舞台化した『皇帝ジョーンズ』(*The Emperor Jones*, 1920) と並んで異彩を放っている。オフ・ブロードウェイでの『毛猿』の上演は結果としては好評で、ブロードウェイに移り、127回の公演を記録した。

　表現主義は、第一次世界大戦期にドイツを中心にヨーロッパで発展した芸術思潮で、ゲオルグ・カイザー (Georg Kaiser, 1878-1945) やエルンスト・トラー (Ernst Toller, 1893-1939) がその主要な劇作家であり、スウェーデンのストリンドベリ (August Strindberg, 1849-1912) の後期の劇作品も表現主義で描かれた先駆的作品である。表現主義は、リアリズムや自然主義に対する反動で生じたもので、芸術家が外的事実を自由に歪曲した形で描出しながら、その内的経験（強烈な個人的感情や異常な精神状態）を表現する美的運動のことをいう。表現主義の劇作品では、客観的な現実から離れ、空想的な象徴や舞台装置、照明・音響効果が使用され、人物描写や科白も非常に主観的なものになっている。

　『毛猿』は、20世紀初頭の都市化と近代化が急速に進むニューヨーク（マンハッタン）とニューヨークからイギリスへと向かう大西洋航路を航行する蒸気船の船室を舞台としている。国際的な海運業界において、第一次世界大戦勃発時には、帆船の時代から蒸気船の時代への移行が完了する。ニューヨ

ーク港にも鉄鋼で作られた船体を持つおびただしい数の巨大な蒸気船が姿を現わし、大戦中には、ニューヨーク港は世界で最も繁忙を極める海上交通の要となる。『毛猿』の主人公ヤンク（Yank）は、この時代においては北部のアメリカ人一般を意味するヤンキー（Yankee）から派生した名前であると見なすことが出来る。作品自体が登場人物に一種の象徴性を担わせる表現主義の技法をとっているので、ヤンクは、アメリカ人一般、そして西洋人、ひいては人類一般を象徴していると考えられる。

　ヤンクは、蒸気船の火夫としての誇りを持ち、自分が蒸気エンジンの中心で船を動かしているという自負の下、船の基盤や土台を形成している鉄鋼が自分であると信じて疑わない。つまり、ヤンクは、蒸気船と自分が一体化しているという強い信念を持っているのである。しかし、オニールの感性では、ヤンク並びに共に働いている火夫たちは胸に毛の生えたネアンデルタール人と酷似した存在であり、船底に鉄鋼製の檻で閉じ込められた動物園のゴリラなのである。また、このような肉体労働者たちは、のどがレコード・プレイヤーであるかのような機械的な声を出し、その動作も機械のごとく全員画一化した同一のもので、人間の持つ個性や魂などはない。彼らの存在は、蒸気船のエンジンの一歯車であり、機械の部品にしか過ぎないのである。『毛猿』は、同時代の劇作家エルマー・ライス（Elmer Rice, 1892-1967）の表現主義を駆使した劇作品『計算機』（*The Adding Machine*, 1923）と同様に、人間が機械に取って代わられ、無力で哀れな存在に堕落した現代人の悲惨な宿命を描き、そのような惨状をもたらした現代文明を諷刺している。

　また、『毛猿』においては、南北戦争後に強大な経済力を持つに至り、社会の経済階層の頂点に立つ、「追いはぎ貴族」（robber barons）の異名を持つアメリカの実業家や上流階級をも諷刺している。ヤンクが勤務している蒸気船を所有している大実業家は、スコットランドから移住し一代でアメリカを代表する鉄鋼製造会社であるU.Sスチールを築き上げたアンドルー・カーネギー（Andrew Carnegie, 1835-1919）のような人物で、ベッセマー工法による鉄鋼の生産によって巨万の富を稼ぎ出している。この大実業家自体は作品の中には登場しないものの、その娘ミルドレッド（Mildred）が、単なる興味本位やスリルを味わいたいという冒険心から、蒸気船の火夫たちの生活を見学にやって来る。彼女は、社会学を専攻し、ロウアー・イースト・サイド（Lower East Side）のスラム街の悲惨さを写真と文章で訴えた、『いか

『毛　猿』
(*Critical Introduction to Twentieth-Century American Drama Volume One*)

に残りの半分は暮らしているのか』(*How The Other Lives,* 1890) を発表したジェイコブ・リース (Jacob Reith, 1849 -1914) になったつもりで、社会の底辺に位置するヤンクたちを好奇の目で観察しようとするのである。

　オニールは、ヤンクのような下層階級の労働者だけではなくミルドレッドのような上流階級の人々も諷刺的な視点で捉えている。ミルドレッドは、生気や活力がまったくと言っていいほどなく、全身真っ白な服装をして、人間というより幽霊のような存在である。ミルドレッドとの出会いによって自分の哀れな姿に気づいたヤンクは船を離れ、安住できる場所を求めて、マンハッタンの五番街を彷徨する。19世紀終わりから20世紀初頭の五番街には、金メッキ時代 (the Gilded Age) に莫大な財を成した富豪たちの豪邸が軒を並べており、「億万長者通り」(Millionaires' Row) の異名を持つほどであった。ミッドタウンの五番街には、鉄道王ヴァンダービルト家 (the Vanderbilts)、ニューヨークの交通事業で蓄財したウイリアム・ホイットニー (William Collins Whitney, 1841-1964)、アンドルー・カーネギーたちの城砦のような大邸宅、そして、当時世界屈指のウォルドーフ・アストリア・ホテル

(Waldorf-Astoria Hotel)が聳え立っていた。そして、そこで開催される社交パーティーや舞踏会は、まさに彼らの富や権力を余すところなく誇示したものであった。

『毛猿』においても、ヤンクが五番街で出会った教会帰りの上流階級の人々は、そういった実業家たちとその一族を象徴的に表している。通りには、宝飾店や毛皮店があり、そのショーウィンドウは、人工的な照明によって照らし出されている。その光線は、背景にある太陽光とは著しい対照をなし、きわめて不健康で陳腐なコマーシャリズムの雰囲気を醸し出している。オニールは、そこを通りかかった上流階級の人々を表現主義の技法で次のように形容している。

> 女性たちは、赤と白が際立つ極端な化粧をし、服装も舞踏会にでも行くようなドレスである。男性たちは、燕尾服に山高帽で当時の典型的な上流階級のいでたちである。この一行は、きらびやかな操り人形のようであるが、その機械的とも言える無関心ぶりは、フランケンシュタインのような残忍な恐怖を覚える。　　　　　　　　　　（第5場）

この上流階級の人々は、ヤンクのような自分たちの階級には属さない異質な存在には、関心を示さないし、同じ人間とも思わずに、全くその存在を無視してしまうのである。実は、『毛猿』には、1911年に、オニールが大西洋航路の客船に一水夫として乗船し、その時、乗客から冷遇された実体験が投影されているのである。オニールは、短期間で強大な経済力を持つに至ったためもあり、このように非人間的で、他者への思いやりなど微塵もない、独善的で冷酷な当時の実業家たちを、ヨーロッパから流入した斬新な技法の下、徹頭徹尾風刺しているのである。

蒸気船の建造や摩天楼の建設を可能にした鉄鋼こそが自分のアイデンティティーであると盲信していたヤンクは、船の中では、実質上は、鉄の檻の中に閉じ込められた奴隷であるし、警官に逮捕された後も、イースト川（East River）に浮かぶブラックウェル島（Blackwells Island、現Roosevelt Island）の刑務所で鉄格子の中に収監されるのである。そして、ヤンクが死を迎えるのも動物園のゴリラの檻の中である。当時の最先端のテクノロジーとも言える鉄鋼は、ヤンクにとって、肉体的そして精神的自由を奪う障害物以外の何ものでもなかったのである。現代人の生活を物質的に豊かにした鉄鋼は、一方

で、人間を疎外し、精神的に追い詰め破滅させる凶器と化すのである。

　ヤンクは、蒸気船の中での自己の存在の実態に気づいた後は、飢えを癒すかのごとく安住の地を求めて、ニューヨークの街中を探し求める。しかし、それは実に空しい行為であり、社会のラディカルな変革を目指すI.W.W. (Industrial Workers of the World、世界産業労働者組合) においてさえも、気のふれた狂人と見なされてしまう。ヤンクには、この世には安住する場所はなく、それを手に入れるためには、死を選ぶしかないのである。ミルドレッドによって獣扱いされたことによって完膚なきまでに自信を失い自己の存在について悩み続けるヤンクは、ロダン (Auguste Rodin, 1840-1917) の「考える人」(Le Penseur, 1878) のポーズをとる。また、ヤンクは、人間社会の中に安住の地を見つけることが出来ず、マンハッタンの南端に位置するバッテリー・パーク (Battery Park) で一夜を明かした後、動物園のゴリラに救いを求めようとして殺される。このようなヤンクの滑稽にも映る姿は、悲哀を誘うだけではなく、あまりの悲惨さに自虐的な笑いまで引き起こし、オニールが「古代および現代人の喜劇」(A Comedy of Ancient and Modern Life) という副題を用意したのも首肯できるのである。

　アイルランド人の老水夫、パディー (Paddy) が述懐しているように、蒸気船の時代が到来する前の帆船の時代こそが、人間と船と海が三位一体となり理想的な相互関係を作り出し、人間は船や海を安住の地としていたのである。そして、このような近代化や産業化こそが諸悪の根源であるというラディカルな思想は、オニールが20世紀の初頭に六番街のユニーク書店 (Unique Book Shop) でその店主である無政府主義者、ベンジャミン・タッカー (Benjamin R. Tucker) の影響の下に形成され、後に『毛猿』として結実したのである。未曾有の急激な近代化や都市化を遂げ始めたニューヨークという大都会、そして、そこに暮らす人々の天と地ほどの貧富の差を目の当たりにしたオニールは、その物質的繁栄の中で巨大な機械システムに埋没した現代人の絶望や苦悩を、『毛猿』の中で果敢に取り上げ、観客に現代社会における人間の宿命についての哲学的思索を迫ったのである。

4．エルマー・ライス——ニューヨーカーの劇作家のパイオニア

　エルマー・ライスは、20世紀初頭にアメリカの劇作家がアメリカ独自の思想性、芸術性の高い新演劇創出を求めて、本格的に活動を開始した、いわ

ば「アメリカ演劇の創成期」に活躍した劇作家の1人で、1920年代には、ユージーン・オニールに次いで世界的に知られていた。1914年、映画のフラッシュバックの手法をアメリカ演劇で初めて用いた『公判中』(*On Trial*) を発表、1923年には、表現主義的技法を駆使した実験的な作品で代表作でもある『計算機』がシアター・ギルド (Theater Guild) によって上演され、劇作家としての地位を確立した。(シアター・ギルドは、アメリカ演劇の成長・発展を支え続けてきた演劇団体で、ワシントン・スクウェア・プレイヤーズが発展的に解消したもの。) また、1929年には、『街の風景』(*Street Scene*) がプレイハウス劇場 (Playhouse) で上演され、601回の上演回数を記録し、ピューリツァー賞を獲得した。

エルマー・ライス (中央)
(*Eyewitness Travel New York*)

　ライスは、マンハッタンの90丁目で、ドイツ系ユダヤ人の貧しい家庭に生まれ、ニューヨーク市内の公立学校に通った。しかし、親が学費を捻出できないために高校を中退し、会社勤めを経た後、従兄弟の法律事務所で事務員として働いた。その後、ニューヨーク法律学校に通い、弁護士の資格まで取得するが、その道に執着することもなく、文学への強い興味から作家を志す。ライスは、コロンビア大学で文学に関する授業を受講したり、コロンビア大学の学生からなる劇団、モーニングサイド・プレイヤーズ (Morningside Players) の活動に積極的に従事した。このようにニューヨークと非常に関係の深いライスは、都市化が急激に進み、移民たちであふれ返る20世紀初頭のマンハッタンを目の当たりにし、1920年代に、ニューヨークを舞台にした2つの劇作品を発表する。それらは、『地下鉄』(*The Subway*, 1929) と『街の風景』である。

5．『地下鉄』── Greater New York と現代人の悲哀

　『地下鉄』は、『計算機』と同様、機械化された社会に人間が適応できない様を、表現主義の技法を駆使して描いたものである。1924年に上演が決ま

っていたが、実際に上演されたのは、1929年にグリニッチ・ヴィレッジにおいてレノックス・ヒル・プレイヤーズ (Lenox Hill Players) によってであった。その後、短期間ではあるが、ブロードウェイでも上演されている。『地下鉄』の主人公は、ニューヨークの建設会社の事務所で書類整理の仕事をしているソフィー (Sophie) という若い女子社員である。その仕事の内容は、非常に単調なもので、毎日、会社に運び込まれる書類や手紙類を、ロボットのように機械的な速さで分類し、整理することを繰り返すだけである。ソフィーにはジョージ (George) という恋人がいるが、当時繁栄を極めた自動車産業で成功したいという野望を持ち、デトロイトの自動車工場へ行ってしまう。ジョージと別れたソフィーは、それ以後孤独にさいなまれることになる。

この作品では、当時、EL（高架鉄道）に代わってニューヨークの重要な交通機関になっていた地下鉄が、人間性を蹂躙する機械文明の象徴として使われている。多くの乗客でごった返すタイムズ・スクウェア (Times Square) の駅と金属音をけたたましく上げる地下鉄の車両が舞台上に登場する。ニューヨークの人口が急激に増えたために通勤時間の地下鉄は立錐の余地がないほど満員で、それに乗るソフィーの顔は、まるで生気がなく、疲労困憊といった様子で、汚れた空気の中で苦しそうにあえいでいる。ソフィーは、男たちの体に取り囲まれ、頭しか動かせず、絶えず至近距離に人の顔がある。そして、時には、ソフィーが目にする乗客は、彼女の感性の中では、人間ではなく貨車にでも押し込められたグロテスクな下等動物として映る。ライスは、表現主義の技法によって、ソフィーが出会う地下鉄の乗客に犬、豚、猿、狼、ねずみのマスクをかぶらせ、ソフィーが感じた恐怖を衝撃的に表現している。

ニューヨークにおける地下鉄工事は、1900年に始まり、4年後の1904年、最初の列車が運行された。当時の地下鉄のルートは、ニューヨーク市庁舎からラファイエット通り (Lafayette Street) と四番街を経て、42丁目に至り、西方に転じてタイムズ・スクウェアへ、そして、ブロードウェイを通って145丁目へと続くものであった。その後、ニューヨーク市として統合された、ブルックリン (Brooklyn) やクイーンズ (Queens) そしてブロンクス (the Bronx) をマンハッタンと結ぶトンネル工事も行われ、地下鉄のルートは、四方八方へと拡大の一途をたどることになった。

1898年における周辺地域の統合 (Greater New Yorkの誕生)、19世紀後半から20世紀初頭にかけての東欧や南欧からの移民の大量の流入、そして20世紀初期のアメリカ南部からハーレム (Harlem) への黒人の大規模な移動など

もあり、ニューヨークの人口は加速度的に増えた。(ニューヨーク市の人口の増加の推移は、以下の通りである。1850年、約70万人。1900年、約344万人。1910年、約480万人。1930年、約700万人。) そして、このような急激な人口増加に対応した形で、地下鉄やその他の鉄道の路線も拡大していったのである。また、1910年、マンハッタンとニュージャージーを結ぶ、ハドソン川 (Hudson River) の下を通るトンネルの完成に伴い、ミッドタウンのウェストサイドにペンシルヴァニア駅 (Pennsylvania Station) が竣工。そして、1913年には、ミッドタウンのイースト・サイドに、ペンシルヴァニア駅と同様に周辺地域も含めた鉄道交通の拠点としてグランド・セントラル・ターミナル (Grand Central Terminal) が改装され、再び開業した。

　ソフィーは、非人間的な地下鉄を使っての通勤、窓もないオフィスでの単調な仕事、自分の異常な家庭に絶望する。次第にソフィーは、一人身の寂しさもあり、芸術家ユージーン (Eugene) に惹かれ、身を任せてしまう。ユージーンが妻帯者であり、その子供を妊娠したことに対する罪の意識にソフィーは思い悩む。このようなソフィーの苦悩に満ちた精神状況や内面世界を表現するために、ライスはここでも表現主義の技法を用いている。ソフィーは、様々な非難の声を耳にし、人差し指を立てた腕が次々に出て来て取り囲まれてしまう。幕切れでは、軽蔑の声がだんだん高くなり、ソフィーは、突進してくる地下鉄に自ら身を投げ、押し潰されて死んでしまうのである。

　ライスは、ユージーンの「地下鉄」という題の叙事詩の中で、作品の中心的なメッセージを訴えかけている。

　　……物質文明、その塔を傲慢に空へ向け……上へ上へ……鉄の拳を空へ向け……全人類が狂気じみた機械の踊りに参加し……鋼とコンクリートの奴隷になる……地下鉄よ……現代の黙示録の獣……人間……今は動物……恐怖におびえた動物になり……地の底……地下鉄の中へ……地下鉄に閉じ込められ……自ら作ったコンクリートと鋼のふたの中に生き埋めにされる……
　　　　　　　　　　　　　　　　　　　　　　　　　　　　(第6場)

　この叙事詩の前半部にもあるように、20世紀初頭のニューヨークには、鉄鋼を使用した建設技術と電力によって稼動するエレベーターの普及によって、続々と摩天楼が建設される。1902年に摩天楼の草分け的存在であるフラットアイアン・ビル (Flatiron Building)、1913年には、16年間も世界一の

高さを誇ったウルワース・ビル（Woolworth Building）、1930年には、アール・デコ調の優美な外観をしたクライスラー・ビル（Chrysler Building）が建設された。そして、1931年には、ニューヨークのシンボルとして君臨し続けることになる102階建ての摩天楼の盟主、エンパイア・ステイト・ビル（Empire State Building）が完成する。ライスは、『地下鉄』を通して、機械文明や物質文明の興隆により急激な都市化を経験し、著しい変貌を遂げたニューヨークでその存在自体が危機にさらされているアメリカ中産階級ひいては現代人の悲哀や閉塞状況を、表現主義という実験的な技法を駆使して想像力豊かに伝えているのである。

6.『街の風景』——スラム街の移民たちの声

エルマー・ライスは、自分の生まれ育ったニューヨークのマンハッタンを舞台にしたもう一つの劇作品で、『計算機』と共にライス自身の代表作になる『街の風景』を発表する。

ライスは、熱心な環境保護論者で、ニューヨークを、都市化や近代化が進行するにつれ個人がその中に埋没してしまう社会の生産物として捉え、そこに暮らすことは個人が人間らしさを失うことにつながると考えている。このようなライスの認識が、『街の風景』の基底には流れているのである。ライスのニューヨークに対する見解は、ヨーロッパ滞在を通してニューヨークを距離を置いて外側から眺めたことによって新たな視野が加わり、ライスは、それに演劇的なフォームを与えたいという抑えがたい衝動に駆られた。

ライスは、パリのルーブル美術館や他の画廊で目にした、17世紀に活躍したフランスの芸術家であるクロード・ロラン（Claude Lorrain, 1600-1682）の絵画から大きな影響を受けた。ロランの絵画の特徴は、前景に一群の人物が配置され、その背後に印象的な建築物が描かれている。ライスは、ロランの絵画の構想をニューヨークの街角に当てはめ、1890年代に建てられた、エレベーターもない古ぼけた褐色のアパートを舞台の中央に据え、建物の中とその前の歩道で繰り広げられる様々な人間模様を作品化したのである。実際に、『街の風景』のオリジナル・タイトルが、*Landscape with Figures* であったことも、その影響関係を物語っている。『街の風景』は、表現主義の特色が顕著な『計算機』とは対照的に、自然主義的な技法で、ニューヨークのとあるスラム街で暮らす人々の生活を活写している。雑多な住民の生活を統

括するアパートを中心に置き、75人もの役者を舞台上に出演させ、ニューヨークの街の風景をパノラマ的に展開させた点には、ライスの演劇上の旺盛な実験的な精神や野心を見て取ることが出来るのである。更に、当時のニューヨークの雰囲気を効果的に出すために、ライス自ら、タイムズ・スクウェアで録音機材を使って街角の音を実際に録音し、それを上演に際して全編を通して流し続けたという。その音の中には、まだ当時の重要な公共交通機関であった高架鉄道やヘンリー・フォード（Henry Ford, 1863-1947）によって普及した自動車の警笛の音なども含まれている。

『街の風景』は、ニューヨークのスラム街に住む多様な民族的背景を持つ庶民たちの愛憎、不義、殺人、別離といった人生模様を描いた劇作品である。登場人物は、ドイツ系の妻がいるイタリア系の音楽家、ロシア系ユダヤ人の一家、アイルランド系の舞台係の一家などで、移民が大量に到着して人種のるつぼと化した20世紀初頭のニューヨークの街角がリアルに描かれている。物語の中心は、舞台係の仕事をするフランク・モラント（Frank Maurrant）が妻アンナ（Anna）の不倫現場を押さえ、妻とその愛人を射殺してしまう事件、フランクの娘（Rose）とユダヤ人の青年（Sam）とのはかなく終わる恋である。

『街の風景』は、移民たちの人間模様が、ただ雑然と描かれているだけのような印象を持たれる場合が多いかもしれない。しかし、そこには、ドイツ系ユダヤ人の移民の子孫としてマンハッタンで世紀転換期を生きたライスが日常的に体感してきたニューヨークの街の風景が、驚くほどの確かな観察眼で捉えられている。登場人物のエスニシティーに関して、そこには、主として1880年代を境界としたニューヨークにおける移民流入の変遷を見ることが出来る。19世紀後半から20世紀初頭にかけて、アメリカ合衆国は移民の時代であり、主としてヨーロッパから非常に多くの移民が到着した。1880年より以前は西欧や北欧系の移民が中心で、中でも南北戦争前は、ドイツ系、アイルランド系が増加した。イギリスの圧政に長年苦しみ続けた末、主食であるジャガイモの飢饉とそれらに付随する貧困が原因で大西洋を渡ったアイルランド系移民の代表的な存在と考えられるのは、『街の風景』ではモラント一家である。

1880年以降は、従来の西欧、北欧諸国に代わり、南欧や東欧からの移民が著しく増加する。1880年から1920年までの40年間に2,300万人を越え、そのうち1,700万人を越える数がニューヨークに到着した。イタリア、オー

ストリア、ポーランド、ロシアなどからの移民が主流になり、その大半がイタリア系と東欧系ユダヤ人である。イタリア系の移民は、イタリア南部の農民や労働者たちであった。彼らの大部分は教育を受けていないし、特に職業技術を身につけていたわけではなかったので、熟練労働には適さず日雇い労働者として働く者が多かった。『街の風景』において、イタリア南部から移住したリッポ（Lippo）は、ナポリやソレントそしてヴェスヴィウス火山について誇らしげに語るものの、レモンやオリーブの茂る美しい祖国を貧困のために後にせざるを得なかったのである。リッポは、アメリカにおけるイタリア系の功績について、橋・鉄道・地下鉄・下水道等の建設工事に肉体労働者として携わったことを指摘し、ニューヨークを築いたのはイタリア系なのだと自負している。

東欧系ユダヤ人は、1881年にロシアで起こったある事件が、彼らのアメリカへの大量移住の要因となった。ロシア皇帝アレクサンドル2世が、ロシアの革命家集団によって暗殺され、新皇帝アレクサンドル3世がその罪をユダヤ人に転嫁した。ユダヤ人に対する大量虐殺や略奪であるポグロム（pogrom）が始まり、1881年以降、ロシアおよびポーランドからテロにおびえるユダヤ人が大挙してアメリカに移住した。1881年から1910年までの30年間にアメリカに到着したユダヤ人の数は156万2千人といわれ、その大部分がニューヨークに住みついた。学校教育を重視し、1900年には教育費の安いニューヨーク市立大学の学生は、85パーセントがユダヤ人という驚くべき記録まで残っている。そのため、イタリア人と違ってユダヤ人は、零細な商人から始めたにもかかわらず、知的な職業を重視し、本格的な知的専門職（医者や弁護士）を目指す者が多かった。

『街の風景』では、カプラン（Kaplan）一家が、ロシアから移住した東欧系ユダヤ人である。父親のエイブラハム（Abraham）は、イディッシュ語の新聞を読み、資本家による労働者階級の搾取を前提とする資本主義を糾弾し、その窮状を社会革命によって打開することを望む、かなりラディカルな思想の持ち主である。娘のシャーリー（Shirley）は、父親に収入がなく母親がいないために、教師の仕事で一家を支え、弟のサムのロー・スクールの学費を捻出し、弟が将来弁護士になることを心の支えとしている。サムは、革命思想を持つ社会意識の強い父親と教育の大きな可能性を信じている姉といった、非常にユダヤ色の強い家庭環境にいながらも、アイルランド系のモラント家の美しい娘ローズを愛し、彼女のためにならすべてを犠牲にする覚悟で

『街の風景』
(*Critical Introduction to Twentieth-Century American Drama Volume One*)

ある。

しかし、当時犬猿の仲の代表的な実例とも言える、アイルランド系とユダヤ系との対立や確執は大きく、実際に深刻な社会問題に発展したケースもあるほどである。例えば、1902 年、正統派ユダヤ教徒がひしめくマンハッタンのロウアー・イースト・サイドで、ユダヤ教の高名なラビ、ジェイコブ・ジョセフ (Jacob Joseph) の葬列を、アイルランド系の労働者が襲撃し、しまいにはニューヨーク市の警官（大半がアイルランド系）までがその暴動に加担するほどの大惨事となった。

ローズとサムとの間の恋は大きな困難を伴い、最終的には成就することはない。ローズの父親フランクは、新たにアメリカに移住してきたおびただしい数の外国人に強い敵意や嫌悪を示し、サムの姉シャーリーも、ユダヤ人の家族に他の民族の者が入ることからは何も良いことは生まれないと考え、アイルランド系とユダヤ系との関係を「水と油」(oil and water) だと形容しているほどである。父親の引き起こした殺人事件とシャーリーによる懇願によって、ローズはサムとも別れ、誰の頼りにもならずにニューヨークを出て一人で生きることを決意するのである。そして、家庭も顧みずに舞台の裏方の仕事を粛々とこなしてきたフランクは、否定的な意味における典型的なアイルランド系特有の登場人物として描かれている。シャーリーも、サムに対し

て、フランクのことを「無学な荒くれ者」(illiterate rough-neck) と軽蔑している。それを証明するかのごとく、下積みの仕事しか出来ないことに対する劣等感や無知で貧しいゆえに感じざるを得ない社会からの疎外感などによって、フランクは、慢性的に酒に溺れる。そして、挙句の果てには、泥酔した状態で妻とその愛人を射殺し、自滅の道をたどるのである。この場合も、ウィリアム・シャノン（William V. Shannon）が述べているような「アイルランド人にとり憑いた亡霊とは、アルコール中毒である」という指摘が、実によく当てはまるのである。

『街の風景』には、富や自由を求めてアメリカにやって来た移民たちの苦渋に満ちたニューヨーク生活が描かれているが、ライスは、このような貧しい移民たちにも人間らしい生活を送る権利があると訴え、その自由が奪われる環境に批判の目を向けている。ライスはただ単にニューヨークの街角の一アパートに住む移民たちのドラマを描くだけではなく、それを移民国家アメリカ全体のドラマへと発展させてゆくことを意図していたのではなかろうか。そう考えると、様々な人種・民族的背景を持った移民たちの多様な生活を統一するアパートは、アメリカという国家そのものを象徴していると考えられる。移民がアメリカ史であり、移民はアメリカ社会に積極的に働きかけ、アメリカ合衆国自体を作り、変えてゆくダイナミックな作用をもたらした。そのような移民たちの声なき声を集大成したものが『街の風景』であり、この作品がピューリッツァー賞を受賞したことにより、ライスは、自分自身がヨーロッパ滞在中に抱いた、ニューヨークに対する新たな認識に演劇的なフォームを与えることに成功したのである。

〔付記〕第1章の『地下鉄』と『街の風景』についての論考は、『アメリカ演劇9 エルマー・ライス特集』（平成9年4月、法政大学出版局）所収の「社会批評家としてのエルマー・ライス」を大幅に加筆・修正したものである。他はすべて書き下ろしである。なお、作品の和訳はすべて、拙訳である。

参考文献

Allen, Oliver E. *New York, New York —— A History of the World's Most Exhilarating and Challenging City.* New York: Atheneum, 1990.

Berman, Eleanor. *Eyewitness Travel New York.* New York: DK Publishing, 2006.

Bigsby, C.W.E. *A Critical Introduction to Twentieth-Century American Drama Volume One 1900-1940.* Cambridge: Cambridge UP, 1989.

Bordman, Gerald. *The Oxford Companion to American Theatre.* Oxford: Oxford UP, 1992.

Dinnerstein, Leonard. *Anti-Semitism in America.* Oxford: Oxford UP, 1994.

Durham, Frank. *Elmer Rice.* New York: Twayne, 1970.

Floyd, Virginia, ed. *Eugene O'Neill at Work —— Newly Released Ideas for Plays.* New York: Ungar, 1981.

Gelb, Arthur and Barbara. *O'Neill —— Life with Monte Cristo.* New York: Applause, 2000.

Henderson, Mary C. *Theater in America.* New York: Abrams, 1996.

Homberger, Eric. *The Historical Atlas of New York City.* New York: Owl Books, 2005.

Leuchtenburg, William E. *The Perils of Prosperity 1914-32.* Chicago: The University of Chicago Press, 1993.

Londre, Felicia H. and Watermeier, Daniel J. *The History of North American Theater.* New York: Continuum, 1998.

MacGowan, Kenneth, ed. *Famous American Plays of the 1920s.* New York: Laurel, 1988.

Manheim, Michael, ed. *The Cambridge Companion to Eugene O'Neill.* Cambridge: Cambridge UP, 1998.

Miller, Jordan Y. and Frazer, Winifred L. *American Drama between the Wars: A Critical History.* Boston: Twayne, 1997.

Mowry, George E. *The Twenties —— Fords, Flappers and Fanatics.* New Jersey: Prentice-Hall, 1963.

O'Neill, Eugene. *O'Neill Complete Plays 1920-1931.* Edited by Travis Bogard. New York: The Library of America, 1988.

Palmieri, Anthony F. R. *Elmer Rice: A Playwright's Vision of America.* New Jersey: Associated University Press, 1980.

Pfister, Joel. *Staging Depth —— Eugene O'Neill and the Politics of Psychological Discourse.* Chapel Hill: The University of North Carolina Press, 1995.

Sanders, Ronald. *The Downtown Jews —— Portraits of an Immigrant Generation.* New York: Dover, 1987.

Shannon, William V. *The American Irish: A Political and Social Portrait.* New York: Macmillan Company, 1964.

F.L. アレン『オンリー・イエスタデイ』藤久ミネ訳、筑摩書房、1993 年。

田川弘雄・鈴木周二編『アメリカ演劇の世界』研究社出版、1991 年。

野村達朗『ユダヤ移民のニューヨーク──移民の生活と労働の世界』山川出版社、1995 年。

テリー・ホジソン『西洋演劇用語辞典』鈴木龍一他訳、研究社出版、1996 年。

第2章　アメリカの悪夢とアメリカの孤独

1.『ウィリー・ローマンの頭の中』

『欲望という名の電車』(*A Streetcar Named Desire*, 1947) で知られるテネシー・ウィリアムズ (Tennessee Williams, 1911-1983) と並んで、第二次世界大戦後のアメリカ演劇界を代表する劇作家であるアーサー・ミラー (Arthur Miller, 1915-2005) は、1949年に自身の代表作となる『セールスマンの死』(*Death of a Salesman*, 1949) を発表する。『セールスマンの死』は、ブロードウェイのモロスコ劇場 (Morosco Theater) で742回上演され、トニー賞、ピューリツァー賞、更には、ニューヨーク劇評家協会賞も受賞している。また、1984年のブロードハースト劇場 (Broadhurst Theater) における再演は、ウィリー・ローマン (Willy Loman) をダスティン・ホフマン (Dustin Hoffman) が、長男のビフ (Biff Loman) をジョン・マルコヴィッチ (John Malkovich) が演じて、注目された。そして、『セールスマンの死』は、長年にわたる世界各地での上演を考慮すると、アメリカばかりか世界的にも20世紀を代表する劇作品の一つと言っても過言ではない。

『セールスマンの死』は、60歳を超えた老セールスマン、ウィリー・ローマンが、息子ビフの再起を願って保険金を残すために自動車に乗って自殺するまでの人生最後の一日あまりの間を舞台化したものである。この劇作品のタイトルが、初めは、『ウィリー・ローマンの頭の中』(*Inside of His Head*) といったものであることからも明らかなように、表現主義的な技法を駆使して、ウィリーの過去の追憶や幻想までもが舞台上で上演され、作品の時間的そして空間的な広がりはかなり大きなものとなっている。また、副題になっている "Certain Private Conversations in Two Acts and a Requiem" が如実に示しているように、ウィリーの思いが過去やある特定の願望へと向く時には、現実との境界が消滅し、ウィリーはまさに自分だけの「私的な会話」に没入してしまうのである。

『セールスマンの死』
(*Critical Introduction to Twentieth-Century American Drama Volume Two*)

　『セールスマンの死』は、精神的に非常に不安定なウィリーの深層心理を的確に表現するために、当時としてはかなり実験的な技法を使用している。その技法の顕著な特徴は2点あり、それは、ウィリーの自宅に使用された、壁を取り払い骨組みだけで作られているスケルトン・ステージ (Skeleton Stage) と舞台前面に設置された張り出し舞台 (Apron) である。張り出し舞台は、ウィリーの自宅の前面に位置し、観客席の最前列までせり出している。作品の主たる舞台となる場所は、ブルックリンのウィリーの自宅であり、張り出し舞台は、その裏庭として機能する。しかし、ウィリーがマンハッタンに出かける場面や、息子たちとの楽しい思い出に耽ったり、ボストンで愛人といる現場をビフに見られる回想などは、この張り出し舞台においてそれぞれの場面が上演されることになる。
　壁を取り払い骨組みだけで作られているスケルトン・ステージは、ウィリーの自宅における現在の場面が上演される際には、「想像上の壁」(imaginary wall) として機能し、登場人物は、その「壁」を意識して家屋への出入りは舞台上手のドアが使用される。しかし、ウィリーの自宅における過去の場面

が上演される際には、「想像上の壁」は消滅する。したがって、登場人物の出入りは、特に舞台上手のドアを使用することなく、かなり自由になり、現在のシーンと回想のシーンとの区別が観客にもわかるようになっている。この実験的な技法は、単なる過去の回想である映画のフラッシュバックとは異なり、現在と過去の区別がつかなくなり、その両方が複雑に入り込む、自殺する寸前のウィリーの錯乱した精神状態を見事なまでに舞台上で表現することに寄与しているのである。

2．アーサー・ミラーとニューヨーク

アーサー・ミラーは、マンハッタンのハーレムの112丁目で東欧系ユダヤ人の家庭に生まれ、父親は、従業員数千人規模の衣料品会社をダウンタウンで経営していた。世界大恐慌の際には、その父親の会社が倒産したために、ブルックリンのミッドウッド（Midwood）地区に転居し、そこで青年時代を過ごしている。『セールスマンの死』の舞台となっているのは、ウィリーの出張先のボストンが含まれるものの、主として、20世紀前半のニューヨークであり、ローマン家の自宅は、ブルックリンに位置している。

ミラーは、大学進学に際しては、中西部にあるミシガン大学を選ぶことになるが、高校はブルックリン南部に位置するエイブラハム・リンカーン高校に通い、卒業後も大学の学費を稼ぐために数年間はニューヨークにとどまり、様々な仕事を経験した。ミラーにとってニューヨークは、特別な場所で、まさに故郷と呼ぶことが出来るのである。それゆえ、ミラーの劇作品には、ニューヨークを舞台にしたものが多い。『セールスマンの死』の他にも、ブルックリンにおけるイタリア系移民の港湾労働者たちの愛憎や裏切りを描いた『橋からの眺め』（*A View from the Bridge*, 1955）や、ミラー自身の労働体験に基づき、世界大恐慌下のマンハッタンの自動車部品倉庫で苦難を抱えながらも希望を失わず生きている労働者たちを描いた『二つの月曜日の思い出』（*A Memory of Two Mondays*, 1955）がある。

また、1970年代の時点から大恐慌時代のアメリカを回顧する『アメリカの時計』（*The American Clock*, 1980）は、父親の会社が倒産したためにブルックリンに転居した、ミラーの家族をモデルにしている非常に自伝的色彩の強い作品である。そこには、警察の手入れを恐れながらもブリッジ・ゲームで食事代を稼ぎ、必死に生き続けようとする母親を中心とした家族の苦闘

アーサー・ミラー
(*Understanding Arthur Miller*)

が描かれている。更に、1990年代に発表された『壊れたガラス』(*Broken Glass*, 1994)には、ヨーロッパでホロコーストの嵐が吹き荒れる時代に、同胞の苦難に鋭敏に反応し体に変調をきたすブルックリンのユダヤ人女性が登場する。このように、ミラーの作品世界には、ミラーが少年時代から直接あるいは間接的に関わってきたニューヨークの様々な人間模様が活写されているのである。

19世紀終わりから20世紀前半にかけて、ブルックリン・ブリッジ(Brooklyn Bridge)の完成や高架鉄道と地下鉄の延長、そして、本格的な自動車時代の到来とそれに伴う道路網の整備によって、ブルックリンは、マンハッタンからのアクセスが格段に便利になり、ニューヨークの都会へと変貌してゆく。そして、行政による各地でのビルの建設計画や持ち家政策によっても、ブルックリンの人口は増加し、都市化が進行していった。その過程で、自然に囲まれた小さな田舎町が、次々に、多くの人が住みコンクリートで作られた騒々しい都会へと変わっていった。この変化によって、代々農業を営んでいたブルックリンの住民たちの多くが、農地を手放し、自然と共存する静かな生活を犠牲にしていったのである。

3.『セールスマンの死』——アメリカの成功神話と農本主義的価値観との相克

『セールスマンの死』には、自然が豊かで蛇やうさぎがいて、時には狩りまで出来た時代のブルックリンをウィリーが懐かしむ場面が出てくる。しかし、それは20年も前のことであり、作品中の各所で、ウィリーは、ブルックリンの都市化とそれに伴う負の影響を嘆いている。最初から観客が目にする舞台装置だが、ウィリーの家自体が、その背景に位置する塔のようにそびえるアパート群によって周囲を取り囲まれ、照明自体もオレンジ色の怪しい明かりで、コンクリートジャングルといったイメージを強く印象づけてい

る。通りには、自動車があふれ返り、その排気ガスによって新鮮な空気を吸うことは到底出来ない。ウィリーは、環境の悪化により自宅の庭でかつてのように野菜を育てることが出来なくなり、ハンモックを吊るした2本の美しい楡の木は無残にも伐採されてしまった。

　かつては春になるとライラックや藤、シャクヤクや水仙が咲き乱れ、部屋の中までその香りが漂っていたが、今は、近所の悪臭が鼻をつくまでになっている。コントロールが出来ないほど人口が増え、それに伴い人々の間の競争も激烈なものになっている。このようにウィリーによる、現在の都市化が急激に進んだブルックリンの惨状に対する嘆きは尽きることを知らないほどである。そして、ウィリーは自殺する直前、夜になり暗い中を、懐中電灯と鍬を持ちながら、マンハッタンの六番街で購入した野菜の種を自宅の庭に蒔こうとする。この行為は、自然が豊かで息子ビフとの親子関係も良好であった古きよき時代のブルックリンを必死に取り戻そうとするウィリーの人生最後の懸命な模索と言えるものである。35年間勤務したマンハッタンの会社を解雇され、更には、息子たちにもミッドタウンのレストランに置き去りにされ、屈辱まみれになったウィリーが、死の直前に精神の安寧を得ようともがき苦しむ姿は、実に哀れで、ニューヨークを代表する現代文明の犠牲者の象徴的存在となっているのである。

　そして、ウィリーの最愛の息子であるビフも、父親から受け継いだ、一攫千金を夢見るアメリカン・ドリームの呪縛からなかなか逃れることが出来ず、自分らしい人生の生き方を見つけられないまま苦しみ続けていた。ビフは、大空の下、テキサスやネブラスカのようなアメリカの西部にある大きな牧場で暮らすことが、自分の人生の喜びであると感じてはいた。しかし、ビジネスこそが男子一生の仕事で、そのビジネスで大金を儲けることが何よりも価値があると父親から教え込まれ、それを実直に信じてきたのである。そのために、ビフは、気持ちの上で大きな矛盾を抱えながらもニューヨークで様々な会社勤めを経験する。しかし、結局は、どの会社も決して長続きはしない。ビフには、暑い夏の朝に地下鉄に乗って会社に通勤したり、1年に2週間の休暇を取るために残りの50週あまりの間働き続けたり、絶えず会社の他の人間と競争しなければならないような環境にはとても耐えることが出来なかったのである。

　ウィリーの自宅には、1920年代後半に設定されている回想場面においても、当時としては新しい数々の電化製品（電気冷蔵庫、電気洗濯機、電気掃除機）

が置かれている。この時は、ウィリーの営業成績は悪くはなく、それに伴って給料の額も一定の水準を保っていたように思われる。第一次世界大戦におけるヨーロッパ諸国への物資や兵器の輸出、多額の資金の借款などによって、強大な債権国になった、1920年代の好景気に沸くアメリカには、本格的な大量生産・大量消費社会が到来する。産業社会の機械化は著しく進行し、1914年の30パーセントから1929年には70パーセントにまで到達した。その影響は一般大衆にも及び、様々な電化製品が各家庭に浸透し始め、ヘンリー・フォードによる大衆化路線によって自動車の普及は促進された。大衆の大量消費を強力に後押ししたのが、広告、通信販売制度、クレジットによる分割払い制度、そして、セールスマンであった。

　しかし、ローマン家も例外ではなく、大量消費時代の影響を直接受け、自動車や各種の家電製品などを分割払いで購入し、その支払いに追いまくられることになる。ウィリーがセールスの仕事を通じて必死に稼いだ給料も、短期間でなくなってしまう。確かに、自動車や家電製品によって日常生活は便利になったかもしれないが、人間はその代償を支払わなければならない。ローマン家の冷蔵庫のファンベルトは消耗し、ウィリーの愛車シボレーは故障し、その度に修理代を請求される。ウィリーは、際限のない生活向上の欲望から、大量消費の誘惑に負けてしまい、今まで以上の労働を強いられ、身も心も疲弊してゆくのである。そして、皮肉なことに、本来人間を遠隔地に短期間で移動させることが出来る文明の利器であるはずの自動車が、ウィリーにとっては、最終的には、自殺を手助けする凶器になってしまうのだ。また、長年の住宅ローンを払い終えて、やっと真の意味で自分のものになったローマン家の自宅には、そこに住む家主となるウィリーは、もはや存在しないのである。

　第一次世界大戦によってもたらされた未曾有の物質的な繁栄とその帰結としての大量消費社会は、19世紀末に近隣の地域を合併して拡大の一途をたどり、1920年代にはすでにアメリカばかりか世界を代表する巨大都市になったニューヨークに集約的に現れた。『セールスマンの死』でも、コモドア・ホテル（Hotel Commodore、現 Grand Hyatt Hotel）で巨額の富が取引されていることやアメリカを代表する金融資本家で、その活動の拠点をニューヨークに置くJ. P. モーガン（John Pierpont Morgan, Jr., 1867-1943）について言及されている。ニューヨークは栄光の頂点に達し、その力は止まるところを知らないほどで、アメリカの商業・金融・文化の中心として不動の地位を保っていたの

である。

　ウィリーは、アメリカの西部でフルートを売って短期間で大金を稼いだという父親やアフリカでダイヤモンドの鉱山を掘り当てて巨万の富を獲得した兄ベン（Ben）から、アメリカン・ドリームを追求する夢想家的な所を受け継いだ。しかし、ウィリーがセールスマンとして成功するというアメリカン・ドリームを生涯追い続けることになる決定的な影響を与えたのが、ニューヨークやニューイングランド地方に数多くの顧客を持つベテランのセールスマン、デイヴ・シングルマン（Dave Singleman）である。84歳になるデイヴ老人は、ホテルの部屋に入るとすぐ、緑色のヴェルヴェットのスリッパに履き替え、電話一本で部屋から一歩も出ずに生計を立てることが出来る。いろいろな町に出かけ、そこで電話をかけるだけで、多くの知り合いがデイヴ老人を歓迎し助けてくれるのである。彼が死んだ時も、何百人ものセールスマンやバイヤーが葬式に来て、ウィリーを「あれこそ、セールスマンの死」(he died the death of a salesman) だとひどく感動させた。デイヴ老人は、多くの人々と尊敬や友情や思いやりで結ばれており、ウィリーは、そんな多くの人に好かれるデイヴ老人のようなセールスマンになることを夢見るようになる。

　『セールスマンの死』は、ウィリーと息子ビフのそれぞれが置かれた現状認識の根本的な相違が、最後になって対照的とも言えるほどの結末につながる。ビフは、ウィリーによって吹き込まれたアメリカの成功神話やアメリカン・ドリームの呪縛から逃れ、西部の牧場で自分の生きたい人生を歩むことを決意する。それは、かつての勤務先の上司から起業のための資金を借りるという途方もない計画に当然のごとく失敗し、マンハッタンのオフィスビルの谷間から空を見た際に、自己のアイデンティティーを身をもって悟ったことによるのである。ビフには、大都会ニューヨークで、一攫千金を夢見て自分の人間性を押し殺してまでビジネスに従事することがいかに愚かで、自分を心身ともに消耗させ破滅へと導く元凶であることに気づいたのである。

　しかし、ウィリーは、最後までアメリカの成功神話やアメリカン・ドリームの呪縛から逃れることが出来ず、自分にかけた生命保険を利用してまでも息子に事業の資金を用意するために自殺する。ウィリーは、本来手先が器用で大工仕事などに向いている人物であったが、セールスマンという自分には適性のない職業に人生を捧げ続けてきたために自滅したのである。『セールスマンの死』のエピローグにあたる鎮魂曲（Requiem）で隣人のチャーリー（Charley）は、次のように述べており、この言葉は、大量消費社会の尖兵セ

ールスマンの本質を言い当てている。

> **チャーリー** …ウィリーはセールスマンだった。セールスマンには、生活の基盤というものがないのだ。ナットでボルトをしめられるわけじゃなし、法律に通じているわけじゃなし、薬も作れない。靴をぴかぴかにみがき、にこにこ笑いながら、はるか向うの青空に、ふわふわ浮いている人間なのだ。だから、笑いかけても、笑いかえしてもらえないと、さあ大変──地震とおなじだね。　　　　　　　　（鎮魂曲　倉橋健訳）

　セールスマンという職業は、信頼できる確固たる基盤がないまま、商品を売る行為であり、実態などない人間的魅力に依存しているがゆえに、実質的には自分の魂を売る行為に等しいのである。

　ニューヨークは、世界一の大都市そして世界のビジネスの中心へと発展を遂げたが、また同時に、アメリカ的なソーシャル・ダーウィニズムの下、弱肉強食の戦場と化し、その中で前近代的な価値観にとらわれているウィリーのようなビジネスに適性のない弱者は淘汰される運命にある。『セールスマンの死』において、ミラーは、20世紀前半のブルックリンとマンハッタンを舞台に、アメリカの成功神話とそのアンチ・テーゼとなる農本主義的な価値観との相克を描き、そして、それによって引き起こされた、ニューヨーカーの一家族の崩壊を描いている。ウィーリー・ローマンは、冷酷なアメリカ流のビジネス・システムの殉教者となり、観客は、ウィリーが自殺する寸前の深層心理を追体験することによって、ビジネスの世界における敗者ウィリーの苦悩や絶望、そして息子への盲目とも言える愛情を共有することができるのである。

参考文献

Adler, Thomas P. *American Drama, 1940-1960: A Critical History.* New York: Twayne, 1994.

Bigsby, Christopher. *A Critical Introduction to Twentieth-Century American Drama Volume Two.* Cambridge: Cambridge UP, 1989.

Bigsby, Christopher, ed. *The Cambridge Companion to Arthur Miller.* Cambridge: Cambridge UP, 1997.

Bordman, Gerald. *The Oxford Companion to American Theatre.* Oxford:

Oxford UP, 1992.
Gottfried, Martin. *Arthur Miller — His Life and Work.* Cambridge, MA: Da Capo Press, 2003.
Greenfield, Thomas A. *Work and the Work Ethics in American Drama, 1920-1970.* Columbia: University of Missouri Press, 1982.
Griffin, Alice. *Understanding Arthur Miller.* Columbia, South Carolina: University of South Carolina Press, 1996.
Leuchtenburg, William E. *The Perils of Prosperity 1914-32.* Chicago: The University of Chicago Press, 1993.
Martin, Robert A, ed. *The Theatre Essays of Arthur Miller.* London: Methuen, 1985.
Miller, Arthur. *Arthur Miller Plays: One.* London: Methuen, 2000.
―――. *Arthur Miller Plays: Three.* London: Methuen, 2000.
―――. *Arthur Miller Plays: Five.* London: Methuen, 2000.
―――. *Timebends: A Life.* London: Methuen, 1987.
Otten, Terry. *The Temptation of Innocence in the Dramas of Arthur Miller.* Columbia and London: University of Missouri Press, 2002.
Roudané, Matthew C, ed. *Conversations with Arthur Miller.* Jackson: University Press of Mississippi, 1987.
Scanlan, Tom. *Family, Drama, and American Dreams.* Westport, CT: Greenwood Press, 1978.
Snyder-Grenier, Ellen M. *Brooklyn!* Philadelphia: Temple UP, 1996.
Weales, Gerald, ed. *Arthur Miller Death of a Salesman Text and Criticism.* New York: Penguin Books, 1996.
アーサー・ミラー 『アーサー・ミラー全集I』 倉橋健訳、早川書房、1993年。

4．アメリカに「逆輸入」された『動物園物語』

　現在はアメリカを代表する劇作家の一人として知られるエドワード・オールビー（Edward Albee, 1928 —）を世に送り出すことになった記念碑的作品、『動物園物語』（*The Zoo Story*, 1959）は、その内容や表現形態ばかりか上演に至るプロセスについても、波乱万丈の側面を持つ。1950年代も後半になると、第二次世界大戦後アメリカ演劇の質的発展に貢献してきたテネシー・ウ

エドワード・オールビー
(Cambridge Companion to Edward Albee)

ィリアムズやアーサー・ミラーも、継続的に作品を発表するものの、初期の頃と比較すると、失速した感を否定することは出来ない。冷戦やマッカーシイズムなどによって保守化したアメリカ社会に呼応するかのごとく、アメリカ演劇の世界も、商業性を重視した無難な喜劇やミュージカルが幅を利かしていた。

　このような時代風潮の下、ニューヨークのグリニッチ・ヴィレッジのアパートで若干29歳のオールビーは、『動物園物語』という一幕劇を書き上げ、アップタウンのプロデューサー数名に持参した。しかし、オールビーは当時無名であったし、作品自体が、前衛的なものを好まない当時のアメリカの演劇風土になじまないという理由から、その上演は却下されるという憂き目を見ることになる。その後、『動物園物語』は、ヨーロッパの多くの人の手に渡った後に、フランクフルトの大手出版社の演劇部門の主任であるステファニー・ハンズィンガー (Stefani Hanzinger) の尽力によって、初演を迎えるのである。『動物園物語』は、幾多の紆余曲折を経た後、アメリカではなく、ドイツのベルリンで、1959年9月18日、日の目を見ることになった。ベルリンでの成功を受けて、『動物園物語』は、本国アメリカに「逆輸入」され、グリニッチ・ヴィレッジにあるオフ・ブロードウェイの劇場、プロビンスタウン・プレイハウス (Provincetown Playhouse) で、1960年1月14日、初演を迎える。この時も、ベルリン上演の時と同様、不条理演劇の旗手、サミュエル・ベケット (Samuel Becket, 1906-1989) の『クラップの最後のテープ』(The Krapp's Last Tape) とダブル・ビルという形で上演された。この上演は成功を収め、3年間も続演されることになる。

5．不条理演劇のパイオニアとしての『動物園物語』

　『動物園物語』と同時に上演された、ベケットの『クラップの最後のテー

プ』は、死が間近に迫った老人が、孤独と絶望の中、自分が若い頃に録音したカセット・テープをかけ、それに話しかけるという、ベッケットらしい不条理演劇である。そもそも、アメリカには、ヨーロッパ諸国のように世界大戦によって本土が焦土と化し、人々が絶望や幻滅の淵に立たされるという経験を持たず、虚無や絶望をその本質とする不条理演劇が成立しにくい風土があった。オールビーの『動物園物語』の上演によって、遅ればせながら、アメリカでも、ヨーロッパ流の不条理演劇が誕生したのである。マーティン・エスリン（Martin Esslin）によると、〈不条理の演劇〉は、一人の詩人の人間の条件についてのもっとも内的個人的な直観、彼自身の存在意識、彼個人の世界解説を伝えるに過ぎない。これが〈不条理の演劇〉の主題であり、それがその形式を決定する。となれば、その形式は必然的に、現代の「リアリスティック」な演劇とは根本的に異なる舞台のコンヴェンションをあらわすことになる。

『動物園物語』の基本的な構造としてまず指摘できる点は、従来の伝統的な演劇作品とは違って、提示部を持たない。夏の午後、ニューヨークのセントラル・パーク（Central Park）でベンチに座りながら読書をしているピーターに、どこからともなくジェリーがやって来て、突然話しかけるところからこの作品は始まる。それもジェリーは、開口一番、「動物園に行ってきたんだ」という極めて馬鹿げた内容を口走るのである。このような内容の事柄を唐突に話しかけられたピーターと同様に、提示部で丁寧に劇の内容や登場人物についての情報を与えられることに慣れた観客は、当惑や驚きを禁じ得ないし、ある種の衝撃を受けることになる。このような、論理や秩序や首尾一貫性などは無視した作品の冒頭は、不条理演劇としてふさわしいものだと言えるのである。

『動物園物語』は、セントラル・パークのベンチでジェリーがピーターに話しかけ、ベンチが2つあるにもかかわらず、その1つを巡って2人が争い、最後には、ピーターが持つナイフにジェリーが自ら突進して自殺するという話である。しかも、そのような、2人がベンチを巡って争う、いわば、「劇が動く」場面は、作品の最後の一部分に過ぎない。劇の主要な部分は、特に聞きたくもないピーターに、ジェリーが一方的に自分の話を聞かせる場面であり、ジェリーの私的な独白が作品の大半を占めているのである。そして、その独白は、「ジェリーと犬の話」（THE STORY OF JERRY AND THE DOG）というもので、ジェリー自身が人間ばかりか最後の頼みの綱である犬

とさえ正常な関係を築くことが出来ないことを切々と訴えている。作品の中心が、子供の頃両親に死なれ、今に至るまで家庭的な幸せをいっさい知らないジェリーの切実な孤独の叫びとなっているのである。

「ジェリーと犬の話」は、人間や人間社会の孤独や絶望を、従来のアメリカ演劇に見られないような感性や感覚によって捉え、その独創性は、『動物園物語』をヨーロッパ流の不条理演劇に匹敵する存在に高めることに寄与していると言える。人間とは心を通わせることが出来ないジェリーは、せめて自分の住むアパートの犬との心の交流を望むようになり、ハンバーガーの肉で手なずけようとする。しかし、犬は、一時は肉を食べて微笑んだような表情をするものの、再度ジェリーをうなりつける。犬に激しい嫌悪感を覚えたジェリーは、肉に毒薬を混入し、殺害を計画する。毒の入った肉を食べた犬は、一時危篤状態に陥るものの、ジェリーを完全に無視するようになり、ジェリーは自分が世の中で完全に排除され、黙殺された存在であるという認識をいっそう強く持つのである。あたかも人間であるかのように犬に真剣に対峙して愚かにも敗れるジェリーの姿は、大都市の孤独な人間社会の虚無や不毛そしてその中で苦悶する人間の悲哀を衝撃的に伝え、いつまでも観客の心の中にその感覚は残り続けるのである。

そして、空いているベンチが隣にあるにもかかわらず、二人の大の大人が真剣になって一つのベンチを争う様は、一見すると実に馬鹿げており（absurd）、まさに不条理演劇の名にふさわしい場面である。エスリンが言うように、〈不条理の演劇〉は喜劇と悲劇のカテゴリーを超越し、笑いと恐怖を結びつけるのである。ベンチを争う中でジェリーは、ナイフを出して身構える。ごく一般的な劇ならば、この行為は、ジェリーがナイフでピーターを威嚇してベンチを一人で占拠する行為だと解釈するのが普通である。ところが、不条理演劇の世界では、この行為の意味するところは、全く予想を裏切る。ジェリーは、ナイフをピーターの足元に投げつけ、それを拾ったピーターにジェリーが突進し、ナイフが刺さり、自らの命を落とす。これは、今まで必死に人間とのコミュニケーションや友情を求め続けるものの叶わなかったジェリーが、他者と触れ合うために選んだ人生最後の究極的な行為なのである。

従来の伝統的な演劇では、その成立する必須条件として、登場人物やその人物が代弁する価値観の「葛藤」（Conflict）の要素が挙げられる。その意味では、『動物園物語』は、ジェリーの私的独白が作品の大半を占めているし、敵役としてのピーターの存在が全体を視野に入れると印象が薄いことは否定

できない。このことを考慮に入れると、伝統的な演劇の特質として不可欠とも言える「葛藤」の要素が希薄なのである。『動物園物語』は、ピーターが代表するようなアメリカの中産階級ひいてはその構成員である観客の楽天主義を根底から揺さぶることを狙っているが、このようなメッセージを明確にそして心の内奥に届くほどまで衝撃的に伝えるには、不条理演劇という一種特異で異彩を放つ「演劇的戦略」は実にふさわしいと言えるのである。オールビーは、自己の演劇理念に言及して、「観客が自分の作品を気に入ろうが憎もうがいっこうにかまわない、ただ観客が無関心でない限りは。」と述べている。オールビーは、『動物園物語』の従来の演劇のコンヴェンションを打破した劇形式や内容によって、観客を激しく挑発し、自分の作品に正面から向かわせ、自分が提起した問題を考えるように促すことに成功しているのである。

6．大都会の孤独と絶望

　オールビーは、ワシントン D.C. で誕生するものの、10 年近くニューヨークで暮らし、『動物園物語』を執筆し劇作家として出発したのもグリニッチ・ヴィレッジのアパート (238 West Fourth Street) であった。オールビーにとって、マンハッタンは裏庭みたいなものであり、そこを舞台にした劇作品が第一作になったのも至極当然のことであろう。『動物園物語』は、オールビーの執筆時期等を考慮に入れると、第二次世界大戦後の経済的繁栄を享受し、謳歌している 1950 年代後半のアメリカ、ニューヨークのマンハッタンを舞台にしていると考えることが出来る。登場人物は、2 人。ジェリーは、30 代後半で、いかにもみすぼらしい服装をし、人生に対する疲労や失望が外見からもわかる。セントラル・パーク・ウェスト (Central Park West) の、エレベーターもなく薄暗い安アパートの一室で一人暮らしをしている。ピーターは、40 代前半で、ツイードのジャケットを着用し、縁の付いた眼鏡をかけた身なりの良い、ある教科書会社の重役である。マンハッタンの高級住宅街、セントラル・パーク・イースト (Central Park East) のレキシントン街 (Lexington Avenue) と三番街の間に住んでおり、妻と娘 2 人と暮らす典型的な上層中産階級の人物である。

　このように全く対照的な 2 人が、夏の午後、セントラル・パークの中の東側、74 丁目辺りで出会うことによって劇が始まる。ピーターが毎週のよう

に読書を楽しむベンチは、住居の近隣にあり、いわば、「ピーターの領域」とも言える。その空間を、放浪者ジェリーが侵犯することによって、ピーターは、物理的にはさほど遠くないものの、自分の日常生活では接触することがあり得ないような異質な外部世界と直接対峙することになるのである。

　ジェリーの暮らす世界は、黄金の50年代のアメリカ、しかもその経済と文化の中心地であるニューヨーク、マンハッタンにあっても、パックスアメリカーナの繁栄から完全に取り残されたような世界である。下層階級に属すジェリーは、上層中産階級に属すピーターとの会話の中で、生活水準や生活環境、階級の差そのものを痛感し、次のように語っている。

　　ジェリー　…住んでる場所が違うんだ。ぼくは2羽のインコやそれ的なものと結婚してやしない、永遠の仮住まいさ。ニューヨークはウェスト・サイドのスラム街、むかつくような安アパートの間借り人、世界一の大都会ニューヨーク市のね。アーメン。　　　　（鳴海四郎訳）

　ジェリーは、20世紀半ばに名実共に世界で最も偉大な都市になったニューヨークで暮らしていても、本人にとっては、その偉大さは全く無縁で程遠いものなのである。ジェリーの賃貸アパートの部屋は、1つの部屋をベニヤ板で仕切った粗末なもので、笑えるほど小さな部屋である（a laughably small room）。アパートの住民も、ジェリー同様、アメリカ社会の周縁に位置するアウトキャスト（追放者）的存在である。黒人のホモセクシャルの男性、第二次世界大戦後ニューヨークに急増したプエルトリコ人の家族、いつも泣いてばかりいる女性、はたまた、全くその実態さえわからない人などである。ジェリーは、アパートという、いわば同じ屋根の下で暮らしながらも、こういった住民たちと心を通わせることも決してないし、その住民たちも相互に交流することなどは決してない。アパート自体も、大都会ニューヨークの孤独が蔓延する空間であり、その縮図なのである。

　家族や身寄りもいない天涯孤独なジェリーは、ピーターに家族のことを語ることはできず、その代わりに空しく自分の部屋にある所持品について語ることしか出来ない。写真立てはあるものの、中に入れる写真がないことがジェリーの家庭的な幸せへの飢餓感を如実に語っている。母親は男癖が悪く、ジェリーが10歳の頃、家庭も顧みずに愛人と南部に逃亡し、そこで死亡した。その遺体を引き取りに行った父親も、間もなく市バスに激突し即死す

る。その後、ジェリーは、叔母に引き取られたものの、その叔母自身も、高校の卒業式の午後、急死する。以上のことから明らかなように、ジェリーには家族と呼べるようなものはなく、家庭的な幸せからは全く無縁な実に悲惨な人生を少年時代から送らざるを得なかったのである。

　このようなジェリーの境遇には、オールビー自身の実人生が投影されていると考えることが出来る。オールビーは、生後２週間で両親のもとからリード・オールビー（Reed Albee）夫妻の養子に出される。養父は有名な劇場チェーンを経営する富豪であり、オールビー自身経済的には全く困ることはなかったが、養父母とは心を通わせることもなく、孤独な子供時代を過ごした。また、オールビーは、自分を手放したまま全く連絡もしてこない実の両親に対しても激しい怒りを覚えていたのである。『動物園物語』のジェリーの、家族さえ信じることが出来なくなってしまった極度の人間不信は、オールビー自身の実体験から来たものであることは容易に想像出来る。

　『動物園物語』は、タイトルにもあるように、「動物」という要素が多くの点で重要な働きをし、作品の本質を形成していると言える。そして、その着想の原点となったとも言える場所が、セントラル・パークの中の東側、65丁目付近に実在し、ニューヨーカーの憩いの場所にもなっている動物園（Wildlife Conservation Center）なのである。オールビー自身は、この動物園をあくまでも自分の想像上のものであると述べてはいるものの、作品の中では、ジェリーが砂漠のような大都会ニューヨークで自己の孤独についての認識をいっそう深める場所として非常に重要な意味合いを持つのである。

　ジェリーは、自分が暮らすアパートの女主人が飼っている犬に吠えられたことをきっかけに、この犬にハンバーガーの肉を食べさせて手なずけようとする。ニューヨークの街に出ても、ビールの注文やトイレの場所そして映画の時間を尋ねる以外には他の人と話すこともないほど孤独なジェリーにとっては、自分に反応してくれた犬との「交流」さえ貴重なものだったのである。しかし、先述したように、ジェリーは人間ばかりか動物とも満足のゆくコミュニケーションは出来ず、最終的には、犬に完全に無視されてしまう。

　犬との「交流」にも失敗し、絶望の淵に立たされたジェリーは、話し相手を求めてマンハッタンを彷徨する。セントラル・パーク・ウェストから地下鉄でワシントン・スクウェア（Washington Square）に向かい、そこから五番街をセントラル・パークの方向へと歩く。作品の中では直接描かれることはないものの、貧困に苦しむジェリーは、ミッドタウン辺りの五番街で自分と

は全く異質の世界を目にしていたのである。人間を見下ろし、個人の存在など全く無視するかのごとく聳え立つ摩天楼、その摩天楼にあるオフィスから忙しく出入りするビジネスマン、財力のある人間だけにしか縁のない高級ホテルやマンションそして高価な洋服や宝飾品を販売するブティック、そこを利用する着飾った紳士や淑女。ジェリーのような社会のアウトキャストは、1950年代のアメリカ経済の繁栄を直接投影した世界に身を置き、それだけに惨めな自分自身の境遇に愕然としてしまったのである。

このような精神状態のまま五番街を北上し、セントラル・パークの動物園を訪れたジェリーは、犬にも裏切られ、自分の属す世界とは全く対照的な上流社会を垣間見たために、人間や人間社会について非常に悲観的な認識に到達するのである。

　　ジェリー　…ぼくが行ったわけはね、人間が動物を相手にいかに生きているか、また動物が動物たちを相手に、また人間を相手に、いかに生きているか、その実態をつかみたかったからなんだ。……どいつもこいつもおりで隔離されている、動物同士はほとんどほかと交わることはないし、人間はかならず動物から遮断されている。マァ、動物園となると、みんなそんなもんでね。
　　　　　　　　　　　　　　　　　　　　　　　　　　（鳴海四郎訳）

ジェリーは、動物園は、ニューヨークという大都市の、もしくは、アメリカ合衆国、ひいては人間社会一般の縮図であるという認識に到達したのだが、このメタファーは、『動物園物語』の中核を形成していると言えるもので、作品の最も重要なメッセージである。ジェリーは、動物園で、人間と動物、動物と動物、人間と人間との関係についてより多くのことに気づく。動物園では、誰もが他の者とバー（bar）によって分離されており、動物は、ほとんどの場合、動物同士と、人間はいつも動物と分離されている。そして人間は、他人とも目に見えないバーで分離されているのである。

この動物園は、鉄とコンクリートのジャングルであるマンハッタンのオアシス、セントラル・パークの中に位置し、本来は、家族や子供、夫婦や恋人たちの憩いの場である。しかし、身寄りもなく犬にさえ相手にされないジェリーにとっては、動物や人間が同じ敷地内で物理的に近くにいるようで、実は、様々な形で隔離され、相互につながりなどない動物園は、ジェリーの崩壊した家庭であり、近所付き合いなど全くないアパートであり、ジェリーの

ような社会の周縁にいる弱者などには全くと言っていいほど無関心な大都会ニューヨークである。

ジェリーは、動物園を後にして、セントラル・パーク・イーストというニューヨークの富裕層の牙城で、そこの住人の代表的な存在であるピーターと出会い、人生最後の他者とのコミュニケーションを試みる。『動物園物語』では、ピーターが読書を楽しむベンチが上層中産階級の幸福で安定した家庭や生活を象徴し、作品の終盤では、ピーターがそのベンチを決して譲ろうとしない。つまり、どんなものであるにせよ、自分が一度手にした特権は、決して手放そうとしないのである。そんな頑なピーターに、ジェリーは抗争を挑むが、その抗争は単なるベンチの占拠を巡っての争いではないことは言うまでもない。それは、同じ、世界に冠たる経済大国アメリカに住みながらも、いつまでも社会の片隅に追いやられたまま日の目を見ることなどない社会的弱者やマイノリティーが、その切実なる願いや想いを伝えるための決死の抗争なのである。

『動物園物語』
(Cambridge Companion to Edward Albee)

ジェリーの用意したナイフを手にし、そのナイフでジェリーに死なれたピーターは、元のように楽天的で平穏な中産階級の生活にそのまま戻ることは出来ない。ピーターは、本人が望まないにもかかわらず、ジェリーの人生の壮絶な最期に直接関わったことによって、以前は自分とは全く関係のなかったアメリカ社会の深淵を垣間見てしまった。そして、ピーターは、主として中産階級である観客の代表的存在とも考えられるので、オールビーは、そういった観客たちの楽観的で能天気な人生観や社会観をも激しく揺さぶり、挑発したのである。『動物園物語』に直接接した観客は、一種の意識の覚醒を迫られ、ニューヨークのような弱肉強食のアメリカ都市文明の中で淘汰された弱者の叫びを身近なものとして感じるようになるのである。

『動物園物語』初演のほぼ10年後の1969年6月、グリニッチ・ヴィレッジのクリストファー・ストリート (Christopher Street) にあるゲイバー、スト

ーンウォール・イン（Stonewall Inn）で、ゲイと警官隊の衝突が起こり、暴動へと発展する。同性愛を犯罪と見なすソドミー法の存在により、警官によるゲイ・バッシングは、今までも恒常的に見られた。しかし、1960年代の、黒人の公民権運動に端を発したマイノリティーの台頭を受けて、同性愛者たちも今までの不当な人権侵害に抗議し、自ら立ち上がる勇気を示そうと直接行動に訴えたのである。

『動物園物語』のジェリーは、ホモセクシャルであり、15歳の時、ニューヨークのとある公園の管理人の息子であるギリシャ人の少年と関係を持ったことを自ら告白している。また、ピーターがベンチを争って警察に通報すると言い出した時も、ジェリーは警察によるゲイ・バッシングに言及している。そして、オールビー自身がホモセクシャルであることを考え合わせると、『動物園物語』における白人中産階級ひいてはアメリカ合衆国のイスタブリッシュメントに対する抗争の精神の中には、今まで虐げられ続けてきたホモセクシャルの抗議の叫びも含まれていると考えることが出来るのである。

『動物園物語』は、実験的な精神に欠け、拝金主義的傾向の強い喜劇やミュージカルが幅を利かせている1950年代後半のアメリカ演劇に、その前衛的な手法やメッセージによって旋風を巻き起こした。そして、その地殻変動は、1960年代に活性化し、今までのアメリカ演劇とかなり異質な世界を形成することになる、不条理演劇、黒人演劇、オフ・オフ・ブロードウェイの運動へと連動してゆく。『動物園物語』は、1960年代という、アメリカ演劇においてもアメリカ社会においても、既成の価値観や伝統的な因襲に対して異議申し立てをすることを特徴とした一種の対抗文化的な風土を用意するプロローグ的存在として非常に重要な位置を占めているのである。

〔付記〕第2章における『セールスマンの死』についての論考は、書き下ろしである。『動物園物語』についての論考は、『都留文科大学大学院紀要』第10集（平成18年3月）所収の「動物園物語論―不条理演劇・ニューヨーク・1960年代アメリカ」を大幅に加筆・修正したものである。

参考文献

Albee, Edward. *Stretching My Mind.* New York: Carroll and Graf, 2005.

―――. *The Collected Plays of Edward Albee volume 1.* New York: Overlook Duckworth, 2004.

Beckett, Samuel. *Samuel Beckett The Complete Dramatic Works*. London: faber and faber, 1990.

Bottoms, Stephen. *The Cambridge Companion to Edward Albee*. Cambridge: Cambridge UP, 2005.

Hayman, Ronald. *Edward Albee*. New York: Frederick Ungar, 1973.

Kaiser, Charles. *The Gay Metropolis —— The Landmark History of Gay Life in America since World War II*. New York: Harcourt Brace, 1997.

Kolin, Philip C., ed. *Conversations with Edward Albee*. Jackson: University Press of Mississippi, 1988.

Roudané, Mattew C. *American Drama Since 1960: A Critical History*. New York: Twayne, 1997.

―――. *Understanding Edward Albee*. Columbia: University of South Carolina Press, 1987.

Rutenberg, Michael E. *Edward Albee: Playwright in Protest*. New York: Avon, 1970.

エワード・オールビー 『エドワード・オールビー全集2』 鳴海四郎訳、早川書房、1986年。

マーティン・エスリン 『不条理演劇』 小田島雄志他訳、晶文社、1968年。

―――『演劇の解剖』 佐久間康夫訳、北星堂書店、2000年。

テリー・ホジソン 『西洋演劇用語辞典』 鈴木龍一他訳、研究社出版、1996年。

第3章　都市文明の破綻と記憶の中のニューヨーク

1.「喜劇王」ニール・サイモン

ニール・サイモン（Neil Simon, 1927-）は、「喜劇王」(King of Comedy) の異名を持ち、その名前をつけた劇場 (Neil Simon Theater) が、ブロードウェイにすでに存在するほど、自らの40年以上にわたる実績によってアメリカ演劇の世界で不動とも言える地位を占めている。サイモンの劇作品は、主として、ニューヨークを舞台にそこに暮らす中産階級を登場人物にした洗練された都会的な喜劇で、まさに「笑い」の連続といったものが多く、観客を片時も飽きさせることがないと言っても過言ではない。『裸足で散歩』(*Barefoot in the Park*, 1963)、『おかしな二人』(*The Odd Couple*, 1965)、『プラザ・スイート』(*Plaza Suite*, 1968)、『サンシャイン・ボーイズ』(*The Sunshine Boys*, 1972)、『第2章』(*Chapter Two*, 1977) と、次々に大当たりする作品を発表した。

全盛期には、毎年のように何らかのサイモンの作品がブロードウェイで上演されており、トータルで考えると、その作品の上演回数やそれに伴う興行成績は他の追随を許さないほどである。この章では、サイモンの作品の中で、その舞台であるニューヨークの地域性や歴史性、あるいは、文化的・民族的特性に密接に関係している劇作品を取り上げ、アメリカ最大の喜劇作家

ニール・サイモン
(*Understanding Neil Simon*)

ニール・サイモンという創造的感性が捉えたニューヨーク並びにニューヨーカー像について論じてゆきたい。

2. 『二番街の囚人』——ニューヨークの没落と再生

　ニール・サイモンがニューヨーク・マンハッタンの都市問題に正面から取り組み、ニューヨークが抱えている都市の病巣や病弊をテーマにした劇作品が、『二番街の囚人』（*The Prisoner of Second Avenue*, 1971）である。この作品は、ブロードウェイのユージーン・オニール劇場（Eugene O'Neill Theater）で上演され、780回の上演回数を記録した、サイモンの代表作の一つである。ある時、サイモンは、ニューヨークが非常に暮らしにくい街に変貌していることを実感する。それは、タクシーに乗車した際に運転手と乗客の間に仕切りが設置されているのを目にした時である。1960年代の終わり頃から、ニューヨークでは強盗事件が頻発するようになり、殺人の件数も年々増加していた。ニューヨークは見ず知らずの人を信用することが出来ないほどの危機的状況に陥っていた。そして、サイモンのこのような体験が、『二番街の囚人』の主たる執筆の動機となったのである。

　ニューヨークは、第二次世界大戦後におけるアメリカの経済繁栄の恩恵を享受したものの、時が経過するにつれて大都市特有の様々な問題を抱えるようになる。『二番街の囚人』では、セントラルパーク・イーストの高層マンションの14階に住む主人公の中年男性メル（Mel）が、ニューヨークの抱える様々な都市問題に次々に遭遇し、再起不能なほどの大きな精神的な打撃を受ける。サイモンは、幕が上がるとすぐに、ファルス（Farce）の技法（この場合は、"comic suffering"）を駆使して、メルに短期間の間に徹底的に精神的そして肉体的暴力を加え、観客の笑いを誘う。

　メルを襲う災厄は、アメリカのユーモアの「ほら話」（Tall Tale）の伝統に基づかれており、極めて誇張された形で表現されている。エアコンは故障し温度調節がまったく機能せず、夜でも摂氏30度を越えるニューヨークの熱帯夜に室内はマイナス10度。メルが住むマンションは、ニューヨーク屈指の高級住宅街セントラル・パーク・イーストに位置し、家賃がかなり高額である。にもかかわらず、次々に建設される高層ビルによって視界がさえぎられ、壁が絵も掛けられないほど紙のように薄く近隣住民が立てる騒音が原因ですぐにトラブルに発展する。真夜中でも自動車や地下鉄更には犬の吠え

る騒音が響き渡り、また、清掃業者のストライキのために街中にごみが散乱し、その悪臭が充満する始末である。
　ごみの悪臭に耐えきれなくなったメルは、次のように語っている。

　　メル　…この国は自分で出したごみで埋まりつつある。ごみはどんどん積み重なって、3年後には、このマンションの部屋も2階になってしまう。
　　　　　　　　　　　　　　　　　　　　　　　　　　　　　　（第1幕）

　メルは、14階に住んでいるのだが、大量消費社会の中心的存在であるニューヨークでは、「決して食べることのない食物、決して読むことのない本、そして決してかけることのないレコード」などの、日常生活におけるおびただしい量のごみによってマンション自体が埋没するというのである。1975年には、ニューヨークの清掃業者によるストライキによって、ごみの収集が一時中断し、ニューヨークの街にごみがあふれかえり、喜劇の技法上の関係で程度の差は当然あるものの、まさにメルの不安が現実のものになるのである。メルは、勤務する会社の業績の悪化によるリストラの不安を強く抱き、第二次世界大戦後急増した黒人やプエルトリコから来たヒスパニックの存在によってニューヨークを、自分の居場所のない外国の町のように感じている。劣悪な住環境による睡眠不足や将来に対する不安から生じる緊張状態から、メルは恒常的に胃の調子も悪く、妻のエドナ（Edna）から精神科医にかかることを勧められるほどである。
　第1幕第2場では、メルの苦境は加速度的に進行し、すべての災厄がメルに集中する。1970年代には世界屈指の犯罪都市になっていたニューヨークでは、メルの自宅も強盗に入られ、家財道具一式が盗まれる。会社をすでに解雇されていたメルは、絶望のあまり心臓に激痛を感じ、うずくまってしまう。しまいには、仕事も財産も失ったことを大声で嘆くメルに、常々敵意を持っていた階上の隣人によって水がかけられる。全身ずぶ濡れになったメルは泣き出し、メルに対する作者による執拗なまでの「攻撃」は完了し、主人公は完膚無きまで打ちのめされる。第2場の終わりで"comic suffering"による笑いの効果は頂点に達し、観客は惨めで哀れな姿のメルに同情を覚えるものの、笑いを抑えることができないのである。
　失業したメルは、人目を気にして家に閉じこもりきりになり、今まで働き続けてきただけに暇な時間をゆったり過ごすことなどは到底出来ない。精神

的にひどく追い詰められているために、夜も眠れずに眼に隈ができ、何の目的もなく部屋の中をただうろつく姿は、まさに囚人そのものである。メルが住む高層アパートはマンハッタンの二番街に位置しているために、作品のタイトルの『二番街の囚人』とは、ニューヨークで暮らすことで心身共に疲弊したメルを象徴的に表しているのである。

サイモンは、メルの科白を通じて「二番街の囚人」について次のように表現している。

> **メル** … このマンションの部屋の中を囚人のように歩き回って2ヶ月あまりを過ごすことがどんなことかわかるか。最初は部屋から部屋まで歩いた。今はできるだけ長い距離を歩けるように部屋の端に沿って歩いている。
> (第2幕)

この後には、「(暇を持て余して)持っている本全部のすべてのページや食物の缶詰のすべてのラベルまで読んでいる」という科白が続く。メルがしていることはいかにもナンセンス極まりないことだが、大都会ニューヨークでの生活で一種のパラノイア状態になり、失業や強盗によって完全に打ちのめされ、廃人のようになったニューヨーカー、メルが実にコミカルにそして、それだけに印象深く描かれているのである。

『二番街の囚人』は、アメリカの資本主義や文明批判的色彩が強いために、単なる喜劇というより "serious comedy" や "dark comedy" と呼ぶ方がふさわしい。その点では、サイモンの作品の中では異質で、サイモン自らがアメリカ演劇の傑作と賞賛する、アーサー・ミラーの『セールスマンの死』のような社会劇的要素が見られる。『二番街の囚人』の中にも、ミラー流のスプリット・ヴィジョン (Split Vision) 的技法を指摘することができる。つまり、登場人物の個人的なレベルにおける私的な世界とその背景にある社会や国家といった公的な世界が、一つの作品の中に組み込まれているのである。メルとエドナを中心としたエジソン (Edison) 家のストーリーを「私的な声」とすると、幕切れや各場の終わりに設けられている、ロジャー・キーティング (Roger Keating) によるラジオ放送は、いわば、「公的な声」である。

このラジオ放送は、その時代にニューヨークで起きた時事的なニュースを取り上げている。その内容は、病院のストライキや有害な化学物質混入による断水、強盗の件数の増加、濃霧のために自由の女神に激突した貨物船、故

障によってエレベーターの中に閉じ込められた精神科医の話、大雪警報など非常に多岐に渡る。この内容の中には、直接作品とつながりがあるものもあり、エジソン家が直面している私的な問題は一般性や普遍性が高く、観客である多くのニューヨーカーが共有し、親近感を抱くだけではなく、ニューヨーク全体の問題として充分に認識するように導く働きをしているのである。

また、失業したメルの代わりに働きに出た妻も突然解雇され、メルと同じような絶望や挫折を味わうという、「立場の逆転」の技法は、サイモンの喜劇にはお馴染みのものである。観客は、この「立場の逆転」を舞台上で目撃することによって、自分も同じような苦境にいつ陥ってもおかしくないと実感する。ニューヨークでは、誰でもメルのような「二番街の囚人」になる可能性があるというのである。高度に都市化し、そのほころびが顕著になってきた1960年代後半以降のニューヨークで暮らすことは、実際の囚人のように物理的そして精神的に閉塞状態に陥る危険性に絶えずさらされることを意味する。

この閉塞状況は、同じニューヨークを舞台にした『セールスマンの死』にも見られ、ブルックリンに位置する、ローマン一家が暮らす住居は周囲を高層マンションに囲まれ、日もよく当たらないし、環境の悪化によって新鮮な空気も吸うことができない。そして、ウィリー自身も、異常なほど体面を気にし、死に至るまで「アメリカの夢」という途方もない妄想の呪縛に囚われており、物理的にも精神的にも解放されることはないのである。『二番街の囚人』のメルも、会社を解雇され自分には仕事がないことをひどく恥じ極度の被害妄想になる。よく訪れた動物園では、猿たちから他に行く所がないからまた来たと陰口をたたかれていると勝手に思い込み、マンションの入り口にいる高齢のドアマンからは失業中の身を笑われているのではないかと感じ、他人から自分がどのように思われているのかを異常なほど絶えず気にしている。『二番街の囚人』では、このような哀れなメルの姿をファルス的な技法でかなり誇張することによって観客の笑いを誘うと共に、メルのような「囚人」を生み出す狂気に満ちたニューヨークの環境を徹底的に風刺しているのである。

しかし、『二番街の囚人』は、その内容から"dark comedy"に分類されるものの、幕切れは、喜劇作家サイモンの作品らしく将来に希望を持てるものになっている。メルは、妻の献身的な努力や精神科への通院などによって、やや唐突な感があるのは否定できないものの、奇跡的に回復する。それは、メルが、階上の住民によって水をかけられながらも、最初の時とは違っ

て、感情的に取り乱すことなく冷静に対応することからもわかる。最後の場面で、雪が降り出し、メルがクロゼットを開け、復讐のために用意したシャベルを取り出す姿に観客は一瞬驚く。メルがシャベルを持って妻の肩に腕を回すシーンは、絵画的なものであり、ト書きからも明らかなように、アメリカの画家グラント・ウッド (Grant Wood, 1892-1942) の、中西部の偏狭な農民を風刺した『アメリカン・ゴシック』(*American Gothic*, 1930) のパロディーである。

『アメリカン・ゴシック』
(『アメリカン・ヒロイズム』)

　しかし、ロジャー・キーティングの大雪警報の中で、「ニューヨーク市民は、シャベルを手に互いに協力し、共通の目的に向かって共存共栄できることを示すのである」という言葉が、一度は地に堕ちたニューヨークの再生や回復を暗示している。メルとエドナも不信と憎悪の対象でしかなかった隣人との無益な争いをやめ、シャベルを復讐のためではなく、協力のために使うことが暗示される。劇作品の展開としては、確かにこのような結末は、楽観的過ぎるというそしりを免れないかもしれない。1966年から1973年までの2期の間ニューヨーク市長を務めたジョン・リンゼイ (John V. Lindsey, 1921-2000) の時代は、ニューヨークの病弊が一気に噴出した観がある。製造業の移転や白人人口の流出、貧困層の黒人やヒスパニックの人口の増大などによって、税収が減少し、ニューヨーク市の財政は破綻へと向かった。1966年の、12日間もの間続いた市バスや地下鉄のストライキ、1968年の、ユダヤ人と黒人との対立による公立学校におけるストライキなどによって都市機能が麻痺し、ニューヨーカーの間に大きな亀裂が入り、分裂が進んだ。しかし、サイモンは、このようなニューヨークの「暗黒の時代」にこそ、ニューヨーカーの団結を促し、自分が愛してやまないニューヨークの復活を強く願ったのである。

3．サイモンの自伝劇、BB 三部作

　BB 三部作と呼ばれる、1980 年代以降にニール・サイモンが発表した一連の作品群は、サイモンの分身であるユージーン（Eugene）がナレーターと登場人物を兼ねる、サイモン自身の非常に自伝的な色彩の強い劇作品である。『ブライトン・ビーチの思い出』（*Brighton Beach Memoirs*, 1983）は、ブルックリンの南端にあるブライトン・ビーチを舞台に世界大恐慌の時代の家族の生き様とユージーンの多感な少年時代を描いたものである。『ビロクシー・ブルース』（*Biloxi Blues*, 1985）は、第二次世界大戦中に軍隊の基礎訓練のためにアメリカ深南部のビロクシーに行くことになったユージーンの現地での人生体験である。3 作目の『ブロードウェイを目指して』（*Broadway Bound*, 1986）では、第二次世界大戦終了後に、ユージーンが兄とコンビを組み、ラジオのコメディー作家として自立するまでが、家族の崩壊と共に描かれている。いずれの作品も、回想劇の形式をとりながら、ユージーンが、様々な人生経験を通じて、作家という職業に対する基本的な認識を深め、苦難や挫折に直面しながらも人間として成長し、それを自己の文筆活動に活かしてゆくプロセスを印象深く取り上げている。（それぞれのブロードウェイでの上演回数は、『ブライトン・ビーチの思い出』が 1,299 回、『ビロクシー・ブルース』が 524 回、『ブロードウェイを目指して』が 756 回である。）

　BB 三部作が、サイモンのそれ以前の劇作品と決定的に違う点は、サイモンが、その作品群の中で、自己のエスニシティーを明確にしたことである。20 世紀後半以降のアメリカ社会における多元文化主義の影響や、アレックス・ヘイリー（Alex Haley, 1921-1992）の『ルーツ』（*Roots*, 1976）に代表されるような自己の先祖の軌跡をたどろうという社会風潮、更には、サイモンが劇作家としてブロードウェイで確固たる地位を築き上げたことなどにより、サイモンは、自らのユダヤ系アメリカ人としての出自を作品の中に明確に投影するのである。

　いずれもタイトルに地名の付いた BB 三部作の中で、ニューヨーク（ニューヨーク市）を舞台にしているものは、『ブライトン・ビーチの思い出』と『ブロードウェイを目指して』である。両作品とも、ブルックリンの最南端、コニー・アイランド（Coney Island）に位置し、隣接する遊園地に一時多くの行楽客を集めたブライトン・ビーチをその主たる拠点とし、そこにあるジェ

ローム（Jerome）家が、劇の中心である。しかし、サイモン自身が生まれたのは、ブロンクスであり、その後もサイモンが暮らしたのは、主としてマンハッタンであった。アーサー・ミラーとは違って、サイモンとブルックリンに特に深いつながりがあるわけではない。サイモンによると、ブライトン・ビーチを選んだ理由は、タイトルにした場合に、「ブライトン・ビーチ」という言葉が持つ美しい響き（BB三部作のタイトルは、いずれも韻を踏んでいる）と作品自体の設定上の必要性から来ているという。作品の設定とは、『ブライトン・ビーチの思い出』において、ジェローム家の主たる働き手であり、ユージーンの父親であるジャック（Jack）は、多くの家族を養うためにマンハッタンまで毎日片道1時間近くを地下鉄に乗って通勤しなければならないという苦境にあることである。このような苦境を可能にするブルックリンの外れという地理的な位置は、作品の展開上必要なのである。

　特に、『ブライトン・ビーチの思い出』は、ブライトン・ビーチを舞台にした劇作品と限定して解釈するよりは、概して、ニューヨーク一般が、ジェローム家やその構成員に関係していると考えるほうが妥当である。また、先述したように、サイモンが、これらの作品群で初めて自己のユダヤ系としての出自を明らかにしたことが、20世紀前半には市の人口の4分の1あまりをユダヤ系がすでに占めていた、「ユダヤ系アメリカ人の都」であるニューヨークと作品との関連を論じる上で重要な意味合いを持ってくるのである。

4．『ブライトン・ビーチの思い出』――ユダヤ系アメリカ人のユートピア

　『ブライトン・ビーチの思い出』は、ニール・サイモンの分身であるユージーンが15歳の時、つまり、大恐慌で経済的に困窮した1937年時点の自分の家族を振り返る回想劇（memory play）という形式を取っている点では、テネシー・ウィリアムズの名作『ガラスの動物園』（*The Glass Menagerie*, 1945）と同一の傾向が見られる。しかし、ウィリアムズが自分の家族の暗部や恥部をかなり赤裸々に描写したのに対して、サイモンは、かなり理想化し、美化した家族像を提示しており、全く対照的とも言える楽観的なパースペクティブで大恐慌の時代のニューヨークを振り返っている。まず、『ブライトン・ビーチの思い出』の中にサイモンが大恐慌時代のニューヨークを、ジェローム家の登場人物との関連においてどのように描写しているかについて具体的に述べ、サイモンの心象風景とも言える思い出の中のニューヨークについて

探究してゆきたい。

『ブライトン・ビーチの思い出』は、大恐慌を時代的背景としているものの、クリフォード・オデッツ（Clifford Odets, 1906-1963）の『醒めて歌え』（Awake and Sing!, 1935）のように、会社が倒産して高層ビルから投身自殺する経営者や労使間の緊迫した労働争議などの暗澹たるニュースが伝えられ、時代の暗部がクローズアップされることはない。まず作品の冒頭から、ユージーンによる、大リーグのワールド・シリーズの「実況中継」である。ユージーンは、ニューヨーク・ヤンキースの大ファンで、一人悦に入り自宅の前で、自ら当時のヤンキースのエース・ピッチャーの一人であるレッド・ラフィング（Charles Herbert Ruffing, 1904-1986）になりきり、ヤンキースの黄金時代を支えた名捕手ビル・ディッキー（William Malcolm Dickey）から投球サインが出たつもりになり、自宅の壁にボールを投げ込む。しかし、その投球行為自体が、本人の心の中では、1937年のヤンキースとニューヨーク・ジャイアンツとのワールド・シリーズのクライマックスの一場面なのである。1936年と1937年は、同じニューヨークに本拠地を置く球団同士のワールド・シリーズになり、また、1920年代初頭からヤンキースの強さが他の追随を許さないほどであり、まさに、ニューヨークにおける大リーグ球団の黄金期であったのである。この冒頭の活気あふれるムードは、大恐慌下の暗澹たるニューヨークからは程遠いものである。また、この雰囲気には、両親の不仲により別居状態が長く続き、家族と呼ぶことも難しい、サイモン自身の家族とは全く対照的な理想化されたジェローム家が暗示されているのである。

労働者階級のジェローム家における大恐慌の影響は、家族の経済的な困窮とそれに伴う影響といった形で表われる。ジェローム家には、夫と死別したために身を寄せている、ケイト（Kate）の妹ブランチ（Blanche）とその娘が2人居候している。自分の直接の家族も含め7名分の生活費を稼がなければならないジャックは、昼間の衣服工場での労働に加えて、夜もパーティー用品の販売の仕事を兼務しなければならない。パーティー用品の会社が倒産した後は、夜間タクシーの運転手として働き、毎日の肉体労働と長時間の通勤による過労のために心臓発作を起こし、地下鉄の中で気を失い、自宅まで警察に運ばれてしまう。

20世紀初頭のニューヨークの衣服産業は隆盛を極め、その90パーセント近くをユダヤ人が経営し、その労働者のほとんどもユダヤ人であり、マンハッタンのミッドタウンには、衣服産業のメッカとも言えるガーメント・ディ

ストリクト（Garment District）がすでに存在していた。ジャックは、そのガーメント・ディストリクトのスウェットショップ（sweatshop）で、一介の熟練工として、劣悪な環境の下、長時間・低賃金労働を強いられてきたのである。

しかし、妻や息子たちを無責任に放棄したサイモンの父親とは違って、ジャックは家父長としての威厳を持ち、すべての家族の相談役にもなる。肉体的には疲弊しているものの、家族一人一人に思いやりを持って接し、更には、ホロコーストから逃れポーランドから脱出しニューヨークに向かうユダヤ人の親戚たちの面倒を見ることを決して厭わないほどである。劇の結末では、大恐慌による貧困とそれによって引き起こされる確執によって崩壊する『醒めて歌え』のバーガー（Berger）家とは対照的な、家族の団結が明確に示されている。父親の役に立とうと給与を賭博ですべて失った長男のスタンリー（Stanley）やジャックの病気の原因になったことに強い罪悪感を持っているブランチも、そしてブロードウェイへのデビューを思い止まらされたノーラ（Nora、ブランチの長女）も、一度は家族との決裂の道を選ぶものの、一つの家族としてジャックを中心に精神的にまとまることを決意する。ジャックは確かにマンハッタンのガーメント・ディストリクトでは、低賃金で搾取される肉体労働者に過ぎないかもしれないが、ブライトン・ビーチのジェローム家では、家族の誰もが尊敬し、信頼するユダヤ人の大家族の家父長として非常に重要な存在なのである。

『ブライトン・ビーチの思い出』は、ヨーロッパでホロコーストの嵐が吹き荒れる1930年代後半のユダヤ人受難の時代を背景としている。そのため、ジャックは第二次世界大戦直前のヨーロッパにおけるナチス・ドイツの動向を気にかけており、自宅に居る際にはラジオのニュースに絶えず注意を払っている。1938年には、ドイツがオーストリアを併合し、ヒトラーによる「大ドイツ」が実現する。ドイツとの戦争を回避したい英仏も、対独宥和政策としてミュンヘン協定を締結し、ドイツにチェコ西部のズデーテン地方を割譲することに同意する。このようなナチス・ドイツの強大化は、ユダヤ人にとって大きな脅威となり、同年11月には、ドイツ各地において大規模なユダヤ人迫害である「水晶の夜」事件が発生し、その後ホロコーストは拡大の一途をたどるのである。

ヨーロッパの出来事とアメリカにいる自分たちとの関係を全く認識できていない子供たちに、ジャックは、「（このような状態の下では）ユダヤ人ならば世界のどこかで同朋が苦しんでいる」ということをはっきり告げ、ユダヤ人

『ブライトン・ビーチの思い出』映画版
(*Brighton Beach Memoirs*, CIC Video)

としての自覚を持つことを促す。また、ジャックには多くの親戚がドイツの隣国ポーランドにいて、いつ自分を頼ってアメリカにやって来るのか気が気でならないのである。ジャックは、ブライトン・ビーチで共に暮らす家族だけではなく、ヨーロッパのユダヤ人の肉親との連帯や相互扶助までも念頭に入れた家族構想を真剣に考え、幕切れでは、同居する家族からも積極的な賛同を得る。

ジャックは、ニューヨークを、ホロコーストで苦しむユダヤ人が最終的に肉体的そして精神的な自由や安寧を手にすることが出来る、「約束の地」と考えているのである。それゆえ、『ブライトン・ビーチの思い出』の幕切れは、劇的である。ジャックの従兄弟から手紙が来て、ナチスに捕らえられることなく無事にポーランドを脱出し、ロンドンから船で1週間後にニューヨークに到着するというのである。その知らせを受けて、ジェローム家は、多少の波風が今まであったものの、結束を固め、ユダヤの同朋のために惜しみない協力をすることを皆で誓うのである。幕切れのユージーンの性への目覚めによる人間的成長と相まって、ジェローム家は新たな第一歩を歩み出す。ここには、『ガラスの動物園』に見られるような1930年代のアメリカ社会を取り巻く内憂外患的な状況から来る陰鬱さは見られず、未来志向的な希望に満ちた明るい結末が際立っているのである。

『ブライトン・ビーチの思い出』には、20世紀初頭における、すでに多民族・多人種が入り混じり、人種のるつぼと化したニューヨークの状況が描かれている。ジェローム一家は、19世紀の後半にロシアにおけるポグロム

(pogrom) から逃れてアメリカに移民した東欧系ユダヤ人を先祖に持ち、ジャックやケイトは、ユダヤ教の安息日である土曜日にシナゴーグに通っている。ニューヨークには、19世紀半ばにジャガイモ飢饉とイギリスの圧政から逃れたアイルランド系移民が大挙して押し寄せ、1920年代には、マンハッタンのミッドタウンに大規模なコミューニティーを持つまでになっていた。また、1920年代から1930年代には、アメリカ南部の農業地帯から、北部の工業都市へ職を求めて、多くの黒人が流入してきた。ニューヨークでは、マンハッタン北部の以前は白人の住宅街であったハーレムが、黒人の街へと変貌していった。

ジェローム家の住居から通りを隔てた地域に暮らす独身男性マーフィー (Murphy) は、未亡人であるブランチに好意を持っている。しかし、特に20世紀初頭においては、アイルランド系とユダヤ系との間の確執や憎悪は、非常に強いものがあった。アイルランド系の娘とユダヤ系の息子が親に秘密で結婚することで大騒動を巻き起こすどたばた喜劇、アン・ニコルズ (Anne Nichols, 1896-1966) の『エイビーのアイルランド産のバラ』(*Abie's Irish Rose*, 1922) がブロードウェイで大ヒットしたこともあり、この両者の犬猿の仲は有名なもので、ニューヨーカーならばその事実を誰もが知っていると言っても過言ではないほどである。そして、ブランチの姉ケイトは、アイルランド系に対する偏見や敵意を典型的に体現している人物と考えることが出来る。ケイトは、マーフィーには過度の飲酒癖があり、常にアルコールの臭いがするし、自宅の入り口で酒に酔って倒れているところまで見かけたと妹に言っては、二人の交際に強く反対する。また、ケイトは、息子二人がアイルランド人の不良少年たちに暴力を振るわれたことも例に挙げ、大酒飲みで暴力的であるという、アイルランド系に対するステレオタイプ化した偏見や差別意識を露わにする。

しかし、『ブライトン・ビーチの思い出』は、家族を理想化すると共に、登場人物を取り巻く人種的・民族的状況も理想化する傾向が強い。姉のケイトによるアイルランド系蔑視の頑なな態度にもかかわらず、ブランチは、自分自身でマーフィーの人間性や人格を判断し、決して偏見にとらわれずに好意を抱いている。アイルランド系という理由だけでマーフィーを嫌うことは全く心情的に納得の出来ないことであるし、文豪バーナード・ショー (George Bernard Shaw, 1856-1950) の例を出しては、アイルランド人の素晴らしさをたたえているほどである。また、マーフィーの両親の本国アイルランドでの苦

難に満ちた生活と自分の両親のロシアでのポグロムとを引き合いに出しては、同じ差別を受けた民族としての共感や同情までも覚えているのである。

また、スタンリーは、職場である帽子店で、支配人から不当な減給を通告された黒人の同僚を、正義を守るために自分の職を犠牲にしてまでも助けようとする。このような自己の良心に忠実に生きようとするスタンリーの姿は、公民権運動に至るまで、アメリカ社会で過酷な人種差別に苦しみ続ける黒人が、法廷闘争の場でユダヤ系の弁護士によって救われてきた、ユダヤ人と黒人との協働関係をほうふつとさせるほどである。

このように見てくると、『ブライトン・ビーチの思い出』は、確かに楽観的過ぎるというそしりを免れないのは事実ではあるけれども、この作品は、あくまでもユージーンの、ひいては、ニール・サイモンによる、私的な感情や思い入れがこもった、過去や思い出を美化しようとする特殊とも言える回想録なのである。この回想録の中では、大恐慌の貧困の中でジャックを中心に家族は最終的には精神的な結束を果たし、そして、ニューヨークは、祖国がないために世界各地を流浪し続けてきたユダヤ人の「約束の地」となり、アメリカ社会の中で人種のるつぼが理想的に機能するユートピアとなるのである。

5．『ブロードウェイを目指して』——ブライトン・ビーチと母親への「ラヴ・レター」

BB三部作の最後に位置する『ブロードウェイを目指して』は、ジェローム家を理想的な家族として美化した『ブライトン・ビーチの思い出』とは対照的に、ジェローム家の崩壊や現実の惨状を赤裸々に描いている。ユージーン・オニールの自伝的作品である『夜への長い旅路』(*Long Day's Journey into Night,* 1956) において、オニールは、自分の家族の恥部を白日の下にさらし、その激しさゆえに自分の死後に上演されることを望んだほどである。サイモンにとっての『ブロードウェイを目指して』は、オニールの『夜への長い旅路』に匹敵し、サイモンは、親が生きている間はこの作品を書くことすらできなかったほど自伝的色彩が強いのである。

『ブロードウェイを目指して』は、タイトルにもあるように、ユージーンと兄スタンリーの若い二人がコンビを組み、ラジオのコメディー・ライターとしてデビューし、本格的にプロの喜劇作家として活動するためにブライトン・ビーチの家を出てブロードウェイに進出するまでを喜劇調で描いている。しかし、その基底を流れているのは、あくまでも現実のサイモンの両親

の不仲とそれによって引き裂かれた家族の姿を投影したジェローム家の崩壊のプロセスである。『ブライトン・ビーチの思い出』でジェローム家の家父長として家族全員から信頼されていたジャックやその夫を献身的に愛するケイトの姿は、ここには跡形もない。

　時は、1949年。第二次世界大戦が終了し、戦後の好景気によるアメリカの経済的な繁栄がジェローム家のような労働者階級に至るまで浸透してきた時代であり、大恐慌の面影はもう見ることはできない。しかし、皮肉なことに、アメリカ合衆国そしてその中心であるニューヨークの繁栄が、ジェローム家の家族の離散を用意する原因となるのである。ここで、サイモンは、『ブライトン・ビーチの思い出』には登場していなかった、ケイトとブランチの父親で、ロシアの革命家トロツキー（Leon Trotsky, 1879-1940）を信奉する社会主義者、ベン（Ben）を同居人として登場させている。ベンは、次女のブランチが、再婚した夫の事業の成功により大金持ちになり、ミンクのコートを着て、黒人の運転手つきのキャデラックに乗っていることにどうしても我慢できない。ベンは、競争原理によって勝者と敗者を生み出し、貧富の差が歴然とするような資本主義の価値観やアメリカの成功神話に懐疑的で、ブランチからの金銭の援助によって妻のようにフロリダで暮らすことに強い拒否反応を示す。大恐慌の時代には貧困が家族の結束を促したが、皮肉なことに、戦後の好況がかえって親子の間に埋めがたいほどの大きな精神的な確執を生んでしまったのである。

　そして、最も深刻なジェローム家の問題は、ジャックとケイトとの夫婦の関係が、修復不能の状態になり、33年の結婚生活に終止符が打たれるのである。事業に成功しマンハッタンのパーク・アベニュー（Park Avenue）に住む友人とは対照的に熟練工として地味に働き続けてきたジャックは、ある女性と知り合い、自分の心の隙間を埋めようとする。夫の不倫を耐えがたい大きな屈辱に感じたケイトは、ジャックを心情的にどうしても許すことができず、最終的には、ジャックが家を出てその女性のもとへと行くのである。ジャックは、まさにサイモンの父親アービング・サイモン（Irving Simon）と同じ仕打ちを妻にそして家族にするのである。更に、ユージーンとスタンリーの喜劇作家としての成功もまた、二人の独立と旅立ちにつながり、息子たちは、母親に別れを告げる。最終的には、ベンもフロリダに行くことになり、ブライトン・ビーチの家に残されたのは、ケイトだけとなる。

　『ブライトン・ビーチの思い出』と『ブロードウェイを目指して』は、同

じサイモンの自伝的作品でありながら、ジェローム家や家族を捉えるパースペクティブに大きな相違点を認めることができる。そして、それが、同じブライトン・ビーチを舞台にしていながらも、作品上におけるブルックリンとマンハッタンの地域性の違いの重要性を照射していると考えられるのである。前節で見てきたように、『ブライトン・ビーチの思い出』においても、ノーラのブロードウェイのミュージカルへの出演の話やスタンリーの家出などにより、一時的には、ジェローム家の分裂の可能性はあった。しかし、ホロコーストを逃れた、ポーランドの親戚がニューヨークに来る知らせを受けて、このユダヤ人家族は団結し、ブライトン・ビーチは一族の心の拠り所となる。また、ユージーンにとっても、多感な少年時代を過ごしたブライトン・ビーチは、家族との幸せな思い出の一こまとして記憶に残っているのである。

　しかし、『ブロードウェイを目指して』において、作品中でブライトン・ビーチが持つ意味が変質し、代わりにマンハッタンの存在が大きなものになってくる。ジャックは、ガーメント・ディストリクトにある衣料品製造工場での単調な労働と平凡で退屈な家庭生活に嫌気がさし、マンハッタンの七番街のレストランで、ある未亡人と知り合い、関係を持つまでになる。この女性は、ジャックが聞いたこともない本を読み、存在さえ知らなかった場所についてよく知っていた。彼女は、今までの矮小な世界を超えた、広い大きな魅力的な世界へとジャックを精神的に導いてくれる「救世主」だったのである。ジャックにとっては、マンハッタンは新たな人生を歩む機会を与えてくれたものの、その結果としての妻との離婚により、ブライトン・ビーチは、過去の遺物として永遠に葬り去られるのである。

　また、マンハッタンは、ユージーンとスタンリーにとっては、自分の思い描いた新たな人生を歩むために全力を尽くして可能性を試す実験場となり、喜劇作家として成功したいというアメリカン・ドリームを追求し続ける夢の工場となる。最初は、二人は、ブルックリンで、バルミツヴァ（bar mitzvah、ユダヤ教における少年の成人の儀式）の祝いや結婚式のパーティーのような庶民の行事の際に行われるコント・ショーのための台本書きなどをしていた。ところが、20世紀半ばにエンターテイメント・ビジネスが全盛期を迎えるようになると、マンハッタンに拠点を置く、アメリカを代表する放送局の一つであるCBSのラジオ番組のコメディー・ショーの仕事の依頼を受けるまでになる。

作品中では、ユージーンとスタンリーによるコメディーが、ジェローム家を徹底的に笑いものにし、これを聞いたジャックは激怒する。その寸劇の設定自体も、マンハッタンだけがニューヨークであるといった扱いをし、ブライトン・ビーチを中心から外れ周縁に位置する異質な土地として描いているのである。この時代は、アメリカ国民の間に、ラジオに代わってテレビが普及し始め、二人も、その恩恵を受けるようになる。CBSでの仕事も順調で給与が倍になっただけではなく、遂に当時非常に人気の高かったテレビ・コメディー・シリーズであるフィル・シルバーズ・ショー（The Phil Silvers Show、サイモン自身も実際にかかわったショーの一つである）の仕事まで担当するようになる。エンターテイメント・ビジネスが比較的新しい産業分野であることもあり、ユージーンとスタンリーの兄弟コンビは、他のユダヤ系アメリカ人同様、その才覚と創造力によって成功のチャンスをものにしたのである。当時、テレビ業界や映画や演劇の世界は、ユダヤ系にとっては、絶好の活躍の場であったのである。二人は、念願の夢であった、エンターテイメント・ビジネスの中心であるニューヨーク（マンハッタン）進出を実現し、この場合も、ブライトン・ビーチは、修業期間中の過渡的な拠点として見捨てられる運命にある。

『ブロードウェイを目指して』は、ジェローム家に代々伝わる手作りの木製のテーブルを一人ケイトが懸命に磨いているところで幕になる。この場面が表しているのは、夫や息子二人が出て行った後のケイトの孤独を表す。そして、同時に、このケイトの姿は、見捨てられた、かつてジェローム家の家族の営みが存在したブライトン・ビーチともオーバーラップしてくる。しかし、ナレーター役としてのユージーンは、幕切れで、母親ケイトの境遇をただ単に哀れんでいるだけではなく、かなり幸運な女性だったと回想している。それは、ケイトが、若い頃、アメリカの俳優でダンスの名手であるジョージ・ラフト（George Raft, 1895-1980）と実際に踊ったことがあるという理由からである。

『ブロードウェイを目指して』の最も感動的とも言える場面は、ユージーンとケイトとの自宅の居間でのダンスのシーンである。ユージーンは、以前から、母親が古き良き思い出を語るのを聞くことが好きであった。娘時代のケイトは、ダンスホールで、その踊りの上手さを若き日のジョージ・ラフトにも注目され、多くの観衆が見守る中で見事なダンスを披露した。そして、ケイトが踊った理由は、ラフトの関心を惹くためではなく、以前から好意を

持っていたジャックに自分をアピールしたかったからであった。夫との別れが間近に迫り、息子たちも独立して家を出ることがわかっている中で、ユージーンは母親への愛情を、自分がラフトになったつもりで共にダンスをすることによって懸命に伝えようとする。ケイトは、サイモンの実際の母親であるマミー・サイモン（Mamie Simon）をモデルにしており、息子への愛情を直接言葉にして伝えることが苦手で、母親と息子との間の感情には絶えず隔たりのようなものがあった。それゆえに、ユージーンは、母親が最も輝いていた時代を思い起こさせ、その相手を自分が、ダンスが苦手ながらも懸命に務めたのである。『ブロードウェイを目指して』は、実は、夫ジャックとの不仲により結婚生活を断念せざるを得なくなった母親への、息子ユージーンからの一種の「ラヴ・レター」であったのである。

　華やかできらびやかなエンターテイメント・ビジネスの中枢へと進出し、明るい未来を約束されたユージーンにとって一通過地点でしかなかったブライトン・ビーチは、気持ちの中では、母親とのかけがえのない思い出の場となり、どんなに時間が経過しても決して忘れることの出来ない記憶となる。サイモンの次の世代を担う、同じニューヨーク出身のユダヤ系の劇作家であるドナルド・マーグリーズ（Donald Margulies, 1954-）は、自分にとってのマンハッタンは、摩天楼が聳え立ち人間の欲望が渦巻く色彩鮮やかな世界であるが、ブルックリンはセピア色がよく似合う、精神的な安らぎが得られる心の拠り所であるという。『ブロードウェイを目指して』においても、ユージーンにとっては、ブライトン・ビーチは、自分の人生を犠牲にして家族に献身的に尽くしてきた母親の姿なしには語ることは出来ず、その存在と共に何か心の琴線に触れる場所なのである。ブライトン・ビーチの懐かしさは、決して鮮やかできらびやかなものではなく、どこか色褪せたくすんだものであり、ほろ苦さが伴うものである。

　サイモンの作品では直接触れられてはいないが、ブライトン・ビーチがあるコニー・アイランドの全盛期は、19世紀終わりから20世紀前半であり、その中にある主要な遊園地であるドリームランド・パーク（Dreamland Park）やルナ・パーク（Luna Park）は、火災で大きなダメージを受けた後は、新しい時代に適応できないまま、経営難に陥り倒産し、消滅した。このようなコニー・アイランドの衰退の結果、ブライトン・ビーチは、再開発事業として労働者用の高層アパートが建てられたり、以前からの住宅街も一部スラム化していった。

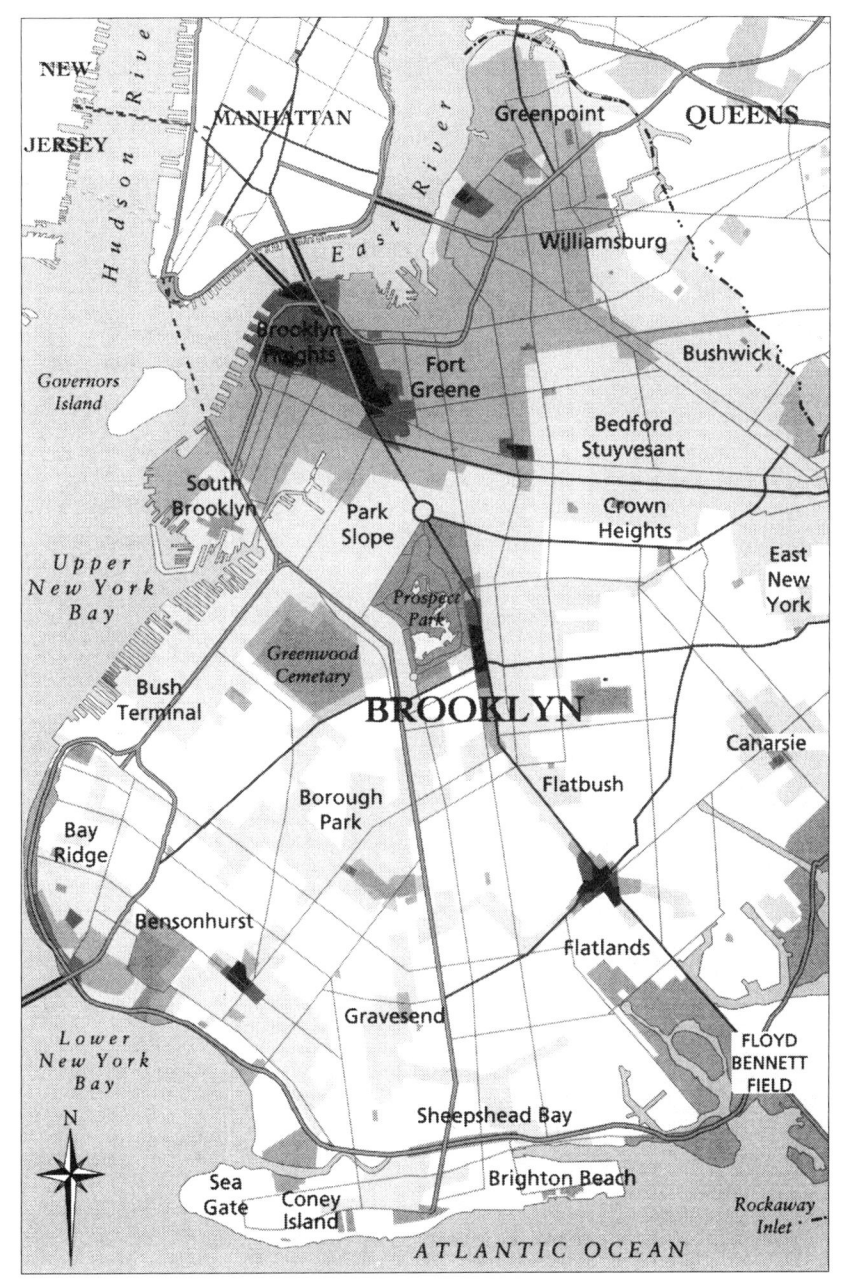

ニューヨークと現代アメリカ演劇　63

ブライトン・ビーチ周辺図
(*Historical Atlas of New York City*)

ケイトは、マンハッタンのパーク・アベニューで暮らす金持ちの妹のような生活を送ることは心情的に自分には出来ないし、住み慣れたブライトン・ビーチでの人間関係を大切にしているために、息子たちが用意したマンハッタンの住居に転居することを拒否する。ケイトは、自分という存在が根付き、友人がいて馴染みの店があるブライトン・ビーチを大切に思い、そこで例え独りになっても一生を終える覚悟が出来ている。『ブロードウェイを目指して』において、サイモンは、ブロードウェイのネオン輝く劇場街とは全く対照的とも言える色褪せたユダヤ人の労働者の町ブライトン・ビーチに、そして、不器用にしか人生を歩めなかった母親に、ユージーンのせつない気持ちやそれゆえの限りない愛情や愛惜の念を惜しみなく注ぎ込んでいるのである。

〔付記〕第3章は書き下ろしであり、作品の和訳は、すべて拙訳である。

参考文献

Allen, Oliver E. *New York, New York: A History of the World's Most Exhilarating and Challenging City.* New York: Atheneum, 1990.

Bloom, Harold. *Neil Simon.* Broomall: Chelsea House, 2002.

Homberger, Eric. *The Historical Atlas of New York City.* New York: An Owl Book, 2005.

Johnson, Robert K. *Neil Simon.* Boston: Twayne, 1983.

Konas, Gary, ed. *Neil Simon: A Casebook.* New York: Garland, 1997.

Koprince, Susan. *Understanding Neil Simon.* Columbia: University of South Carolina Press, 2002.

Margulies, Donald. *Brooklyn Boy.* New York: Theatre Communications Group, 2005.

McGovern, Edythe M. *Neil Simon: A Critical Study.* New York: Frederick Ungar, 1979.

Sanders, Ronald. *The Downtown Jews —— Portraits of an Immigrant Generation.* New York: Dover, 1987.

Simon, Neil. *The Collected Plays of Neil Simon Volume 2.* New York: Plume, 1986.

―――. *The Collected Plays of Neil Simon Volume 3.* New York: Random House, 1991.

Snyder-Grenier, Ellen M. *Brooklyn!* Philadelphia: Temple UP, 1996.
ニール・サイモン 『ニール・サイモン自伝　書いては書き直し』 酒井洋子訳、 早川書房、 1997 年。
――――『ニール・サイモン自伝 2　第 2 幕』酒井洋子訳、早川書房、2001 年。
鈴木周二 『現代アメリカ演劇』 評論社、 1990 年。
田中正之 『アメリカン・ヒロイズム』 国立西洋美術館、 2001 年。
野村達朗 『ユダヤ移民のニューヨーク――移民の生活と労働の世界』 山川出版社、 1995 年。

第 2 部

テネシー・ウィリアムズが抱く南部への愛憎

谷　佐保子

第4章 「南部美女のたどる道」——1940年代の作品から

1. テネシー・ウィリアムズの生い立ちと南部

　アメリカ演劇界のキャノンとして、いまだに根強い人気を博し、初期の名作はこれまで何度もブロードウェイでおいて再上演されているテネシー・ウィリアムズ (Tennessee Williams, 1911-83) は1911年、ミシシッピー州、コロンバスで生まれた。父親コーネリアス・コフィン・ウィリアムズ (Cornelius Coffin Williams) は靴販売のセールスマンをしており、家を留守にすることが多かったので、8歳になるまでウィリアムズは母方の祖父で、南部監督派教会の牧師であるウォルター・エドウィン・デイキン (Walter Edwin Dakin) の家で母親エドウィナ・デイキン・ウィリアムズ (Edwina Dakin Williams) と2歳年上の姉ローズ (Rose) とともに過ごした。この南部で過ごした幼年時代は、ウィリアムズにとって生涯でもっとも楽しく清純無垢な日々であったと語っている。牧師は保守的な南部において特権階級として位置づけられており、父親不在でありながらも、温厚な祖父と祖母、愛情深い黒人の子守女、そして親密な姉とともに恵まれた生活を送ることができたからだ。この時代こそ、ウィリアムズが南部に対する愛着、懐古を強く感じる大きな基盤となっていると同時に、彼の中で粗野で残酷な南部男性である父親に対する嫌悪感が育まれた時期でもあった。

　当時両親の夫婦仲は悪く、粗暴な性格のコーネリアスが母親エドウィナと姉ローズに対して暴力をふるうのを見るたびに少年ウィリアムズの心は傷ついた。また、彼は5歳のときに大病を患い、その後2年間、自由に歩くことが出来ない生活を送ったが、その間にエドウィナが何かと世話をやきすぎたことが彼の人格形成の上で大きな影響を与えた。父親コーネリアスは、姉といっしょに人形遊びに興ずるウィリアムズよりも7歳年下で、活発な弟デイキン (Dakin) をかわいがった。男性性の強い、粗暴で無神経な父親に対する憎悪と、ウィリアムズの女性的な面を受け入れ、いっしょに楽しいときを過

ミシシッピー州コロンバスの牧師館
(*Everyone Else is an Audience*)

ごした姉に対する愛情はこの南部の幼年時代に培われたものであり、後になって彼の作品の基盤となっていった。

　この後、ウィリアムズにとって大きな転機が訪れるのが1918年、父親の仕事の関係で中西部の町セント・ルイスに引っ越したときのことであった。幼いころ過ごしたミシシッピー州デルタ地帯にあるクラークスデールに見られた自然美は都市の邪悪な景色に変わっていた。これを物語るかのように、『ガラスの動物園』(*The Glass Menagerie*, 1945) の冒頭では、主人公トム (Tom) の住むアパートの周辺について、「暗くて狭い路地」とか、「不気味な格子模様の非常階段」、「陰気な峡谷」といった、南部とは対照的な、退廃的な中西部都市の環境が強調されている。このウィリアムズ一家が住む居住地区は彼らが、南部にいたときよりも、社会的な地位が一歩後退したことを示していた。学校では南部なまりやその習慣で同級生たちにからかわれ、これまで何一つ不自由ない生活を送ってきたウィリアムズにとって、自分が人生の影の部分にいることをはじめて意識させ、また過去の陽の当たっていた南部を懐

ニューオーリンズを走る路面電車「欲望という名の電車」
(*Everyone Else is an Audience*)

かしく思い出させたのが、中流階級の悪意が満ち溢れたセント・ルイスという町であった。

　こうした環境の激変や父母の不仲、父親の自分に対する敵意の中、ウィリアムズは自分の世界にこもるようになり、文章をつづることに喜びを見出し、1929 年にミズリー大学に入学する。しかしながら、3 年後、大恐慌のあおりを受けて退学させられ、父の勤める製靴会社に就職することになる。父親の仕事が持ち直した後、他大学への復学を経て、ウィリアムズは 1938 年にアイオア大学を卒業する。彼は定職につかず各地を転々として、流浪の生活を送っていたが、その中で彼の心を捉えたのがルイジアナ州にある南部最大の港町ニューオーリンズで、1938 年から 1939 年までフレンチ・クオーターの一角にあるアパートに住み込んだ。

　数々のウィリアムズ劇の舞台として登場するこの町は『欲望という名の電車』(*A Streetcar Named Desire*, 1947) のト書きに「種々雑多な人種のいるところで、人種間の交流も比較的暖かく気楽に行われ」、「卑俗なりに一種の魅力がある」とある。場違いのドレスを身にまとって、妹を訪れたヒロインは、ポーランド系移民である妹の夫の粗野で猥雑な言葉遣いや、荒廃したアパー

トの雰囲気が、自分たちが生まれ育った南部のプランテーションでの生活様式とあまりにもかけ離れているので嫌悪感を示す。しかし、その上品気取りをスタンレーが嘲笑する姿に、旧南部と新南部の対立関係を読み取ることは可能であろう。

　ニューオーリンズには、そういった新移民が勢力を増す南部の新しい一面だけでなく、旧南部の優雅さや旧態然とした因習が残る一角、庭園地区（ガーデン・ディストリクト）も存在する。『この夏突然に』（*Suddenly Last Summer*, 1958）は、この山の手地区に住む南部人気質の女性が死んだ息子の同性愛の事実を隠すために姪にロボトミーの手術を受けさせようとする物語である。このように、ウィリアムズにとってのニューオーリンズは紳士淑女の南部の上品さと中流下層民が混在し、新旧南部の価値観が交錯する、自らの生い立ちを重ねることが出来る町である。

　ウィリアムズは古きよき南部に対して、憧れと郷愁ばかりを抱いていたわけではない。因習的な小さな田舎町における、人種差別、性的抑圧、暴力などについて、1950年代後半以降に発表された作品の中でするどく批判している。南部に対する彼の愛着が強ければ強いほど、その影の部分を憎む気持ちが、邪悪な登場人物、リンチ、去勢などの形で作品に映し出されている。そういった、ウィリアムズの南部に対する愛憎を彼の作品を通してながめていきたい。

　テネシー・ウィリアムズのブロードウェイにおける初めての成功作品は1945年の『ガラスの動物園』であった。続く1947年の『欲望という名の電車』はピューリツァー賞とニューヨーク劇評家賞を受賞しており、劇作家としてのはじめの10年間で彼はアメリカ演劇の頂点に登りつめた。この時期の彼の作品の重要な背景となるのは優雅でかつ因習的な南部社会である。過去の南部の栄光を引きずりながら、厳しい現実のなかで苦闘する南部美女（サザン・ベル）はウィリアムズ劇の代表的な女性像として受け止められている。彼女たちはまた、厳格なピューリタニズムのもと、性的快楽を追求することが罪悪視されていた社会の中で内的葛藤を抱えている。そのため、自分があるべき姿と現実の姿の違いに苦悩し、次第に精神状態を崩していく結末も共通している。このような南部美女のたどっていった道を1940年代の代表的な作品を中心に詳しく見ていくことにする。

2．『ガラスの動物園』——南部美女の自尊心が子どもを追い詰める

　この作品の時代背景となる 1930 年代のアメリカは、大恐慌下、多くの人々が日々の生活に追われ、家族関係が濃密であった。その結果、家族が足かせとなって、家庭を捨てようとする男たちもいた。この劇の語り手であり、作者の分身であるトム・ウィングフィールド（Tom Wingfield）もその一人で、家族を捨てた父親に代わって母親アマンダ（Amanda）と姉のローラ（Laura）の生活を支えていたが、「頼りになるのはおたがい同士、家族だけ」といった息苦しい状況に耐え切れず、父親と同じ道を歩むことになる。

　トムが家の重荷に耐え切れなかった理由のひとつに、母親アマンダが過保護であったことがあげられる。彼女は夫に見捨てられ、セント・ルイスの安アパートで惨めな生活を送っているのだが、厳しい生活に目を向けようとしない。南部の美女ともてはやされた、輝かしい過去をいまだに忘れられずに、子どもたちに自分の価値観を押しつけている。

　たとえば、南部監督派教会の一員でもある彼女は、トムが図書館から借りてきた D.H. ロレンスの小説を「けがらわしい」と勝手に返却してしまうが、ここに厳格なピューリタニズムのもと、性的快楽を追求することが罪悪視された南部婦人の性的抑圧を読み取れる。息子から官能的な小説を取り上げる一方で、「優美でおわんのような乳房」とか「ほっそりくびれた腰」といった描写のある「女流作家が欲情を活字の形で吐き出したような連載小説を目玉とする雑誌」の購読を勧誘する仕事に精を出している矛盾を抱えている。アマンダはウィリアムズの母親のエドウィナ・デイキン・ウィリアムズがモデルであることはよく知られているが、彼女自身、性行為に対しても恐怖を感じるほど禁欲主義であったという。実生活においては息子ではなく、ウィリアムズの姉ローズの思春期にピューリタニズムを延々と説き伏せ、彼女の反感を買ったらしい。

　このほかアマンダは子どもたちに、つねに食事の前にお祈りをさせたり、姿勢を正すように注意したりするのだが、このような過干渉のもと、トムは「この家には自分の自由になるものは何一つない」と、深夜になると映画館に足を運ぶ毎日を繰り返している。

　一方、娘ローラに対しては、自分の娘時代の姿をそのまま投影させようとし、彼女のもとに一人も青年紳士が訪れないことについて、「きっと大洪水か、竜巻でもあったに違いない」とローラが男性に見向きもされないという

『ガラスの動物園』
(Everyone Else is an Audience)

　現実を受け入れられない。ローラは「洪水や竜巻のせいではないの、かあさん。私はブルー・マウンテン時代の母さんみたいに人気があるわけではないの」とますます自信を失い、ガラス細工の世界へと引きこもっていく。タイプライターの学校に通っても、少し足を引きずることで他人の目が気になり、緊張のあまり嘔吐してしまう。その後、二度と教室に姿を見せずに、一日中公園や動物園を歩き回って時間をつぶしていた。なぜなら、ローラはアマンダが、「美術館にある聖母マリアの絵」のようにがっかりする顔を見るのがいやで、その事実を隠していたのだ。彼女は自分に失望し、傷つく母親の姿を見るのがつらいのだ。南部婦人としての上流気取りや自尊心が子供を追い詰めていることにアマンダは気がついていない。
　娘の将来を心配するアマンダは、職業婦人の道が閉ざされたことを知ると、次に彼女に良い結婚相手を探すことに奔走する。職場に誰か適当な人がいないかと相談を受けたトムは同僚のジム・オコナー（Jim O'Connor）を連れてくる。彼の登場はこの非現実的な世界に住む一家に、現実の光を与えるという役割がある一方で、アマンダがブルー・マウンテン時代にどのような娘であったのかを知る手がかりを与えてくれる。彼女は食事の支度が出来上が

るまで、ジムに自分が娘時代に過ごした南部での生活をこう語っている。

  私はカステラぐらいしか作れませんでしたの。南部にはたくさんの召使がいましたからね。でもそれも遠い昔のこと。優雅な暮らしはすべて思い出になりました。すっかりね。こんなことになるなんてあのころ思いもしませんでしたわ。私を訪ねてくださる青年紳士はみなさん大農園主のご子息ばかりで、私はそういった方の一人と結婚するものと思っていましたわ。
（第6場）

 これまでアマンダが繰り返し自慢してきた「ブルー・マウンテンにいたころ、17人の青年紳士が自分を訪れた」という娘時代のエピソードが、ここで再現されていく。娘ローラにドレスを新調したアマンダは、自分自身もトランクの中から娘時代に着ていた古いドレスを引っ張り出し、着飾っている。それを見たトムが一瞬目を引くのも彼女の中にいまだに南部女性としての輝きが残っているからであろう。ジムがやってきたとき、顔をあわせようともしないローラとは対照的に、アマンダは彼を歓迎し、一分のすきも与えず会話をリードしていく。おそらく17人の青年紳士たちにもこのような接待をしたのではないかと想像がつく。このように、身は落ちぶれてもなお、精神は南部淑女の気高さを失うまいとするアマンダの心の支えは、子どもたちが将来成功して、再び自分も南部にいたころのような上流社会に身をおくことができるという夢である。

 しかし、そのような夢はローラのもとに訪れた青年紳士には婚約者がいて、再びウィング・フィールド一家を訪れることはないこと、そして、トムは父のように、家を出て二度とこのアパートには戻らなかったことでことごとく打ち破られる。そのような南部美女のはかない夢と現実がブルー・マウンテンとセント・ルイスという対照的な二つの町を背景に浮かび上がってくる。

 アマンダの記憶から抽出される南部は、上流階級の華やかさと躍動感に満ちあふれた世界である。第6場で古いドレスに着替えたアマンダはかつて、これを着て正式の舞踏会に出てコティリオンをリードしたり、サンセット・ヒルズのステップ・ダンス・コンクールで二度優勝したり、ミシシッピー州知事の春の舞踏会に呼ばれたりしたことをローラに聞かせる。たしかに、ダンス・パーティー、ピクニック、そして大好きな黄水仙に囲まれた毎日は彼女にとって失われた楽園であった。

しかしながら、そのような生き生きとした純朴な南部の記憶のなかにもいくつかその影を感じさせる言及がある。ローラがタイプライターの学校をやめたことを知ったときに、彼女にこう言う。

　私は知っているんだよ。勤め口を見つけるためのものを身につけていなくて、結婚できない人がどうなるのかってことをね。気の毒な例を南部で見てきたからね。姉の夫とか、弟の嫁がいやいや分け与えてくれるお情けにすがって、やっとの思いで生きているオールド・ミスたちをね。ネズミとりみたいな小さな部屋に押しやられて親類縁者を次から次へとたらい回しにされる巣をもたない小鳥のような女性たちはお情けのパンくずを一生食べていかなくちゃならないんだよ。　　　（第2場）

　ここで「女性の居場所は家庭である」といったヴィクトリア朝的価値観にしばられた世界の中で、オールド・ミスでいるといかに肩身の狭い思いをしなければならないかという南部の厳しい現実が暴かれている。
　さらに南部の牧歌的な光景を損ねているのは、第1場でアマンダが語る、自分に求婚した資産家や土地所有者が溺死したり、決闘で射殺されたりしたエピソードである。彼らが死んだのはともにムーン・レイクというウィリアムズの作品に何度か登場する南部にある架空の場所で、悲劇的な出来事が起きる場所の象徴となっている。後に述べる『欲望という名の電車』のヒロインの夫がピストル自殺を遂げるのもここであり、『夏と煙』（*Summer and Smoke*, 1948）で殺人事件を起こすメキシコ人もここで賭博の経営にあたっている。『地獄のオルフェウス』（*Orpheus Descending*, 1957）ではヒロインの父親が黒人に密造酒を売ったことで秘密団体によってこの場所で焼き殺されている。田園風景の広がる優美な世界の一角に、このような暴力、死に結びつく不吉な空間があること、また死んだ男たちが主に南部の有力者であることから、南部社会の崩壊もさりげなく暗示されている。
　アマンダの場合、南部婦人としての自尊心が自分だけでなく、子どもを追い詰めていったのだが、次に述べる『欲望という名の電車』のブランチの場合は、それが違う階級に属する人間との対立関係を生み出し、自己破滅へとたどる原因となっている。

3.『欲望という名の電車』——暴かれた南部美女の二面性

『欲望という名の電車』のブランチ・デュボア（Blanche DuBois）の悲劇の一因に、南部の実家が崩壊したことがあげられる。ブランチが故郷を追われ、ニューオーリンズに住む妹ステラ（Stella）に再会したとき、先祖代々続いていた屋敷を売り払わなければならなかった事情をこう釈明する場面がある。

> わかったわ、ステラ。あんたは私のことを責めるのね。だけどこれだけは覚えていてよ。あんたは家を出たのよ！私は残って戦ったわ！あんたはニューオーリンズに来て、自分のことだけ考えていたんだわ！私のほうはベル・リーヴに残って、なんとか持ちこたえようとしたのよ！すべての負担が、私の肩にふってかかったのよ。　　　　　　　（第1場）

ベル・リーヴというのは『ガラスの動物園』に出てくるブルー・マウンテンと同様、ウィリアムズが想像した架空の地所の名前である。南部美女の過去の栄華を彷彿させる存在であると同時に、家や土地、財産を守るために自由を奪い、自己犠牲を強いる過酷な場所であったことがこのセリフからうかがわれる。妹のように自分自身の幸せを探しに新しい世界へと旅立つことなく、ブランチは高校教師をしながら家にとどまり、それを維持しようと懸命に戦ったが、次から次へと肉親、財産を失い、ついに実家は崩壊した。

そして、妹ステラを頼って、ニューオーリンズに逃げてきたものの、そこで待ち受けていたのは、妹の夫スタンレー・コワルスキー（Stanley Kowalski）の容赦ない攻撃であった。下品な言葉づかいで教養のなさを露呈するポーランド系移民スタンレーと南部の貴婦人を気取って彼を軽蔑するブランチはことごとく対立する。そしてステラまでが姉の肩を持つようになると、スタンレーはブランチの欺瞞を暴こうと奔走し、実家の没落にはブランチの浪費癖も原因していること、教え子とスキャンダルを起こし、教職を追われたこと、果ては安ホテルで売春婦同然の生活をしていたため、もはや故郷にはいられなくなったという真実を次々と暴いていく。その結果、彼女はスタンレーの友人ミッチ（Mitch）との結婚話も破談となり、故郷へ帰るバスの切符を渡され、あげくの果てにステラがお産で家を開けた晩にスタンレーからレイプされる。度重なる不幸にブランチは次第に正気を失い、ついに精神病院へと送り込まれるという結末を迎える。

このブランチとスタンレーの確執を、崩壊していく南部貴族社会と新しく台頭してきた新移民との対立に重ねて読みとることができる。スタンレーはその非人道的な行為にもかかわらず、後に述べる『地獄のオルフェウス』のジェイブ（Jabe）や『青春の美しい小鳥』（Sweet Bird of Youth, 1959）のボス・フィンリー（Boss Finley）のように、徹底的な悪党には描かれておらず、どこか観客の共感を得るように描かれている。ポーランド系移民であるスタンレーに観客は「アメリカ的な男らしさを見て、彼を英雄視する傾向がある」と劇評家のハロルド・クラーマン（Harold Clurman）は述べている。実際、スタンレーの「俺は100％アメリカ人だ。この地上で最も偉大な国に生まれて育ったんだ」という科白には過去の栄光にしばられ、生活力のない南部社会の衰退とは対極の力強さがうかがわれる。第2場でブランチが故郷ベル・リーヴを失ったことを聞いたときにスタンレーは「妻の財産は夫の財産だ」とルイジアナ州にあるナポレオン法典を持ち出し、財産に関する書類をすべて提出するようにブランチに要求する場面がある。社会の底辺から這い上がるためには、感情だけに支配されず、実務的にもすきなく行動するスタンレーのような存在は衰退していく旧南部人にとっては大きな脅威となっている。

　失ったプランテーション、大屋敷など、退廃した南部文化の名残が科白の随所に見られるが、ウィリアムズはそういったものがいかに無力で滑稽なものであるかをブランチの姿を通して描き出している。劇の冒頭で、場違いな白いドレスで妹の住む荒廃したアパートにたどり着き、家主のユーニス（Eunice）にベル・リーヴの屋敷について根掘り葉掘り聞かれる場面があるが、彼女は一人になりたいと彼女を妹の部屋から追い出してしまう。ここには自分とは違う階層の人種に対する差別や偏見が見られ、異人種間の交流が盛んであるニュー・オリンズにおいて彼女がいかに異質な存在であるかがうかがわれる。また、第3場でスタンレーのもとに集まるポーカー仲間のそばを通ろうとするとき「どうか席は立たないで」と場を読まずに声をかけるブランチの勘違いに「誰も席なんか立たないよ」とスタンレーが切り返すのはブランチの住む世界はここでは通じないことを宣言して、ブランチの滑稽さが強調されている。

　こういった上流階級気取り、下層民に対する侮辱や嫌悪感は、第4場で、スタンレーのことを「人間以下、十分人類になりきっていない類人猿だ」とステラに語るところに顕著に現れている。そしてそれをスタンレーに立ち聞きされてしまうところから彼の猛烈な反撃とブランチの破滅が始まっていく。

『欲望という名の電車』
(Everyone Else is an Audience)

　そもそもスタンレーのブランチに対する敵意は彼女が彼をポーランド人の別称であるポーラックと呼び、二人の間にある階級の格差を見せつけたことに根ざしている。スタンレーは彼女を自分の水準まで引きずり落とすためには、ブランチの隠れた淫乱性がその手がかりになることを嗅ぎ取っていく。たとえば、ベル・リーヴの件をごまかそうと香水を吹きちらすブランチに「あんたが女房の姉さんだと知らなければ勘違いするところだったぜ」と彼の豊富な経験からブランチの娼婦性を見抜いている。かつて大規模のプランテーションを所有していた南部美女がいくら上品ぶったところで、性的欲望が抑えられない淫乱女であることをすでにこの段階から気づいていたのである。
　結婚を前提にしてつきあうミッチの前ではブランチはキスも許さぬほど淑女の仮面をかぶっているが、第５場で幼い少年が新聞の集金にやってきたとき、その若く美しい容姿に自制心が効かなくなり、思わず口づけてしまう。「引き止めておきたいけど、お行儀よくしていなくちゃ。子どもに手を出しちゃだめだわ」という科白でこれまで上品ぶっていたブランチの虚像が観客

の前で壊れていく。ピューリタニズムのもと、性的欲望を追求することがタブー視された世界に育った南部女性の自己矛盾が発覚する。そして、その弱みに付け込んだスタンレーがレイプという致命的な傷を彼女に与え破滅へと導くのである。

4．『夏と煙』——ピューリタニズムのもたらした自己分裂

　ブランチに見られる淑女と娼婦の二面性こそ、南部美女に共通するジレンマで、『夏と煙』におけるアルマ・ワインミラー（Alma Wine Miller）にはそれがもっと顕著に現れている。この劇の舞台となるミシシッピー州グローリアス・ヒルという町は『ガラスの動物園』のアマンダが娘時代に過ごしたデルタ地帯に位置している。この土地で牧師の娘として生まれたアルマは精神に支障をきたした母親に代わって、高校生のころから牧師の妻が担うような世間とのつきあいや、牧師館の接待役といった責任を全て背負ってきた。そのため、彼女はアマンダやブランチ以上に厳しいピューリタニズムのもと、性的抑圧を受け、禁欲的な生活を求められていたことがわかる。

　そんなアルマは幼いころから、牧師館の隣に住む医師の息子ジョン・ブキャナン（John Buchanan）に好意を抱いている。彼はアルマとは対照的に気苦労もなく、放蕩生活を送っている。肉感的なメキシコ娘ローザ（Rosa）といかがわしい場所に出入りしていることをアルマは「神への冒涜だ」といって非難する。アルマの内面には性的衝動がひそんでいたのであるが、牧師の娘という役割がそれを抑圧して、彼女自身も自分の本性に気づかず、男と女の愛情は、肉体的な情熱などから生まれないと信じている。それゆえ、アルマはジョンとカジノでデートしたとき、彼に個室に行こうと誘われるが、怒ってその場を去ってしまう。

　そんな中、ジョンの父親ブキャナンがローザの父親の銃弾に倒れる事件が起きる。父親が瀕死の傷を追う中、人体解剖図を前にジョンはアルマに愛情が宿る場所を指し示すと、彼女はこの図に示されていない魂が存在し、そこからジョンに対する愛が生まれたことを訴える。アルマがスペイン語で「魂」を意味することが象徴するように、医師であるジョンは「肉体」を象徴するこの劇の有名な場面である。

　この論議はお互いに大きな影響を与えた。数ヵ月後の秋、ジョンは死んだ父親の仕事を引き継ぎ、医者として成功を収めている。アルマは病人のよう

に自宅にこもったまま、世間と隔絶した毎日を送っている。お互いの立場が入れ違った二人は再会し、アルマはこれまでずっと胸のうちに抱いていたジョンへの激しい思いを吐き出す。しかし、このときジョンは以前、彼女が語った魂の存在を信じるようになっていたのでアルマの気持ちを受け入れることが出来ない。傷心のアルマは公園で出合ったセールスマンをカジノへと誘い、行きずりの関係を結ぶことを匂わせて幕が下りる。

　この劇はアルマの抑圧していた性的衝動が解放されたときに、愛するジョンが肉体的な欲望よりも魂を重んじる人間に変わっていたという二人のすれ違いを描いたものである。このすれ違いが生じた原因に、本来の自己を犠牲にして家を守らなければならなかったアルマの境遇がある。20世紀初頭におけるアメリカ南部の小さな町は、淑女たるものは、みな純粋で純潔であるべきという道徳観にしばられていた。特に牧師の娘アルマは、理想的な淑女の振る舞いを期待され、その理想像にしばられていることがジョンとの会話の中に出てくる。

　　あなたが妻に選んだ方、あなたの妻だけでなく、あなたのお子さんのお母様になる方。そういった方には淑女であって欲しいと思いませんの？　その方には、夫であるあなたからも、また大切な子どもからも尊敬の念を持てる方であって欲しいと思いませんの？　　　　（第6場）

　そういった南部の町の抑圧的な一面を表す象徴として、ウィリアムズの劇の中でしばしば登場するのが、ヴィクトリア朝ゴシック様式の家屋敷である。研究者チャールズ・ワトソン（Charles S. Watson）は著書『南部演劇の歴史』（*The History of Southern Drama*, 1997）のなかで、「南部のゴシック様式は常軌を逸した人格、精神異常、そしてピューリタンあるいはヴィクトリア的キリスト教がもたらした性的抑圧暗示することで知られている」とアルマとの共通性を指摘し、「幻想的な曲線で、人目につかないところに建つゴシック様式の建物には不吉な過去の幽霊が潜んでいる」と、アルマの母親ワインミラー夫人の退行にも言及している。たしかに、劇の冒頭で夫人が登場するときに「甘やかされて、わがままに育った少女だったが、やがて年齢とともに責任が加わってくるとそれを逃れるために、あまのじゃくな幼児へと退化していった」と牧師の妻として過去に大きな重圧があった事を暗示するト書きが見られる。

また、ジョンが最高の栄誉に値する人間は快楽を追及する人々であると主張するのに対して、アルマはゴシック様式の寺院に人間存在の意味をこう見い出している。

　　何もかもすべてが上に向かって伸び上がっていますわ。どんなことをしても手が届かない、何かに向かって体を張り詰めていますわ。巨大なステンドグラスの窓、背丈のある男の人の5倍も6倍もある偉大なアーチ型の戸口――円天井も、すべての繊細な尖塔もみんな届くことが出来ない何かを目指して伸び上がっているんですわ。　　　　　（第6場）

　ここで描写されている、「手の届かない何かを求めてすべてを伸ばしきったゴシックの建築様式」は、南部社会において、厳格なピューリタニズムのもと、完全を求めて緊張状態を持続させているアルマの精神状態になぞらえることが出来る。彼女には張りつめた精神のために、しゃべりはじめと終わりにちょっと息切れしたような笑い声を立てる癖があり、それを陰で真似されたり、ジョンからは二重人格（ドッペルンガー）を指摘されたりしている。こういった風変わりな女性は、南部にはめずらしくないことをウィリアムズは彼女の声、物腰に関するト書きに加えている。そして、アルマの身振りやしぐさは大げさだけれどもしとやかで、それが他人にはお高く留まっているような印象を与え、「18世紀のフランスといったもっと優雅な時代に属すべき女性だ」としている。これはそのまま、『ガラスの動物園』のアマンダにも『欲望という名の電車』のブランチにも当てはまることであろう。
　彼女たちはもっと自由で、優雅な世界に生きていたならば、これほど激しい内的葛藤に苦しまなくてもすんだかもしれない。しかしながら、「朽ちていく南部美女」たちは、ひどく打ち負かされればそれだけいっそう、美しく映し出される。こういった敗者の美が1940年代のウィリアムズの描く女性の特色であり、彼女たちこそが観客から最も愛された女性像であった。

〔付記〕第4章は、『早稲田大学大学院教育学研究科紀要』別冊6号（平成10年9月）所収の「ウィリアムズが描く女性像の変遷」の原稿を大幅に修正、加筆したものである。引用はすべて著者による拙訳である。

参考文献

Watson, Charles S. *The History of Southern Drama*. Lexington, KY: University Press of Kentucky, 1997.

Williams, Tennessee. *The Theater of Tennessee Williams*. New York: New Direction, 1971-1992. Vol.1: *The Glass Menagerie; A Streetcar Named Desire*. Vol.2: *Summer and Smoke*.

——. *Memoirs*, Doubleday, 1975.

第5章 「性と暴力」——1950年代の作品から

1. 1950年代のウィリアムズ劇

『やけたトタン屋根の上の猫』(Cat on a Hot Tin Roof, 1955) で、ピューリッツァー賞、ニューヨーク劇評家賞を受賞したテネシー・ウィリアムズは、アメリカ演劇における第一人者としての不動な地位を築き、劇作家として最も充実した黄金時代を迎える。これまで南部社会の因習や、厳しいピューリタニズムのもと、性的に抑圧され、自己矛盾に苦しむ南部美女を中心に描いてきたウィリアムズは、『バラの刺青』(The Rose Tattoo, 1951)、『地獄のオルフェウス』(1957) では官能的で自由に性を謳歌する「血気盛んなラテン女性」を登場させ、その世界を広げている。1950年代のウィリアムズ劇のヒロインたちが直面する問題はパートナーとの性関係であり、妊娠が彼女たちの人生を大きく変える原動力になっていることが共通している。

また、ウィリアムズはこの時期、南部社会の表層に隠れた、暴力と人種差別に満ちた邪悪な部分にも鋭いメスを入れ、黒人排撃団体のリーダーや白人至上主義の政治家によるリンチ、去勢といったセンセーショナルな実態を舞台にさらしている。前述のワトソンはウィリアムズの南部に対する感情について、「1940年代は現実から引きこもり、絶望しながらもその勇敢さをたたえる相反的な感情があった」が、「1950年代後半になると彼の南部に対する考え方はずっと厳しくなった」としている。このような性と暴力、人種差別といった優雅な南部社会の騎士道とは対極にある実像をウィリアムズがどのようにとらえていたのかを1950年代の代表的な作品を通してながめていきたい。

2. 『バラの刺青』——シチリア系移民の解放された性

カリフォルニア州にあるシチリア系住民が住む町を舞台にしたこの作品の

ヒロイン、セラフィーナ・デル・ローズ (Serafina Delle Rose) は情熱的で官能的な女性だ。夫ロザリオ (Rosario) と 12 歳の娘ローザ (Rosa) と幸せな家庭生活を築いていたのだが、ある日、その夫は麻薬をバナナの下に隠して運送中、狙撃され命を落とす。このショックにより、セラフィーナは流産し、その後 3 年間、死んだ夫の灰に話しかけたり、下着姿でミシンを踏んだり、外の世界を遮断する毎日を送っていた。

しかしある日、亡き夫に愛人がいた事実が発覚し、愛するものを失った悲しみが愛するものに裏切られた怒りに変わっていく。その後、セラフィーナが再び生きる喜びを得るのは亡き夫の面影を持つアルバーロ (Alvaro) という青年が現れ、彼と結ばれ新しい命を宿したときであった。妊娠は彼女の生きる証として、この劇で大きな意味をもっている。劇の冒頭でも、終わりでも彼女が妊娠に気がつくときには、刺すような痛みを胸に感じるが、そこには愛する男の胸にあるのと同じバラの刺青が一瞬、あらわれるのだ。

『バラの刺青』はウィリアムズの作品にしては悲観的な人生観が見られず、家庭生活を肯定的なイメージでとらえていると評されている。幸福の絶頂から奈落の底に突き落とされたセラフィーナの苦難は南部の退廃的な美女が抱えた以上に厳しいものであるが、彼女にはそれを乗り越え、新しい世界を受け入れる強さがあるからであろう。

また夫婦間のエロスも中心に据えられ、夫との情熱的な性関係が家庭生活にとって重要なものとして提示されている。ブランチやアルマの激しい性衝動は二重人格の影の部分として潜んでいたが、セラフィーナの官能性はまったく開放的で健康的でさえある。彼女が情熱的なシチリア系出身の移民であることが一つの理由に考えられるが、ウィリアムズがこの劇で描こうとしたのは南部社会の因習や、厳しいピューリタニズムの規律に抑圧された性とは違った、自己を解放し、官能へ身をゆだねることのできる自由な性だったようだ。こういった非南部人の開放的な性生活について『夏と煙』においては、ジョンがつきあっていたメキシコ人の娘ローザが両親の性生活について、「父親が母親を抱いている声が聞こえ、それが豚そっくりの声で鳴く」と赤裸々に描写したり、『欲望という名の電車』では、ポーランド系アメリカ人のスタンレーが妻ステラに、人目もはばからず性欲をあらわにしていたりすることで南部人との対照を鮮明にしている。

3．『やけたトタン屋根の上の猫』——南部の大農園主一家にまつわる内情

　この劇のヒロイン、マーガレット（Margaret）は、ぎりぎりの状態に追い込まれてもあきらめずに戦いつづける女性で、南部の退廃的な美女にも官能的なラテン女性にもなかった、闘争心がある。彼女はこのような立場に置かれた自分をやけたトタン屋根の上の猫にたとえている。「ただ、屋根から降りさえしなかったら、それで勝ったことになる」と、どんなに夫ブリック（Brick）から無視されようと、義兄夫婦からいやみを言われようと、嫁ぎ先であるミシシッピー州で有数の大農園一家に必死にしがみついている。「たとえ、一生の夢がやぶれてしまっても」、「人生ってものは、なげだすわけにはいかない」と自分の夢やプライドよりも実人生をとっているところが、これまでのヒロインとは違うところだ。

　癌で死にかかっているおじいちゃん（Big Daddy）の遺産をめぐり、義兄夫婦と争うマーガレットは自分の体にはブリックの子どもが宿っていると一同の前で宣言するが、実は夫のブリックは長い間、彼女との夫婦生活を拒否していた。ブリックの兄グーパー（Gooper）とその妻メエ（Mae）はマーガレットの宣言を見えすいた嘘であると本気にしないが、彼女は「嘘からまことを作り出そうと」アルコール中毒のブリックからウィスキーを取り上げて彼に関係を迫る。

　夫との関係を修復しようと必死なのは、遺産のためだけではない。酒びたりの生活を送っていても衰えない容姿を持つ夫に対して激しい性欲を感じているのだ。自分が今でも充分に魅力的であると信じているマーガレットはもしも夫が二度と自分と寝てくれなければ、「ナイフで自分の心臓を突き刺す」と本気で考えている。したがって、彼女がブリックの愛を取り戻して、彼の子どもを妊娠することが物欲的にも、性欲的にも彼女に勝利をもたらすことになる。

　おじいちゃんはこの家が欺瞞に満ち溢れていることをブリックに語る。これまでずっと、「顔を見るのも、声を聞くのも、匂いをかぐのもいやでたまらない」おばあちゃん（Big Mama）を好んでいるふりをしなくてはいけなかったこと。遺産をねらいにやってきた、長男のグーパーやその妻メエ、そして「小うるさい餓鬼ども」は「顔を見るのもたえられない奴ら」だが、愛しているようなふりをしなければならないこと。おじいちゃんもマーガレットと同じように居心地の悪いトタン屋根から飛び降りずに戦ってきたこと。そ

んな「嘘でかためた嘘つきどもに取り囲まれて、我慢に我慢をかさねて」おじいちゃんは暮らしてきたという。

一方、生まれたときには南部社会の安定した家庭生活の中にいたブリックにはローラ、ブランチ、アルマと共通する、人間の弱さ、繊細さがある。ただし、家の抑圧に苦しみ、重い責任をもたされてきたのは兄のグーパーのほうで、ブリックを苦しめているのはおじいちゃんも指摘している欺瞞（メンダシティ）であった。彼はそれから逃れるために酒の力を借りて、虚脱状態に追い込まれている。彼がマーガレットを愛さなくなったのは彼女が親友スキッパーの死に関係しているらしいことが第１幕の二人の会話でほのめかされている。しかし、第２幕におけるブリックとおじいちゃんとの話し合いの中で、実はブリックがスキッパーからの愛の告白を拒絶したことが彼の死の引きがねになったという真実が明るみに出る。つまり、ブリックの精神破綻の原因は彼自身にあったのだ。妻に対して個人的な憎しみとか不快感があるからだけではなく、真実に直面するのを避ける彼の人間的弱さに他ならないのである。

こういった事情を考えるとマーガレットが妊娠宣言をした後、ブリックが彼女を受け入れるかどうかは疑問である。おそらくブリックはこれまでと同じ関係をマーガレットと続けることになり、彼女の戦いはこれからも続くことが予想される。家とブリックの愛を求めて、ぎりぎりの状況に立たされて苦戦するマーガレットの悲愴な姿がこの劇で強調すべきところであろう。ウィリアムズがブロードウェイの上演用に書き直した台本のように、ブリックが最終的にマーガレットを受け入れ、彼女の勝利が確実になるとしたら、物欲も性欲もすべて満たされた猫はその重みで焼けたトタン屋根の上から降りざるを得なくなるのである。

『熱いトタン屋根の猫』
(*Everyone Else is an Audience*)

マーガレットと同様、この作品で強烈な個性を放つのは、ミシシッピー州河口地帯最大のプランテーションの所有者として絶大な財力、権力をもっているブリックの父親、おじいちゃんである。彼は余暇に興じ、富を軽蔑するような古い南部の土地所有者ではなく、自分で築き上げた財産というものに強い執着心を持っている。検査の結果、癌ではなく結腸痙攣であるという嘘の診断を受けたおじいちゃんが、再び生きるチャンスを手にして、おばあちゃんにこう毒つく場面がある。

　　この農園はおれが築き上げたんだ。おれはそこの農場監督だったんだ。ストローとオチェローの農園のね。おれは 10 歳のときに学校をやめ畑で黒人のように働いたんだ。そうやってストローとオチェローのプランテーションで農場監督やるまで上りつめたんだ。そしたらストローが死んでおれはオチェローのパートナーになって、農園はどんどん大きくなっていったんだよ。これをおれは自分ひとりの力でやってきたんだ。おまえの助けなんて借りなかった。それを今、お前は引き継ごうって言うんだ。
　　　　　　　　　　　　　　　　　　　　　　　　　　　（第 2 場）

この後、おじいちゃんは、実は癌で死期が迫っていることを知るが、ウィリアムズの劇で、このように裸一貫からはじめて、自分の能力だけで巨大な富を築くというアメリカン・ドリームを実現した重要人物はめずらしい。人生の栄華を味わいながらもそこから転がり落ちていく南部人、自分を取り巻く環境から、夢を挫折しなければならない若者、差別や迫害の中、社会から追放される放浪者、そんな現実から逃避する敗者がウィリアムズ劇にあふれるなか、おじいちゃんは地に足が着く存在として異彩を放っている。ワトソンはおじいちゃんが、「ウィリアムズが南部文化をどのように扱うのかを知る上で非常に重要な人物であり、これまで見てきたものとは違う、南部の生き生きした伝統を体現している」としている。その一つに彼があげているのが南西部のユーモアのスタイルで、ブリックを相手に「男の精子は数が決まっているのでもうやすやすとは使えない。よっぽど相手のいいのを選ぶ」と年取ってもなお衰えない性欲をあらわにしている場面などがその例である。

おじいちゃんは、ウィリアムズが長年反目していた父親をモデルにしているとされているが、こういった南部人らしいユーモアや、自分の妻を毛嫌いし、差別的な態度をとる典型的な南部の家父長の姿などにそれが投影されて

いるようだ。この意味からもおじいちゃんはウィリアムズ劇に登場するなかではもっとも南部の田舎者らしさを備えているといえよう。

4．『地獄のオルフェウス』——南部田舎町における異端者へのリンチ

　この劇の舞台となるのは、排他的で保守的、暴力的な南部の小さい田舎町である。この劇のヒロイン、レディ（Lady）は18歳の時に、この町で雑貨店を営むジェイブ・トーランス（Jabe Torrance）に買われるように結婚した。暗く、うすら汚れている彼らの家は夫婦の寝室が廊下の端と端に位置して留置場のようである。これにはレディの不幸な生い立ちが関係している。イタリア移民の父親は密造酒屋を営んでいたが、黒人に酒を売ったことが秘密結社にばれ、彼らによって放火され、焼死したこと。この事件が原因でレディはつきあっていた町の有力者の息子デビット（David）に捨てられ、妊娠していた彼の子供をおろさなければならなかったことだ。彼女はそのとき死ぬことを望んだが、それもかなわず、生きながら自らをこの世に葬る道を選んだ。それがジェイブとの結婚だったのだ。彼女はこのような現状から進んで脱け出そうとする気力もないまま、癌の末期症状にある夫が死ぬことを待ち望んでいる。

　そこに、魂の自由を求めて放浪する青年、ヴァル（Val）が現れ、この店の店員として雇われることになる。レディは野性味あふれるヴァルに魅了され、こっそり彼を店の小部屋に寝泊りさせるようになり、やがて彼と関係を持つ。しかし、彼を町から追放しようとする動きが出てくる。二階で病床にふしているジェイブも彼の存在をかぎつけた様子だ。身に危険がせまっていることを感じたヴァルがここから逃げようとするとき、レディが彼との子どもを妊娠していることを告げる。レディは「このわたしの体、枯れ木に花が咲いたんだ！死神さん、わたしは勝った、勝ったんだ。わたしに子どもが生まれるんだ」と新しい命の誕生を喜ぶ。ここで「勝った」といっているのは、彼女がこれまで、愛のない結婚生活の中で、敗北者として生きてきたからだ。レディを生き地獄からつれもどすのが、新しい恋であり、その恋人との間にできた新しい命なのである。

　しかし、このあと、ふたりに地獄の力が襲いかかる。死神そのものの邪悪さで、ジェイブが二階から銃を持って二人の前に現れ、発砲するのだ。レディはヴァルの身におおいかぶさり、その銃弾にあたり、命を落とす。ヴァ

ルもジェイブに罪を着せられ、町の男たちに取り押さえられ、リンチを受けることになる。

　この作品はウィリアムズのデビュー作である『天使の戦い』(Battle of Angels, 1940) を17年間の歳月をかけて書き改めた、彼の原点とも呼べる作品である。『天使』の結末には、『地獄』に見られた店主の妻がヴァルをかばって抱き合うといったメロドラマ的な展開はないが、両作品に共通するのは、野性的で純真な心をもった若者が、南部の田舎町の因習や暴力によって破壊されていく過程を描いていることだ。

『地獄のオルフェウス』
(Cambridge Companion to Tennessee Williams)

魂の自由を求めるヴァルにとって、地上は腐敗と堕落に満ちた地獄であり、否定すべき存在であることも両作品で繰り返されている。

　ウィリアムズはここで語られる地上を排他的で保守的、暴力的な南部の小さい田舎町に設定したところに、1950年代後半以降、厳しくなったといわれる、彼の南部への批判精神が読み取れる。この劇でこの町の犠牲になったのは、ガス・バーナーの火でリンチにあう放浪者ヴァル、父親を生きたまま焼き殺され、自分は生き地獄を味わうシチリア系移民のレディといったよそ者だけではない。レディの元恋人の妹で、この町の有力者の娘であるキャロル (Carol) もその一人である。彼女は彼らの規範から外れた行動を起こしたために法律によってこの近隣一帯には近寄ってはならない身になっている。革新家の彼女はかつて大量の黒人が次々に虐殺されたときに、体を露出して州知事まで抗議の行進したのだ。その後改革者でもない、ただのみだらな放浪者と成り下がったと自嘲するキャロルにはこの南部の田舎町に対して、ヴァルやレディのようなよそ者とは違った、思い入れと憎しみが複雑に混ざった感情がある。

この町には何かいまだに野生的なところがあるわ。この町はかつて野生的だった。男も女も野生的だったけど、どこか心ではお互いに対する優しさがあったの。だけど今はネオンの光で病に冒されてしまったわ。ネオンの光で急に病に犯されだしちゃったのよ。よその町みたいに。

(第3幕　第3場)

　キャロルの生まれ故郷に対する愛憎はそのままウィリアムズの南部に対する感情と一致しているのではないだろうか。この意味で彼は南部人としての良心を残しているキャロルや、この町で外国人を嫌う男たちのことを「白人のくずで、最も哀れむべき存在」と描写している保安官の妻ヴィー（Vee）と見解をともにしている。

　逆に、ウィリアムズが敵意を抱いているのは、ジェイブをはじめとする、町の保安官、噂話をする町の女たちといったネオンの光で病に犯されている人々である。彼らの根底には異人種に対する差別と偏見がある。この作品では彼らを通して、華やかな南部社会の裏にある、騎士道精神とは対極の病巣が浮かび上がってくる。

　まず、プロローグで、雑貨店を営むジェイブ・トーランス家の内情が二人の中年女の口を通して伝えられるが、ジェイブの病状や、夫婦の性生活、レディの父親にまつわる、過去の事件のことなどを事細かに、興味本位に語っていく彼女たちには品位が感じられない。小規模な農園主の妻である彼女たちの着こなしは「どこか奇抜で趣味悪くめかしすぎている」というト書きがそれを物語っている。

　また、このプロローグのなかに出てくる、レディの父親が密造酒を売っていた場所はこれまでに不吉な場所としていくたびも登場してきたムーン・レイクであるが、ここで彼女の父親を焼き殺した秘密結社のリーダーが実はジェイブではないかという疑いがでてくる。ジェイブは、後に述べる『青春の美しい小鳥』のボス・フィンリー（Boss Finley）と並び、ウィリアムズ劇における南部の代表的な悪漢だ。彼は暴力、人種差別、銃による殺人といった、すべて南部の否定的側面を表象し、その形相は死神にたとえられている。同じように家長としてその権力を誇示する『やけたトタン屋根の上の猫』のおじいちゃんに見られた南部ユーモアはまったく見られない。

　その他、イタリア系密造酒販売人の娘と関わっていることが世間にばれる

のを恐れて、レディを捨て上流階級の娘と結婚した、キャロルの兄デヴィッドの南部特有の俗物根性や、ヴァルに追放を言い渡す保安官タルボット (Sheriff Talbott) の外国人に対する差別や偏見、また最終場面でヴァルをリンチする人々の顔に浮かぶ極悪非道さなど、騎士道を脅かす悪の温床を次々に糾弾している。この作品で特に南部の暴力として表象されているリンチは南部プランテーション社会で、共同体の規範を逸脱するものや素行の悪い黒人奴隷を取り締まる慣わしがはじまりであるといわれているが、しだいに異人種への憎悪の表現へと変貌し、拷問や火あぶりによって残虐な方法で命を奪うことが多くなった。その加害者に上流階級の白人も加わり、この動向は1950年代の公民権運動が盛んになるまで続いていたという。

5．『青春の美しい小鳥』——白人男性の性的嫉妬が生み出す去勢

『地獄のオルフェウス』のジェイブ・トラランスに匹敵する南部の悪漢ボス・フィンリーが登場するのは、メキシコ湾沿いのセント・クラウドという町を舞台にした『青春の美しい小鳥』である。人種差別主義者の政治家ボスは南部白人の血を守るためには、これを汚すいかなるものに対して暴力をふるってもかまわないと信じ、みせしめのため、白人女性と関係したとされる黒人青年を去勢したらしい。彼にはヘヴンリー (Heavenly) という美しい娘がいるが、彼女は15歳のとき、この作品の主人公であるチャンス・ウェイン (Chance Wayne) に性病をうつされ、子宮摘出手術を受けている。ボスは彼を町から追放したが、去勢という形で復讐の機会を狙っていた。そしてある日、チャンスがこの町のロイヤル・パームズ・ホテルに滞在しているということを聞きつけ、息子のトム・ジュニア (Tom Junior) に今夜じゅうに彼を町から追い払うように命令する。

ボスはその日の晩、若者たちの集会で演説をし、その様子はテレビ放映されることになっていた。彼は自分に関する黒い噂を払拭させるため、南部白人の模範的な若者像として息子のトムと娘のヘヴンリーを同席させる。しかし、演説は、突然一人の男が、ヘヴンリーの手術の件を質問して妨害される。その男はすぐに捕らえられ、暗闇で叩きのめされる。制裁の手はチャンスにも伸びていた。

当のチャンスは老女優アレクダンドラ・デル・ラゴ (Alexandra del Lago) を利用して映画スターになり、ヘヴンリーと結婚するつもりでいた。ボスが

『青春の美しい小鳥』
(*Cambridge Companion to Tennessee Williams*)

　自分を去勢しようとしている話しを聞かされていたがそれに動じない。彼に好意的な知人たちが、この町から出て行ったほうがいいと次々に忠告に来るが、それに耳を貸さない。彼は嘘と偽善に満ちたボスの演説を聞くうちに、ヘヴンリーをこの町から連れ出す決意を新たにする。一方、アレクサンダーは思いがけず映画界にカムバックする話が舞い込んだので、彼をこの町から連れ出そうとする。しかし、チャンスは「もう自分の若さは過ぎ去ってしまった」と覚悟を決めホテルにとどまる。トムとボスの手下たちがドアを開け、彼に襲いかかろうとするときチャンスは「私はあなたに同情を求めたりはしません。ただわかって欲しいのです。皆さんの中にいる、私のことを。私たちすべての中に存在する時間という敵のことを」と舞台前面に進み出たところで幕が下りる。
　この劇は、堕落しつつもなお昔の恋に生き、二度と取り戻すことのできない若さを追うチャンスと、過去に輝いていた冠がもう色あせてしまっても、自分が表現できる真実を作り続けようとするアレクサンドルの二人が、過酷な時の流れに戦いを挑む姿を描いている。結局、チャンスだけが「時間という敵」に敗れ、去勢という処罰を受けることになる。彼は、30歳近くまで

安易な道を選んで生きてきたが、一人の女性への愛を貫こうとしたときに、南部の田舎町の暴力に屈して破滅する運命をたどる点で『地獄のオルフェウス』のヴァルに重なるところがある。また、彼が愛したヘヴンリーは子宮摘出手術により子どもが産めなくなった自分の体が、「メキシコ湾から風が吹くと枯れた干しぶどうのようにからからと音がする」と言っている。これは、『地獄のオルフェウス』でレディがヴァルの子どもを授かる前に自分を「枯れ木」と呼んでいるのと同様だ。彼女たちにとって、子どもを産むことがすなわち、自分が生きる存在意義になっている点でも共通している。

一方、チャンスへの去勢を指示したボス・フィンリーは、演説のなかでこう語っている。

> 私は南部における神聖さを保つ使命を受けたのです。私は15歳のときに泥だらけの山から、はだしで降りてやってきました。なぜって。それは神の声がこの使命を果たすように私を呼んだからです。
>
> この使命というのは何でしょう。以前にも言いましたが、もう一度言います。私にとってだけでなく、神にとっても神聖な血が汚れることを守ることなのです。　　　　　　　　　　　　　　（第2幕　第2場）

この演説の中で、南部の聖なる血、純潔を何から守るということは語られていないが、ボスが仮想敵としているのが黒人であることは明らかである。自分は若い黒人男性の去勢手術に何ら関わりがないとしながらも、南部の聖なる血を守るために行われた暴力的な行為を神の名のもとに正当化している。また、本来は白人女性を黒人男性から守るために行う「性器の切除を伴うリンチ」とされていた去勢をこの町で生まれ育った若者チャンスに施すのは、愛する娘の体を傷つけられた恨みだけでなく、実は彼自身が性的不能であるという個人的な事情も関わっている。

チャンスは去勢を「性的嫉妬が原因の復讐」と呼んでいるが、ボス・フィンリーは愛人から「満足させることが出来ない男」と侮辱されて激怒する場面がある。彼が白人女性を守るために黒人を去勢することも、白人男性が黒人男性に抱く性的コンプレックスの表れと捉えることもできる。そのような相手の性的武器を自分の政治的権力を行使して、打撃を与え、使い物にならなくする南部の政治家の卑劣さをウィリアムズは鋭く風刺している。

これについて、ワトソンは、ボスは人種統合に反対する有力者オーヴァ

ル・ファウブス（Orval Faubus 1910-1994）がモデルになっていることを指摘している。また、ボスの差別廃止に対する扇動的なセリフはもともと試演期間にはなかったが、状況の悪化が原因してこの劇の最終版において書き加えられたという。

　1940年代のウィリアムズ劇における南部は、ノスタルジーや敗者の美を朽ちていく南部美女に投影し、観客は彼女たちに同情できる部分を残していたが、1950年代に入ると、ヒロインはよりたくましく、愛するパートナーとの間に新しい命をはぐくむことこそ自分が生き残る道だと信じている。彼女たちが直面している問題は、自己矛盾や因習的な南部社会からの抑圧というよりも、パートナーとの人間関係や性的欲求不満である。さらに、ウィリアムズは1950年代後半になると、登場人物の内面や人間関係の背景となる、南部社会の抱える人種差別、暴力といった問題を作品の中でより直接的に糾弾している。

6.『この夏突然に』──同性愛を排除するキャニバリズムとロボトミー

　リンチ、去勢のほかにも、1958年に発表した『この夏突然に』の中では、キャニバリズム（食人風習）を同性愛に対する制裁として扱っている。この劇の舞台となるニューオーリンズのガーデン・ディストリクト（庭園地区）は、高級住宅が並ぶ旧南部の町で、『欲望という名の電車』の舞台となった、周縁に位置する人間たちを受容するコスモポリタンなフレンチ・クオーターとは対照的である。この地区に住む青年セバスチャン（Sebastian）がこの夏、突然死んだ。彼の死の真相をめぐって、彼の母親ヴェナブル（Venable）と息子の最後の旅行に同行した彼女の姪キャサリン（Catharine）の証言が食い違う。ヴェナブル夫人は、キャサリンが、セバスチャンについて恐ろしいデマを流し、その品位を下げようとするので、彼女の口を封じるために、ロボトミーの手術を受けさせようと若い医者を呼ぶ。彼はまず母親が語るセバスチャンの話に耳を傾ける。夫人によるとセバスチャンは詩人で毎年夏が来ると自分が同行して、旅行に出かけ、一つの詩を作ることになっていた。彼の周りにはいつも美しい男性が取り巻いていたことも認める。しかしこの夏は自分の代わりにキャサリンが同行したので、彼の死の責任は彼女にあると主張する。

　一方のキャサリンは、巧みな医者の質問に乗り、セバスチャンの真相を語

りだす。彼が旅行に母親を毎年連れて行ったのは、人目を引くためであったが、この夏、もう夫人の容姿を利用できなくなったため、代わりにキャサリンが同行した。スペインのある海岸で、自分は水にぬれるとすける水着を着せられ、男たちを呼び集め、セバスチャンは彼らに金をばらまいてつきあっていた。彼らはしつこくつきまとうのでやがて避けるようになるとセバスチャンを追いかけるようになった。ある日、セバスチャンが海岸近くのレストランに入ると、裸姿の子どもたちが押し寄せてくる。そして店を出た後、少年たちは、坂をかけ上る彼に、鳥のように群がってその肉体を貪り食ってしまった。この結末を聞き終えると、医者は「この話は真実かもしれない」とつぶやくところで幕となる。

　その直前、キャサリンが語り終えるのを聞いてヴェナブル夫人は杖で彼女をたたこうとするが医師に杖を奪われ、舞台に退場して「州の精神病院行きよ！このいまわしい話をあの娘の脳みそから切り取ってちょうだい」と叫ぶ。愛する息子が、自らがわなにかけた少年たちによって、食いちぎられていく凄惨な最期を生々しく語るキャサリンを母親として許すわけにはいかない。息子の欲求を満たすために遊び相手を、夫人自身がおとりとなって彼に提供していたにもかかわらず、息子が同性愛という異常性愛者であったことを認めるわけにもいかない。旧南部の伝統が上品気取りや理想主義を助長させ、その結果、息子の現実的な性衝動を認めることができなくなるのである。その事実は抹消されるべきであり、それを語る者はロボトミーという、意識ある人間を廃人同様の状態にしてしまう、リンチや去勢以上に残酷な手段を使って排除させられるのである。

　この作品におけるカンニバリズムとロボトミーは、どちらもセバスチャンの同性愛が原因となっている。ウィリアムズが同性愛者であることは良く知られている事実であるが、それを公表する前の1950年代の作品において、同性愛者がこのような壮絶な結末最期を迎えるのは、ウィリアムズが自分のセクシュアル・アイデンディティに対して自らを罰しながら、同時にそれを受け入れない社会、特に南部旧社会に対する鋭く抗議したからではないだろうか。

　『欲望という名の電車』のブランチの悲劇の第一の原因も、若いころに結婚した相手アランが同性愛者であることに端を発しているが、彼はブランチからその事実を突き止められ、さげすまれた結果、自分の頭に銃を向け発射している。また、『やけたトタン屋根の上の猫』で妻マーガレットを抱けな

い夫ブリックの破綻と、その友人スキッパーの死もこの二人の常識を超えた親密さがひき金となっている。

このように、ウィリアムズが同性愛を公表する以前の作品の中では、こういったセクシュアル・マイノリティである登場人物は因習的な南部社会の偏見、圧力のもと、抹殺される存在として、またその事実を知るものは自らの記憶をかき消されてしまう運命をたどっている。

その後、ウィリアムズは不遇の1960年代を経て、1975年に出版した自伝、『回想録』(*Memoirs*) で自らのセクシュアリティを公表する。その結果、彼の後期の作品では、これまで異質分子として取り扱ってきた同性愛者を正面から描くようになり、同性愛の問題はウィリアムズ自身のセクシュアル・アイデンティティを構築する主要なテーマとして扱われるようになった。

〔付記〕第5章『バラの刺青』『やけたトタン屋根の上の猫』『地獄のオルフェウス』は、『アメリカ演劇13　ジョージ・コフマン特集』(平成13年5月、法政大学出版局) 所収の「テネシー・ウィリアムズの家庭劇」の原稿を大幅に修正、加筆したものである。『青春の美しい小鳥』と『この夏突然に』は書き下ろしである。引用はすべて著者による拙訳である。

参考文献

Watson, Charles S. *History of Southern Drama.* Lexington, KY: University Press of Kentucky, 1997.

Williams, Tennessee. *The Theater of Tennessee Williams.* New York: New Direction, 1971-1992. Vol.3 *Cat on a Hot Tin Roof, Orpheus Descending, Suddenly Last Summer.* Vol.4: *Sweet Bird of Youth.*

笹田直人、堀真理子、外岡尚美編著 『概説アメリカ文化史』 ミネルヴァ書房、2002年。

風呂本惇子編著 『アメリカ文学とニューオーリンズ』 鷹書房弓プレス、2001年。

第6章 「追憶劇と同性愛」──後期の作品から

1．後期のウィリアムズ劇

　テネシー・ウィリアムズの劇作家としての成功は1961年の『イグアナの夜』(*The Night of the Iguana*) が最後であるといわれ、劇作家としてはこの先、凋落の道を歩むことになる。特に1960年代のウィリアムズは発表する作品がどれも酷評を持って迎えられ、麻薬とアルコールに依存し、果ては精神病院に収容されるといった、彼の言葉を借りると「泥酔時代」（ストーン・エイジ）が続いていた。この時代に描かれた登場人物たちはそういったウィリアムズの精神状態が直接投影され、南部社会といった現実的な圧力よりも、老い、死、監禁といった漠然とした敵を相手に戦う「恐怖にかられたヒステリー患者」であり、劇評家からも、観客からも受け入れられなかった。

　彼の作品を時代で区分するとき、『イグアナの夜』以降の作品をまとめて、後期作品とすることが多いが、ストーン・エイジ以降の作品には、「恐怖にかられたヒステリー患者」は登場せず、主人公たちはもはや現実と戦うことをやめ、自分の背丈に合った幸せを見出そうとしている。その肯定的とも妥協的とも取れる人生観が見られる1970年代以降の作品は、ストーン・エイジ時代の作品とは線引きする必要があろう。また、自らのセクシュアリティを公表し、同性愛としての自分の過去を振り返った追憶劇を二つ発表していることも1970年代以降の作品の特色と言える。このような晩年のウィリアムズの作品は、南部社会が色濃く反映されていた初期の作品と比べてどのような相違があるのかをいくつかの作品を拾い上げて読み解いていきたい。

2．『小船注意報』と『クレヴ・クールの素晴らしい日曜日』──現実との妥協

　ウィリアムズが健康を回復した後に、オフ・ブロードウェイで発表された、『小船注意報』(*Small Craft Warning,* 1972) はロス・アンジェルスとサンデ

ィエゴの間にある海岸沿いの酒場を舞台に、社会からはみ出した挫折者たちがそれぞれ自分の問題を語り、それに対処していくことで劇が進行していく。常連客のレオナ（Leona）は巡回美容師をしながら、トレーラー・ハウスでビル（Bill）という男を養う自立した女性である。その男が彼女を裏切ったことから、レオナは彼を見限り、新しい土地に移る決意をする

　　はじめの数週間はつらいと思うわ。時おり、もといたところにいられたらと思うでしょうね。だけどこれまでのことを考えると、誰かを見つけて、夜、お酒を飲むところも見つけて、友達も作るわ。それですぐに、何か素晴らしいことが起きるのよ。　　　　　　　（第2幕）

　このせりふには人生に対する悲観的な見方、誰かに依存する生き方は見られず、前向きな姿勢がうかがわれる。特に、結婚に縛られていた1940年代の作品に見られた南部美女の抑圧や、妊娠することこそ至上の喜びとしていた1950年代の作品のヒロインの価値観とも違っている。
　レオナと同じように、男の裏切りを通じて、自己を再確認し、現実と向かい合って生きていこうとする女性が1930年代のセント・ルイスを舞台にした『クレヴ・クールの素晴らしい日曜日』（*Lovely Sunday for Creve Couer,* 1979）に登場する。若さを失いかけているが、魅力的な高校教師のドロシア（Dorothea）は、自分が勤務する高校の校長、ラルフ（Ralph）との結婚を夢見て、彼のために、同僚とともに高級アパートに引っ越すことを考えている。その後、ドロシアはラルフには婚約者がいることを知り、失意に落ち込む。それでも彼女は気を取り直し、自分が求めていたものの無意味さを知り、引越しもやめて、ルームメイトのブディー（Bodey）とドロシアに好意を寄せるその弟が待つクレヴ・クールの駅へと向かうという筋である。ドロシーが劇の最後でこう語る。

　　がんばって、前に進まなきゃ。前に行く。そう私たちは前に進まなきゃだめだわ。人生が提案して、求めているのはそのことだけのようね。
　　　　　　　　　　　　　　　　　　　　　　　　　　　（第2場）

　これは、自分がもう若くもない高校教師であるという現実を冷静に判断し、その上で自分にあった幸せを見つけていこうとするドロシアの前向き

な姿勢をよく表している。『クレヴ・クールの素晴らしい日曜日』の舞台は『ガラスの動物園』と同じ、1930年代のセント・ルイスで、ヒロインであるドロシアの職業は『欲望という名の電車』のブランチと同じ高校教師である。また、結婚の夢に敗れてしまうことも、ローラ、ブランチと共通している。それでもドロシアは「朽ちていく南部の美女」のような悲壮感を持たない。それは『小船注意報』のレオナと同様に、過酷な現実をありのままに見つめ、それに自分を妥協させていくからであろう。それはそのままウィリアムズ自身に重ねることができ、晩年のウィリアムズの作品にはありのままの自分の人生を振り返る追憶劇が発表されている。

3.『ヴィユ・カレ』と『曇ったり、晴れたり』——同性愛者ウィリアムズのたどった道

　1975年に出版された自伝『回想録』でウィリアムズは自らの同性愛遍歴を赤裸々につづっているが、それを舞台の上で再現したのが、1976年の『ヴィユ・カレ』（*Vieux Carré*）や1981年の『曇ったり、晴れたり』（*Something Cloudy, Something Clear*）である。同じ追憶劇である『ガラスの動物園』は、セクシュアリティがほとんど表象されていないといわれているが、この作品をゲイ・テキストとして読むと、彼の分身はトムではなく、極度に内気な姉ローラであるとするのが一般的になっている。『レズビアンとゲイ作品』（*Lesbian and Gay Writing*, 1990）を編集したマーク・リリー（Mark Lily）は「ローラの手足の自由が利かない状態をウィリアムズのゲイのアイデンティティ」と捉え、「性的満足感が得られない不能の状態」が、周囲の「強迫観念によってますます増長されていき」、結果的に「世の中から逃れたいという気持ちからガラス細工の世界へのめりこんでいく」と分析している。

　こういった、ヘテロセクシュアルの仮面をかぶることなく、彼の同性愛の原点をありのままにさかのぼっていく作品が『ヴィユ・カレ』である。タイトルのヴィユ・カレというのは、ニューオーリンズのフレンチ・クオーターの別名で、ウィリアムズを思わせる若い作家がかつてこのアパートに下宿していた時代を回想する形で劇が展開していく。下宿人たちは現実社会から疎外されて生きている放浪者たちで、その中の一人で、結核をわずらっているホモの画家ナイチンゲール（Nightingale）はしきりに作家を誘うが、彼はこれを拒む。このほか、けちで口うるさい下宿の女主人ワイヤー（Wire）、人生に疲れ切った二人の老婦人、愛人を部屋に連れ込む、白血病で死期のせま

70歳の誕生日を迎えたテネシー・ウィリアムズ（右端）
(*Everyone Else is an Audience*)

ったジェイン（Jane）など、このアパートに「題材の宝庫」となるさまざまな人物が登場する。そして、ジェインが吐血するなか、作家は迎えに来たクラリネット奏者といっしょにカリフォルニアへと旅たち、このアパートを後にする場面で幕となる。

　この作品においてウィリアムズは劇作家としての出発点だけでなく、同性愛者としての原点をも、冷静な目で掘り起こしている。劇中、作家はナイチンゲールに落下兵部隊との初体験を生々しく語る場面があるが、これはウィリアムズ自身の実話に基づくもので、初期の作品に見られた、自らのセクシュアリティに対する罪悪感、嫌悪感はここには見られない。

　もう一つの『曇りのような、晴れのような』はウィリアムズ自身の同性愛の遍歴をつづった自伝劇で、生涯最後の舞台にかけられた作品である。この作品はウィリアムズの分身である1980年現在の作家オーガスト（August）が、1940年の夏の日の出来事をプロヴィンスタウンの砂丘で回想する形で劇が進行していく。語り手である作家オーガスト、美しいダンサーのキップ（Kip）、そして彼を愛する女性クレア（Clare）の三角関係の中でクレアはキップを性的に満足させてあげることができないので自ら身を引くといった、異性愛至上主義の逆転も見られる。劇中、ウィリアムズの最愛の伴侶といわ

れたフランク・マーロー（Frank Merlo）や唯一のガールフレンドとされているヘーゼル（Hazel）といった実在の人物名に言及されるほか、『天使の戦い』を上演するまでの脚本の書き直しの話し、行きずり水夫との一夜限りの関係など、ウィリアムズの実人生がむき出しに再現されていく。タイトルにある「曇り」と「晴れ」は白内障を患うウィリアムズの視界を指すもので、白くにごった左眼からみた世界と澄んだ右目から見た世界の対照が彼自身の人生に置き換えることができる。この芝居は脳腫瘍のため若くしてこの世を去ったキップへの鎮魂歌であり、懺悔の劇であるという。

　このように晩年に発表された二つの自伝劇の登場人物たちは現実と戦うよりも自分の歩んできた人生を振り返り、戦いをやめた境地にはいっているような印象を受ける。そのため、同じ自伝劇の『ガラスの動物園』に見られた社会からの圧力、激しい内的葛藤、登場人物同士の確執などはみられず、劇的緊張感に欠け、劇評家からも観客からもかつての評価は得られないまま1983年、72歳で生涯を閉じた。同性愛を公表し、自らの人生を振り返った彼の晩年の作品には、創作力の衰えが顕著に見られたことは一般に指摘されている。それに加えて彼の作品の背景に南部社会の抑圧が影を潜めたために登場人物の劇的葛藤が欠如していたことも人々に受け入れられなかった大きな要因ではないだろうか。

　ウィリアムズの1940年代の作品で彼は南部人の内面的な資質に注目し、その矛盾を掘り下げたことでアメリカ演劇史に残る個性的なヒロイン像を世に送り出した。現実を直視せずに、上流階級気取りで、過去の栄光にすがるアマンダは子どもたちの人生に自分の夢を押し付け、彼らを抑圧する。一方、崩壊する南部社会の中で、次々に過酷な試練を受けたブランチは虚構の世界に真実を見出し、精神に支障をきたしていく。そして厳しいピューリタニズムに支配された南部の田舎町の中で性的に抑圧されたアルマは自分の中にひそむ性欲に気づき、その自己分裂に悩む。
　そういった彼女たちを追い込んでいる南部社会の抑圧や閉鎖性は1950年代後半の作品では、家庭崩壊や自己分裂にとどまることなく、人種差別やリンチ、去勢といった社会悪の形で徹底的に糾弾されている。排斥する人間とされる人間の対立構造がより明確になった。個人と社会の対立に焦点を当て作品を書き続けた、同じアメリカ演劇界を代表するアーサー・ミラー（Arthur

Miller, 1915-2005) に比べて、テネシー・ウィリアムズはそういった社会批判作家として捉えられる機会が少ないが、少なくともこの時代のウィリアムズは南部社会に対して強い抗議を示していたといえる。

そういったウィリアムズ劇における南部は、彼が劇作家としての凋落の道を歩み始め、私生活においても挫折を味わうにつれて、登場人物たちの戦う相手ではなくなった。クローゼットにしまいこまなければならなかった同性愛を公言した後の自己解放は同時に因習的な南部社会との確執の鈍化を意味していた。その結果、彼の晩年の作品には黄金期に見られた激しい劇的葛藤が見られず、ただ自分の傷を舞台にさらしだしただけだという厳しい批評が見られる。

ワトソンはウィリアムズと南部についてこう語っている。

> ウィリアムズは南部を愛しながらも憎んでいた。この相反する感情が文化的な想像力を刺激し、彼が描き出す登場人物や家族の中に南部の性的、宗教的、人種的件教唆に対する憤りを表出させた。

このテネシー・ウィリアムズと南部との戦いこそが彼の劇作家としての黄金期を築き上げた最大の原動力であったといえる。

〔付記〕第6章は書き下ろしである。引用はすべて著者による拙訳である。

参考文献

Lily, Mark. *'Tennessee Williams: The Glass Menageries and A Streetcar Named Desire' in Lesbian and Gay Writing: An Anthology of Critical Essays.ed.* Mark Lilly. Philadelphia: Temple University Press, 1990.

Watson, Charles S. *The History of Southern Drama.* Lexington, KY: University Press of Kentucky, 1997.

Williams, Tennessee. *The Theater of Tennessee Williams.* New York: New Direction, 1971-1992. Vol.4: *Small Craft Warnings.* Vol.8: *A Lovely Sunday for Creve Coeur., Vieux Carré.*

———. *Something Cloudy, Something Clear.* New York: New Direction, 1995.

第 3 部

アメリカ古典文学の文豪たちを読む

齊藤　昇

第7章　神話伝説の世界
―― ワシントン・アーヴィング文学とフォークロア ――

1．はじめに

　ニューヨーク・マンハッタン出身の文豪ワシントン・アーヴィング（Washington Irving, 1783-1859）の文学活動は極めて多岐にわたっていた。すなわち、彼はニューヨークの社交界や政界に対する軽妙な諷刺で才気を発揮した後、イギリスに渡ってからは自然や風物のすぐれた描写で読者を魅了し、また神話伝説の独自の世界ではエッセイストとして活躍した。さらにスペインを主とするヨーロッパ大陸では、紀行文学ばかりでなく歴史文学の分野でも意欲的に文学活動を展開した。アメリカ帰還後は自らの西部旅行の体験や史料に基づく開拓史を発表し、晩年は念願としていた『ジョージ・ワシントン伝』（*Life of George Washington*, 5 vols., 1855-1859）の執筆に没頭してこれを完成した。

　このように、アーヴィングが発表した作品はかなりの数に達し、作品によっては発表された時期に多くの読者に歓迎され高い評価を得たものもあった。アーヴィングはフォークロアや迷信を取り上げたアメリカ文壇初期の「職業作家」であり、またアメリカ的な短編文学形式の端緒をひらくと共に、その確立に大きく寄与し、独自のスタイルをもつ文学によって英語圏の諸国のみならず、日本の文壇をはじめ他の多くの国々の文人たちに深い感銘と影響を与えたアメリカ文豪である。本稿においては、短編集『スケッチ・ブック』（*The Sketch Book*, 1819-1820）誕生の経緯、および『スケッチ・ブック』の中からニューヨークを舞台にした「リップ・ウァン・ウィンクル」（"Rip Van Winkle"）と「スリーピー・ホローの伝説」（"The Legend of Sleepy Hollow"）を題材にして、そこに描かれている神話伝説の世界について述べてみたい。

2．ニューヨーク文人誕生、そしてイギリスへ

　1809年12月6日にニッカーボッカーの筆名で刊行された『ニューヨーク

史』（*A History of New York*）の出版で一応の成功を収め、ニューヨークにおけるアーヴィングの文名は頓に上がった。ところが、である。この本は、いわゆるかつての栄光の矜持に浸る旧オランダ人や建国の理想を高く掲げる新アメリカ人たちには歓迎されなかったと指摘する向きもあるのだ。ただし、出版後の売れゆきは上々で、一年間に彼は2,000ドル以上の収入をこの書物から得たと言われ、これは当時としてはかなりの額であったと思われる。いずれにしても、これを契機にニューヨークの社交界でも、彼は人々の注目を集める存在となったことは確かである。このような状況から考えると、アーヴィングがニューヨークで生活しながら文学活動を継続する条件は次第に醸成されていたと言える。それにも拘わらず、1815年5月25日にアーヴィングは突如としてイギリスに旅立ったのである。

アーヴィングの終の棲家サニーサイド邸

当時のイギリスは、ナポレオン戦争後の極度の経済的疲弊期にあった。このように苦難に満ちた社会情勢下で、アーヴィングはアーヴィング商会の仕事に忙殺されていたが、1817年にはかつて『アナレクティック・マガジン』（*Analectic Magazine*）の編集を彼に依頼したモーゼス・トマスの求めに応じて、イギリスで発行された書物を送付したり、トマスが新しくはじめた評論誌『ノータリア』（*Notaria*）に評釈を寄稿するなどして、活発な文学活動を行なうようになった。やがて彼の文才はイギリスでも認められはじめて、この頃にはすでに文学の世界では幾分知られる存在になっていた。このことは1817年の8月に、当時のイギリスでは主要な出版社であるマリー社の晩餐会にディズレーリ（Isaac D'Israeli, 1766-1841）らと共に招待されていることからも明らかである。

このような盛んな文学活動に伴い、アーヴィングをとりまく経済的状態も次第に改善され、彼はその年の夏には仕事と観光を兼ねてスコットランドを訪れる。そして『エディンバラ・レビュー』誌（*Edinburgh Reviw*）の編集長フランシス・ジェフリー（Francis Jeffrey, 1773-1850）、同地で雑誌を発行しているアーチボルト・コンスタブル（Archibald Constable, 1774-1827）やウィリアム・ブラックウッド（William Blackwood, 1776-1834）などと会談した折に、執筆を依頼されている。しかし、この旅行がアーヴィングにとって最大の意義を持ったのは、なんといってもトマス・キャンベル（Thomas Campbell, 1777-1844）の紹介状をたずさえてアボッツフォード邸を訪れ、歴史小説『ロブ・ロイ』（*Rob Roy*, 1817）執筆中のウォルター・スコット（Walter Scott, 1771-1832）に会う機会を得たことである。この訪問によってアーヴィングが独自の筆致で文学活動を行なう自信とモチベーション、そして大力をスコットから授かったことは確かであろう。「まるでシェイクスピアと社交的に親しく語り合うことを許されたかのように人生で最も幸せな時であった」と、いみじくもアーヴィングが随想「ウォルター・スコット邸訪問記」（原題："Abbotsford"）の中で吐露していることからも、その感慨の深さが窺える。

　年がかわり1818年になるとアーヴィングはブラックウッド社の雑誌に執筆をはじめた。間もなくして同年の秋に兄ウィリアムからの手紙で、リヴァプールでの仕事はピーターに任せて帰国し、海軍省のしかるべき地位に就くようにとアーヴィングは勧められている。ところがこれに対して彼は、これまでに書き留めたもので今後いくらかの財産を作れるかもしれない旨の手紙を書いて、その申し出を断っている。そのためには、取材活動も兼ねて彼はイギリスに留まらなければならないと考えたのである。やがてその〈書き留めたもの〉は、短編集『スケッチ・ブック』として結実することになる。アーヴィングの名声を不動のものにした『スケッチ・ブック』は、最初3、4編ずつ分冊としてアメリカで発表された。そして1820年に34編を収めてイギリスで刊行されるや否や人々の注目を浴び好評を博したのである。これに気をよくしたアーヴィングはイギリスでの出版にも意欲的に取りかかることになった。最初の出版に成功を収めると当時、スコットやバイロン（G. G. Byron, 1788-1824）の作品も手がけて出版業界で羽振りのよかったマリー社が版権を買い取って出版を継続した。

　アーヴィングの全作品中でも最も重要なもののひとつである短編集『スケッチ・ブック』は、先に述べた通りの形態で最初1819年にアメリカで発

表された。すでに文学活動の本拠をヨーロッパにおく決意をしたアーヴィングが逗留地のイギリスでの刊行を後にしたことには、次のような理由が考えられる。その一つはナポレオン戦争に疲弊したイギリスの国情などの不安要因である。経済的にどん底のイギリス社会は貧民に満たされ、騒然たる状態にあったことは、アーヴィング自身が故郷に書き送った書簡からも十分に察せられる。このような社会情勢下での出版に危惧の念を抱いたとしても不思議ではない。第二には、かねてより兄ウィリアムから海軍省への就職を勧められていたアーヴィングが、その拒絶の理由を確かな事実をもって証明する機会となったことが考えられる。このような経緯で『スケッチ・ブック』の出版は、1819 年 5 月 15 日に C・S・ウィンクル (C. S. Winkle) によってまずニューヨークで行なわれたのである。それは「著者自身について」("The Author's Account of Himself")、「船旅」("The Voyage")、「ロスコウ」("Roscoe")、「妻」("The Wife") および「リップ・ヴァン・ウィンクル」の各短編から成り、当初 2,000 部が印刷された。出版されるや否や、この本はたちまちのうちに好評を博しアーヴィングを大いに満足させた。アーヴィングは引き続き原稿を書き、その都度好評で迎えられた。そして、彼は『スケッチ・ブック』全体を構成する 34 編を書き終えて、その体裁を整えたのである。

「リップ・ヴァン・ウィンクル」

アーヴィング文学の大きな特色となった神話的要素や伝説的な世界を論ずる時、第一に挙げなければならない作品が、『スケッチ・ブック』の中に収められた「リップ・ヴァン・ウィンクル」および「スリーピー・ホローの伝説」であることは言うまでもない。この二つの作品には形式的にも類似している。それはどちらもディートリッヒ・ニッカーボッカー (Diedrich Knickerbocker) の遺稿中から発見されたという形をとっていることである。『スケッチ・ブック』はジョフレー・クレヨン (Geoffrey Crayon) の名で世に出されているから、ニッカーボッカーの作品をクレヨンが紹介するというスタイルは周知されている通りである。ディートリッヒ・ニッカーボッカーはアーヴィングが 1809 年に出版した『ニューヨーク史』の著者として、当時のアーヴィングの読者には広く知られていたキャラクターである。すでに複数の批評家によって指摘されているように、この二つの作品は、どちらもドイツの民話を素材にして書かれたとされる成立経緯においても共通性がある。「リップ・ヴァン・ウィンクル」は 1783 年に発表されたバロン・J・カスパー・ライスベック (J. K. Risebeck) の『ドイツの旅』、あるいは 1812 年に

発表されたJ・G・ビュッシング（J. G. Büshing）編集による『民話集』（*Volks-Sagen, Märchen und Legenden*）に収められたペーター・クラウス（Peter Klaus）の話に依拠しているというのが定説である。しかし、アメリカ神話研究の権威であるダニエル・ホフマン（Daniel Hoffman）によれば、続く「スリーピー・ホローの伝説」はG・A・ビュルガー（G. A. Bürger）の『幽鬼の首領』（"Der Wilde Jäger"）とJ・K・A・ムゼーウス（J. K. A. Musaus）が集成した『ドイツ民間童話』に含まれているポーランドとチェコスロバキアの国境に聳えるスデーテン（Sudeten）山脈の精を扱った「デューベザール伝説」（"Rübezahl Legends"）に拠る作品だと言う。ドイツのフォークロアがこの2編の下敷きになっていることは1930年にヘンリー・A・ポッチマン（H. A. Pochmann）が「『スケッチ・ブック』におけるアーヴィングのドイツ的素材」（*Studies in Philology*, XXVII, 447-507）という論文の中で明らかにしているが、アーヴィングはそれにヒントを得て舞台をニューヨークのキャッツキル（Catskill）山脈に求めアメリカの風景の中で親和伝説の趣を伝える独自の世界を展開させたのである。

このようにアンチ・フランクリン型とも言われるリップを主役に据えた短編小説「リップ・ヴァン・ウィンクル」は、ニューヨークのハドソン川を背景とした伝説風の物語に、豊かな詩的空想と独立戦争前後の歴史的雰囲気を巧みに織り込んだ作品として知られている。主人公の怠け者リップも、口やかましい彼の妻も、そして悠然としたキャッツキル山脈のうるわしい自然やその麓にある村の牧歌的な風物などと共に鮮明に描き出され、それにアメリカ的な素朴なユーモアが全体をおおい、その間に適度なペイソスと甘美な幻想と怪奇味とを漂わせて、一種独特なスケッチ風短編小説を作り上げたとの見方はうなずける。さて、「リップ・ヴァン・ウィンクル」に描かれた神話伝説の世界は、リップが遭遇するさまざまな光景に反映されている。この神話伝説の世界を垣間見ただけで帰還したリップは、その異常な体験を村に持ち帰ることによって過去の神話伝説に生命を吹き込み、同時に彼自身が主人公である浦島的伝説を形成したと言われる。

ところで、ドイツの伝統的なフォークロアとして残されていたに過ぎないペーター・クラウスの話が、アーヴィングによってアメリカに移入されることで、あのように多くの読者を獲得して成功した要因はどこに求めるべきであろうか。レスリー・フィードラー（Leslie Fiedler）や飛弾知法らが指摘したように、その大きな一因は、ある意味で「〈かかあ天下〉からの解放」によ

る男性読者層の支持も見逃せないであろう。

「スリーピー・ホローの伝説」

　ニューヨークのスリーピー・ホローと呼ばれる近隣一帯は、フォークロアの宝庫であり、また幽霊が出没する所や薄暮時にまつわる迷信などが多いが、特にこの１編の結末と重要なかかわりを持つのは〈首なし騎士〉である。
　主人公のイカボッド・クレインはコネティカット出身の田舎教師で、粗末な丸太小屋を教場にして生徒たちの相手をしていた。痩せてはいるがかなりの大食漢であったイカボッドは、学校から得る収入だけでは日々のパンを買うにもままならず、この地方の習慣に従って、教え子の農家を転々とし寄食していた。といっても、彼は特に母親たちに気に入られるように心がけ、子供を可愛がったり仕事を手伝ったりしたので、まんざら厄介者として嫌われていたわけではない。やがてイカボッドは、カトリナ・ヴァン・タッセルという富裕なオランダ系農夫の一人娘に恋をする。彼はカトリナの美しさとは別に、これまで無縁であった富裕な生活に抑え難い魅力を感じたのである。しかし彼の前にブロム・ヴァン・ブラント、周囲の人たちに〈ブロム・ボーンズ〉と呼ばれている恋敵が現われる。イカボッドはブロムと張り合うが、所詮勝目はない。タッセル家の宴会の夜、カトリナには自分への愛がないと知って、イカボッド・クレインは失意の中を帰宅する。その途中でイカボッドは〈首なし騎士〉と遭遇して必死に逃れるが、この妖怪が投げた首を頭に受け落馬してしまう。翌日、彼を探しに出た人々は、残された帽子と、そばに打砕かれた南瓜が転がっているのを見つけたが、彼の消息は頓とわからぬままであった。しかし数年後にニューヨークで生活しているイカボッドの姿を目撃した農夫が出現して周囲を驚かせた。また、カトリナと結婚したブロムはイカボッドのことが話題にのぼると、きまって万事心得たような表情を浮かべたり、南瓜の話になると、思わずクッと吹き出して笑う始末。だから、ブロムはその真相を案外知悉しているのではないかと、疑う者もいたほどである。しかし「田舎の年とったおかみさん達は、この種の話については最上の審判者なのだが、彼女らは今でもイカボッドは超自然的な方法で妖怪にさらわれたと言い張っており、この界隈の人々は冬の夜に暖炉をかこみ、好んでこの話をするのである」と、この物語は結ばれている。
　アメリカのフォークロアと神話批評で有名な前出のダニエル・ホフマンが述べている通り、イカボッドは「南瓜が当たって死んだろうか？　もちろんそうではない」のである。ブロムの〈わけ知り顔〉からも察せられる通り、

彼はヘッセ人の幽霊に化けたブロムに打ちのめされて村を去ったのである。結局、そこに豊かな人間性への理解が求められたのである。〈人間性〉についてのイカボッドとブロムの相違は、土地の怪奇な伝説に関する両者の態度でも、鮮やかに対比される。すなわち、武藤脩二がその著書『印象と効果』の中でも指摘しているように、イカボッドは伝説に強い関心を示し、自身でも故郷コネティカット州で起こった不思議な出来事を語ったりするが、その根底には幽霊や悪魔に対する深い恐怖心があるという訳である。一方、ブロムの幽霊に対する関心は極めて人間的で早駈けヘッセ人の幽霊にポンチ酒をかけた競争を申し入れたりする。伝説に対して恐怖心しか抱くことができない人間は、伝説が人々の生活の一部と化している社会には容れられない。イカボッドが伝説を利用した手段によってこの社会から放逐されるところに、この作品の面白さがあると言えるのだろう。さらにイカボッド、ブロムという両者の性格的役割、つまりコネティカット・ヤンキーがニューヨーク社会において巻き起こす性格的衝突も作品解釈上、重要な意味をもっており、これによってもより深い文学的風致を、醸し出していると言っても過言ではない。

3．短編集『スケッチ・ブック』の評価

　すでに述べた通り、『スケッチ・ブック』は1819年から1820年にかけてアメリカでは七つの分冊として、またイギリスでは2巻に分けて出版され、その中には34編の短編が収録されている。『スケッチ・ブック』に対する批評家および読者の反応は、全般的に言えば極めて好意的なものであった。アーヴィングの兄エビニーザーと共にアメリカにおける第1分冊の出版に奔走したニューヨークの友人ヘンリー・ブルヴォート（Henry Brevoort）は、1819年9月9日付のアーヴィングに宛てた手紙で、「君の作品が正しく優雅な文章を書こうと志す者にとっての手本であると同時に、アメリカ文学の誇りであることは、広く一致した意見である」と述べ、さらに『ニューヨーク・イブニング・ポスト』（New York Evening Post）、『アナレクティック・マガジン』、『ノースアメリカン・レビュー』（North American Review）などに記載された書評を送って激励している。因に『ニューヨーク・イブニング・ポスト』には、次のように述べられている。

この新しい作品は、ワシントン・アーヴィング氏の優雅で生彩あふれる筆によるものである。そのスタイルの優美さ、深い思いやりを秘めた豊かで温かい調子、明るい会心のユーモアの放縦に脈打つ流れ、繊細で鋭い視察眼。これらすべてが美しさと魅力を増して、『スケッチ・ブック』の中に新しい姿で展開されている。なかでも「リップ・ヴァン・ウィンクル」は傑作である。苦々しい気分を感じさせず、ナンセンス感覚を楽しむコミック精神に関しては「リップ・ヴァン・ウィンクル」の物語に匹敵できるようなものはほとんどないだろう。

　イギリスにおける『スケッチ・ブック』の出版に関しては、アーヴィングがその二年前、エディンバラへの旅行の際に、アボッツフォード邸を訪問して知遇を得たウォルター・スコットが尽力した。イギリスの批評家の中には「『スケッチ・ブック』には特別に目新しいものはなく、オリバー・ゴールドスミス（Oliver Goldsmith, 1730-1774）やウィリアム・クーパー（William Cowper, 1731-1800）などによってすでによく知られている田舎の民話の古いモデルを踏襲したに過ぎない」と批判したものもあったが、大抵は以下のように好意的な調子であった。たとえば、イギリスの桂冠詩人として有名なロバート・サウジイ（Robert Southey, 1774 - 1843）は「アーヴィングは極めて楽しい作家であり、どんな読者の心もつかむような感情と気質で書く」と賞讃し、また政治哲学者で文壇にも隠然たる勢力をもっていたウィリアム・ゴドウィン（William Godwin, 1756 - 1836）は「イギリスの田園生活」（"Rural Life in England"）について「書かれていることは、確かにすべて真実であり、また読んでいると、これまで誰も語ったことがないものも出てきて大変興味深い」と述べて、アーヴィング文学の斬新でユニークな要素を認めている。

　このように『スケッチ・ブック』によって、アーヴィングは母国アメリカにおいて文人としての不動の地位を確立すると共に、ヨーロッパ文学界においても自己の存在を示す明確な第一歩を印したのである。すなわち、ヨーロッパ時代における活動の成果は、『スケッチ・ブック』の結実にあったと言ってもいいであろう。

4．アーヴィング文学の源泉

　さて、アーヴィングの作品における神話伝説の世界を考察する場合に、繰

り返すことになるがイギリス・ロマン主義時代を代表する詩人であり、また歴史物語では当代随一と評されたウォルター・スコットの影響を看過することはできない。先にも触れたようにアーヴィングは1817年の夏にアボッツフォード邸のスコットを訪ねたが、それ以来彼はこの偉大なイギリスの文豪から並々ならぬ知遇を得たのである。『スケッチ・ブック』およびそれ以後の作品の出版も、スコットの助力に負うところが大きかったが、それにもましてアーヴィング文学に決定的な影響を与えたのはこの訪問中の両者の語らいを通じて、アーヴィングが数多くの文学的助言と示唆を得たことである。

　伝説はスコット文学においても主要なテーマであったので、共通の興味をもつアーヴィングを案内して、スコットは神話やフォークロアにかかわりを持つ近在の土地を連れ歩いた。後に「リップ・ヴァン・ウィンクル」や「スリーピー・ホローの伝説」の骨格となったドイツで語り伝えられている神話や伝説の類を読むように勧めたのもスコットその人であったことを、アーヴィングの伝記研究者のひとりであるジョアンナ・ジョンストン（Johanna Johnston）は、その著書『捉えることのできない心』（*The Heart That Would Not Hold: A Biography of Washington Irving*, 1971）の中で、次のように述べている。

　　彼（アーヴィング）はオランダ人の炉端の話、あるいは自国で聞いた伝説や迷信をいくつか語った。スコットはアーヴィングが話した物語が非常に気に入り、彼の住んでいるスコットランドの高地地方の話や、彼が読んだばかりでなく翻訳してイギリスで出版した様々なドイツの伝説を思い出した。彼はアーヴィングにビュルガーが集めたものをたくさん読んだことがあるかとたずねたが、アーヴィングはドイツ語で読むのがあまり得意ではないと答えている。従ってその時、スコットは彼にドイツ語を学ぶように強く勧めたのである。ドイツは伝説、フォークロアなどの宝庫であり、すべての国々の伝説の底流をなす根本的、普遍的テーマを知るのに役立つからである。

　かねてよりヨーロッパの古い歴史、伝統、神話などに限りない憧憬を抱いていたアーヴィングが、スコットとの邂逅によってどれほど啓発されるところが多かったかは想像に難くない。また、ダニエル・ホフマンが言うように、スコットによって過ぎしものへのノスタルジアという感情が、いかにフィク

ションに浸透してそれを性格づける原動力になり得るかを教えられたアーヴィングは、直接的に自分の作品にその啓示を反映させたのである。それは『スケッチ・ブック』中に含まれる二つの流れの作品群に見られるものである。

その代表的なものとしては「クリスマス・イヴ」（"Christmas Eve"）や「クリスマス」（"Christmas"）などの一連のスケッチ風作品である。アーヴィングは「著者自身について」の中で述べている通り、ヨーロッパで昔から伝えられている地方色豊かな風俗習慣に、強い魅力を感じていたのだ。彼がイギリスの古いクリスマスの習慣をノスタルジアをこめて取り上げたのは、いわば当然のことと考えられる。「クリスマス・イヴ」の中では父祖伝来の邸宅に住むイギリス人家庭におけるイヴの光景が描かれているが、その情感あふれる描写はアーヴィング作品中でも屈指のものと思われ、古い伝統に対する彼自身の愛着の深さが感じられて仕方ない。

第二のグループは、ここで取り上げた「リップ・ヴァン・ウィンクル」および「スリーピー・ホローの伝説」に代表される神話やフォークロアに関する作品である。これらの物語は既述のようにオトマー、ライスベック、ビュルガーそしてムゼーウスの収集したフォークロアの種本に頼ったものとされているが、この間の事情を検討するにはアーヴィングの時代の社会的背景を考察しなければならない。1776年に独立を宣言したアメリカは、アーヴィングが最も活発な文学活動を行なった時期には、まさに創生期にあったからである。その状況をテレンス・マーチン（Terence Martin）は「リップ、イカボッドそしてアメリカの空想」（"Rip, Ichabod, and the American Imagination"）と題した論文で次のように述べている。

　　一躍大人になろうとする希望がアメリカの保守主義的傾向を生み出し、当然アメリカ人の創作活動に影響した。長い歴史をもたない国家として、またよりよい方法で改めて歴史の中に包含される古代や神秘や罪悪――歴史の生み出すすべての産物を――あたかも肩をすくめて避けた。一つの見地からみると、このことは幸いなことであった。過去を避けることは、現在に希望をもって生きることを意味した。しかし別の見地から考えると、過去の重みがないということは悲しむべき側面を意味していた。その結果としておのずと文化の稀薄さが認められ荒涼としたものとなり、作家にとって作品の材料となるものをあまり残さなかったのである。

古い蓄積された宝に富むヨーロッパに比べて、アメリカは「不幸にして一つの廃墟さえない」とアーヴィングは『ブレイスブリッジ邸』(*Bracebrige Hall*, 1822) の中で歎いている。このような社会的、歴史的背景を負った作家がなし得ることは何であったか。アーヴィングが〈現在の平凡な現実〉よりも〈冥想的な古代〉や〈過去の影ぼうしのような美観〉(いずれも「著者自身について」より) にあこがれたのは当然の趨勢であったと思われる。従って前出のテレンス・マーチンがこの点に関して、アーヴィングと同世代作家についての一般論として、次のように述べているのは、なるほどもっともなことである。

> アメリカの多くの初期の作家たち（特にチャールズ・B・ブラウンやアーヴィングやポーやホーソーンなど）は暗黙のうちに少なくとも古さと暗影の美意識の上に立って芸術を創作しようとした。彼らは暗影、廃墟、凋落を空想的創作の必要条件として主張した。時にはアメリカを非常に古い国であるかのようにも書いた。アメリカの自己像という見地からすれば、そういう仮想は大きな偽りであった。しかし、偽りにしても、それはいくつかの重要な作品を生んだのである。

このように〈現実〉ではなく〈影ぼうしのような美観〉に創作的想像力を求めたことは、当然アーヴィングの文学の創作様式にも反映した。スコットとの接触によって民間に伝わる古事の持つ力や、創作芸術活動にとってのそれらの有用性を以前にもまして強く認識したアーヴィングが、旅する先々でフォークロア、神話、伝説を収集したり、古老の話に耳を傾けるなどして得たものを自己の文学に持ち込んだとしても不思議ではない。

ここで取り上げた二つの作品「リップ・ヴァン・ウィンクル」と「スリーピー・ホローの伝説」に関して、前者がドイツの神話やフォークロアのペーター・クラウス等の話を下敷としていることはすでに記述した通りであるが、後者についても最後の場面にムゼーウスが編集した『ドイツ民間童話』の焼き直しが使用されていると、ヘンリー・ポッチマンがその論文、「ワシントン・アーヴィング——アマチュアそれともプロフェッショナル」("Washington Irving: Amateur or Professional?") の中で述べている。また、「スリーピー・ホローの伝説」については、ニューヨーク州のフォークロアに類似

のモチーフが見出されているとも言われている。いずれにせよ、このような背景を持って誕生した作品には、いくつかの共通する特色が見出される。そのひとつは〈空想的創作の必要条件〉としてアーヴィングが主張した〈暗影、廃墟、凋落〉などの世界に読者を引き込むために、物語の舞台に関して極めて入念な描写が行なわれている点である。すなわち「リップ・ヴァン・ウィンクル」においては妖精の山と呼ばれるキャッツキル山脈の荒涼とした情景、「スリーピー・ホローの伝説」においては首なし騎士や幽霊の出没する界隈の妖気を誘う雰囲気が十分に語られている。

　レスリー・A・フィードラーは、その著書『消えゆくアメリカ人の帰還』(The Return of the Vanishing American) で次のように述べている。

　　アーヴィングは「魔法の眠り」という古い伝説を全く新しいものにいとも易々と変えてしまったのである。「迫害された乙女」の伝説をこっけいに裏返したものであり——ちょうどそれと対応するように「迫害された乙女」という想定を行なったものである。これは近代世界における最初の女家長制度の国家を自認し、あるいはそう見なされることにあまんじている国にふさわしい空想であろう。

　アーヴィングは山中から帰還したリップが女房の迫害から解放されるのと平行して、それと時を同じく進行した独立戦争によってアメリカがイギリスの支配を脱したことに言及するのも忘れなかった。

　「スリーピー・ホローの伝説」の主要登場人物イカボッド・クレインとブロム・ボーンズも、それぞれにアーヴィング独自の文学的な特質を付与しているが、この点については二つの作品に共通する第三の特色を指摘すべきであろう。すなわち多くの批評家たちによって指摘されているように、それはアメリカ社会におけるオランダ人植民地時代のニューヨークとニューイングランドとの敵対意識がこれらの作品に導入されているという点である。

　以上概観したように、アーヴィング文学はフォークロアの世界と多かれ少なかれ関わりを持つ。もっとも、アメリカでこの種のテーマが本格的に展開されるのは『革脚絆物語』(The Leatherstocking Tales) をその代表作とするクーパー (James F. Cooper, 1789-1851) の辺境小説によってであろう。ところでアーヴィング文学はアメリカのフォークロアに登場する性格や迷信などをテーマとする文学の系列中で、どのような位置づけをされるべきであろう

か。ダニエル・G・ホフマンが『アメリカ文学の形式とロマンス』(Form and Fable in Amarican Fiction) において、彼が「スリーピー・ホローの伝説」に関してアメリカ文学潮流の〈先触れ〉("Prefigurations") と指摘したのは当を得た表現であると思われる。つまり、アーヴィングの文学スタイルは、ダニエル・ホフマンも指摘する通り、われわれがフォークロアの文献に期待するものからほど遠いものであり、むしろ説話文学こそがアーヴィングの本領であったのだから、彼の文学がアメリカ的神話としての分析や批判に耐え得ぬ面も認めるべきであろう。しかし、だからといってそれらが〈先触れ〉としての意義を持つことを容易に没却することはできない。結局のところ、アーヴィング文学の魅力は、単にフォークロア、神話、伝説を寄せ集めた多彩な文脈に留まらず、文学的に上質の構成と表現と美学を備えた壮観ぶりにあるのではないだろうか。また、彼のいずれの作品にも窺える取材範囲の厚みと広がり、そして卓抜した素材の取捨選択が、その才能に適した〈語り方〉に拘る物語形式と相俟って、自身の文学の豊かさや深みを醸し出すことに成功したと言ってよい。このように考えれば、アーヴィング作品は、まさしく特異な物語を中核としてピクチャレスク、魂の神秘や恐怖、個性的なキャラクター、超自然的な事象などが見事につなぎ合わされた連鎖的な構造をもつ文学的な産物であると断言して差し支えないだろう。さらにアメリカ・ロマンティシズムの世界に重厚なヨーロッパの文化と歴史の風景を溶かし込むことで、なおも芳醇な香りと彩りを放ち読者に果てしない愉楽を誘っているのである。こうした意味でも、アーヴィングの作品群は独自の魅力をそなえた無比の文学的資産であると言えるだろう。

〔付記〕本稿は拙著『郷愁の世界―ワシントン・アーヴィングの文学』(旺史社)と『ワシントン・アーヴィングとその時代』(本の友社)を基に全面的に修正と加筆を施したものである。ただし、本文中の叙述には、前記の『郷愁の世界―ワシントン・アーヴィングの文学』中の「アーヴィングと神話伝説の世界」、『ワシントン・アーヴィングとその時代』中の「ワシントン・アーヴィングの文学的足跡とその生涯」および拙訳書『ウォルター・スコット邸訪問記』(岩波書店)の解説部の叙述と同様に、主として Daniel Hoffman. *Form and Fable in American Fiction*、Terence Martin. "Rip, Ichabod, and the American Imagination"、飛弾知法「"Rip Van Winkle" とアメリカの神話」、武藤脩二「アーヴィングの『リップ・ヴァン・ウィンクル』と『スリーピー・ホローの伝説』」(『英米文学論集』)、平沼孝之訳『アルハンブラ物語』(上・下)、大橋健三郎他編『総説アメリカ文学史』

に負う箇所がある。なお、引用文の訳語は上記の「参考文献」に掲載した文献の訳に拠るもの、それ以外は拙訳に拠る。また、渡邊孔二氏、山田浩平氏、吉岡章光氏、浅田孝二氏といった方々からは多面にわたりご助力を得ることができた。ここに記して感謝申し上げる次第である。

参考文献

Selected Writings of Washington Irving, New York: The City Univ. of New York, 1984.

Hoffman, Daniel. *Form and Fable in American Fiction.* New York : UP of Virginia, 1961.

Johnston, Johanna. *The Heart That Would Not Hold : A Biography of Washington Irving,* New York : M. Evans and Co. Inc., 1971.

Martin, Terence. "Rip, Ichabod, and the American Imagination", *American Literature* 31, 1959.

Pochmann,Henry A. "Washington Irving: Amateur or Professional?" in *A Century of Commentary on the Works of Washington Irving,* 1976.

Terrel, Dahila Kirby, ed. *The Complete Works of Washington Irving, Crayon Miscellany,* Boston: Twayne Publishers, 1979.

ダニエル・ホフマン著／根本治訳 『アメリカ文学の形式とロマンス――フォークロアと神話――』研究社、1983年。

レスリー・A・フィードラー著／渥美昭夫、酒本雅之訳 『消えゆくアメリカ人の帰還――アメリカ文学の原型Ⅲ』 新潮社、1974年。

レスリー・A・フィードラー著／佐伯彰一、井上謙治、行方昭夫、入江隆則訳 『アメリカ小説における愛と死―アメリカ文学の原型Ⅰ』 新潮社、1989年。

岩元 巌／酒本雅之監修 『アメリカ文学作家作品事典』 本の友社、1991年。

大橋健三郎他編 『総説アメリカ文学史』 研究社、1980年。

飛弾知法 「"Rip Van Winkle"とアメリカの神話」『言語文化研究』第一巻、第二号、松山商科大学商経研究会、1981年。

平沼孝之訳 『アルハンブラ物語』（上・下）、岩波書店、1997年。

武藤脩二 『印象と効果――アメリカ文学の水脈』 南雲堂、2000年。

―――「アーヴィングの『リップ・ヴァン・ウィンクル』と『スリーピー・ホローの伝説』」、『英米文学論集』 南雲堂、1984年。

第8章　文豪の憩う風景
——ホーソーンのセイラム、コンコード、そしてイギリス——

1．はじめに

　アメリカ・ロマン派文壇の雄ナサニエル・ホーソーン（Nathaniel Hawthorne, 1804-1864）は1804年7月4日にマサチューセッツ州の港町セイラム（Salem）で生まれた。1816年の6月にメイン州レイモンド（Raymond）に一時滞在したが、二年後の1818年にはそこに移り住んでいる。そして1825年にメイン州ブランズウィック（Brunswick）にあるボードン大学（Bowdoin College: 1794年創立）を卒業。その後、彼はセイラムに戻り定職に就くこともなく、もっぱら読書と創作に没頭した。1828年に処女作『ファンショー』（*Fanshawe*）を自費出版して作家の仲間入りを果たすと、その後は主に短編小説を書き溜め、1837年に18編を収めた短編集『トワイス・トールド・テイルズ』（*Twice-Told Tales*）を刊行している。1842年7月9日にソファイア・ピボディ（Sophia Peabody）と結婚し、ボストン郊外のコンコード（Concord）にある旧牧師館に移って新婚生活を送る。やがて、ここでの生活体験が序文を含む26編を収めた短編集『旧牧師館の苔』（*Mosses from an Old Manse*, 1846）として出版されるや、たちまち文壇の寵児としてもてはやされた。なかでも小説『白鯨』（*Moby Dick*, 1851）の作者H・メルヴィル（Herman Melville, 1819-1891）に激賞されたことで衆目を集めたことはよく知られている。

　短編集『旧牧師館の苔』の序文として置かれた随想「わが旧牧師館への小径」（原題："The Old Manse"）の中で「しっかりした内容と厚みを伴った小説を書きたい」と、旧牧師館に入居する際に決意のほどを吐露したホーソーンは、1850年に小説『緋文字』（*The Scarlet Letter*, 1850）を世に出した。これが大きな反響を呼び、ホーソーンの文名は頓に上がるとともにアメリカ文学界に確固たる地歩を築くことになる。また、彼は作家業以外にも1846に故郷セイラムの税関に検察官として奉職した経験をもつ。さらに1853年から四年間ほど当時大統領の職にあったボードン大学時代の学友フランクリン・ピ

アス (Franklin Pierce, 1804-1869) の推薦によってリヴァプールの領事に任命され、これを務めた。その任を終えた以後の三年間、フランス、イタリアなどを旅行して帰還、晩年はコンコードの〈ウェイサイド〉に住居を構えて文学活動を継続したのである。ここでは、ホーソーンの文学活動の中心となった地セイラム、コンコード、そしてイギリスにおける軌跡を歴史的な風景を絡めて点描してみたい。

2．故郷セイラム

まずホーソーンの誕生したセイラムの地について、その歴史的変遷に触れたい。メイフラワー号でアメリカ東部のプリマスに上陸した102名のピューリタンたちのうち30名ほどの分離派集団は、1626年にロジャー・コナント (Roger Conant, C. 1592-1679) に率いられてセイラム（旧約聖書の「創世記」に登場する土地名で、ヘブライ語で〈平和の地〉という意味）に入植した。ここは、かつて先住インディアンたちによって〈ナウムケアグ〉（魚のとれる場所の意味）と呼ばれていた風光明媚な土地であった。従って、このように先住インディアンたちの文化と相俟って創り上げられたセイラムの歴史の文脈に複合的要素の混在が認められても不思議ではない。

次いで1628年9月6日に、ジョン・エンディコット (John Endecott, C. 1588-1665) に率いられた50人余りのピューリタンたちが、アビゲイル号に乗ってセイラムに入植した。彼らは農地を開墾し先住インディアンたちとの様々な交易で生計を立てながら新しい時代に向けて主体性と自立性を発揮していったのである。やがて、入植者たちの人口増加に伴い自治の意識が高まると、神政政治という形態のもとにセイラム周辺の地域は着実に発展を遂げた。ある意味では、この時代のセイラムは押し寄せる近代化の波を受けながら崇高の理想郷を目指していたとも言えるだろう。

1630年に植民地の総督としてセイラムにやって来たジョン・ウィンスロップ (John Winthrop, 1588-1649) は、農地改革に加えて海岸沿いの整備を順次行い、多角的な産業の充実に向けて良質な生活文化の創出に努めたと言われている。だからこそ、美しく機能的な構造をもつ入江と豊富な魚群に恵まれたセイラムの地理的な利点を活用した海運業は発展したのだ。入植初期のセイラムの近海域では豊富にとれる鱈漁業（漁師からは〈聖なる鱈〉と呼ばれ、経済的な糧でもあった）が盛んであったが、まもなく市場拡大による経済的基盤

の安定を図るために、〈三角貿易〉などに代表される海外貿易が主流を占めるようになった。つまり、西インド諸島から砂糖などを輸入して、それを原材料にして造ったラム酒などの酒類をアフリカ西海岸に輸出することで黒人奴隷を連れてくるという貿易形態の拡充が図られたのである。こうした貿易形態を含む海運業は18世紀に盛況を迎え、順風のうちにセイラムは〈アメリカのベニス〉と呼称されるまでに発展した。だが、ヨーロッパにまで拡大したセイラムの海運業は、フレンチ・インディアン戦争（1754-1763）を契機に有為転変の歴史を刻んでいくことになる。

　他方、当時横行していたイギリス船舶の拿捕によって巨万の富を得たセイラム出身者がいる。アメリカ最初の百万長者として歴史にその名をとどめているエリアス・ハスケット・ダービー（Elias Hasket Derby, 1739-1799）である。彼は合法的に拿捕したイギリス船舶を競売にかけて、その富を築きあげたことでも知られる人物だ。間もなくして彼はインド・中国などをはじめとした東洋貿易に転じ、陶器や貴重な古美術品などを持ち帰り東洋文化の移入を積極的に推進することで、いわば時代の寵児として華々しく脚光を浴びたのである。因みに、日本にもペリーの黒船来航以前の1799年にセイラムの商人たちを乗せたフランクリン号が来航して、長崎でこの種の交易を行っている。続くマサチューセッツ号、マーガレット号の長崎での交易も、日本の工芸品がその中心であったようだ。

　さて1800年代に入ると、ヨーロッパでの戦争の影響や近代化の到来により、栄華を誇ったセイラムの海運業に静かに影が落ち始めた。セイラム周辺の製造工業の発達や鉄道輸送の充実に伴うボストンでの工業化が進むにつれて、いわば海運業が経済的な価値基準を失ったことに主な原因があった。

　ところで、もう一つのセイラムの歴史の側面を照射してみよう。この地域の名を一躍有名にしたセイラム・ヴィレッジの魔女狩り騒動（1692）である。まだ市民社会が未成熟の時代に起こったこの超自然現象への逃避は、〈悪魔憑き〉と呼ばれ、独特な宗教的雰囲気を帯びていたのである。このような憑依現象は、その起源と伝統をヨーロッパの歴史の流れに求めることができる。もちろん魔女という概念は、洋の東西を問わず古代の時からあった。ただ天災から病気に至るまで、魔女が関与すると思われていた事象は、中世ヨーロッパにおいてとりわけ強く信じられており、魔女の使う魔術は〈秘蹟〉と恐れられて、神秘主義への傾斜を深めていったとの見解がある。

　この魔女伝説を学問的体系として構築したのは、『魔女の槌』（1486）を著

したヤコブ・シュプレンゲルとハインリヒ・クレーメル、あるいはアンリ・ボゲの『魔女論』(1602) などの解釈書であったと言われている。しかし、これらの書物には、たとえば『旧約聖書』の魔女に関する記述に抵触することから神聖冒涜の畏れがあると危惧する声が纏わりついていたとの指摘もある。

やがて、ヨーロッパで起こった魔女旋風は、植民地時代のアメリカにも上陸して、セイラム魔女騒動へと展開していった。もっともアメリカでの最初の魔女狩りは、1642年にコネティカット州で起こったもので、その時は四人の女性が訴えられている。これに続くようにメリーランド州やペンシルバニア州での事例が記録に残っているが、規模的には比較的小さいものであったようだ。

ホーソーン夫婦が新婚生活を過ごした旧牧師館（コンコード）

セイラムの魔女狩りは、教区牧師サムエル・パリスの9歳の娘エリザベスと11歳になる姪アビゲイル・ウィリアムズがパリス宅の召使ティチュバ（バルバドス島から連れてこられた奴隷女）と占い遊びなどをしている際に、一種のヒステリー状態に陥ったことから端を発する。これがいわば連鎖の形をつくり、次々と同じ症状を訴える報告がなされていった。セイラムを例にとれば、魔女として告発された女性は200人近くに及び、そのうち27人が有罪になり、うち19人がギャローズ・ヒルで絞首刑（刑の執行は1692年の6月10日、7月19日、8月19日、9月22日であった）に処せられたと記録に残っている。因みに、ホーソーンの先祖にあたるジョン・ホーソーンがセイラム魔女裁判の判事であったことは夙に有名である。このようにセイラムの魔女狩りが、他の地域に比べて大規模になったのは、セイラムのタウン対ヴィレッジという勢力構図、あるいは政治的状況といった複合的な軋轢が影響したとする説もあるが、主として、それは近代化への過渡期にあったセイラムの錯綜した

社会状況に起因するものと考えていいだろう。

　セイラム出身のホーソーンは、この土地を舞台に魔女をテーマとした短編小説「若いグッドマン・ブラウン」("Young Goodman Brown",『旧牧師館の苔』所収）を書いた。これは十七世紀のピューリタニズムに根ざして、全体的に陰鬱な雰囲気が支配する心理的な趣を漂わせた作品だが、無論、いまのセイラムには、この作品に漂う暗澹たる雰囲気や宗教色など微塵も窺えない。たとえば市街の中心を走るチェスナット通りやエセックス通りには、栄えた頃の連邦時代様式の建物が立ち並び、時の隆盛を雄弁に語っているかのような趣が醸されており、ホーソーンが生きた19世紀の記憶の残響と現在の風景がたおやかに交錯して良質で多様な文化遺産を後世に伝えているのだ。

3．コンコードの風景

　コンコードにやって来たピューリタンたちは、1620年11月11日（旧暦、新暦によって月日に差異がある）にメイフラワー号でコッド岬に到着した後、12月16日にニューイングランドのプリマス（イギリスと同名地）に上陸した〈ピルグリム・ファーザーズ〉（Pilgrim Fathers）と呼ばれた一団（その中心的な指導者は『プリマス植民地について』の著者であり、後に二代目のプリマスの知事になったウィリアム・ブラッドフォード（1590-1657）であった）の一部から構成された13家族であった。そして入植後15年の歳月を経た1635年に正式にコンコードの街は建設されたのである。その建設にはエドワード・ジョンソン（Edward Johnson, 1598-1672）が尽力した。

　このようにコンコードのピューリタンたちは生活基盤を固めて定着すると、スクウォー・ソキム、タハタワン、ニムロドといった様々な部族の先住インディアンたちから毛皮を買うなどして親睦を深めていった。また、両者間では大きな衝突もなく極めて平和的に土地の売買も成立していたようだ。コンコードとは〈協調〉（ピューリタンたちと先住インディアンとの間の平和的条約は、コンコードの街の中心部にある広場の《ジェスロの木》と呼称される大樹の下で締結されたと言われている）を意味し、街の名称はこれに由来する。とはいうものの先住インディアンとの友好的関係は永続的なものとはならず、南北戦争後は土地を先住インディアンに提供して自営農民化させようとするドーズ法の制定により、先住インディアン固有の文化が破壊されていくという辛い歴史の跡を印すことになる。

マサチューセッツ州ボストンの北西およそ30キロに位置するコンコードの街は、かつて独立戦争の舞台になったことでも有名な喧噪を離れたところにある。ホーソーンの随想である前出の「わが旧牧師館への小径」に描写されているように、当地には静謐なコンコード川がたゆたう。そこに架かるオールド・ノースブリッジを挟んでイギリス軍と〈ミニットメン〉(Minutemen) と呼ばれたアメリカ農民の義勇兵との間に武力衝突が起こったのは1775年4月19日のことだった。当時、その旧牧師館に住んでいた哲人ラルフ・ウォルド・エマソン (R. W. Emerson, 1803-1882) の祖父ウィリアム・エマソン牧師 (William Emerson, 1743-1776) は、この様子を次のように日記に綴っている。

> 今朝一時頃、イギリス軍の進攻を告げる鐘が街中に鳴り響いたので私たち住民は警戒態勢をとった。やがて800名に及ぶイギリス兵のボストン・コモンからの歩武が認められた。
>
> (『ウィリアム・エマソンの日記と書簡』, Amelia F. Emerson, arranged, *Diaries and Letters of William Emerson: 1743-1776*, Thomas Todd Company, 1972.)

そもそも独立戦争へのきっかけは、フレンチ・インディアン戦争後まもなく西部への膨張と先住インディアン問題を解決する名目で1763年に布告されたイギリス政府による〈西部政策〉に始まる。これにより暫定的ではあるがアレガニー山脈以西への移住が禁止された。次いで諸条令による圧力として、翌年の金融引締策を植民地に適用し、紙幣発行を禁止した通貨条令 (1764)、そして糖蜜に課税した砂糖条令 (1764) などを矢継ぎ早にイギリス政府は押し付けてきたのである。なかでも、1765年に新聞、広告、パンフレット、商業上の証書等に印紙を貼ることを命じた印紙条令 (1765) は、あまりに圧政的な性格を帯びていたために植民地の激烈な対イギリス抵抗を招く結果となった。

このような状況を反映して、植民地での自治意識は高まり、各地ではタウン・ミーティングが開かれるなどして、青年層を中心に〈自由の息子たち〉等の急進的な組織が形成されていった。独立への気運をさらに高めたのは1770年3月5日、ボストンの旧州会議事堂のすぐ東に位置する場でイギリス駐屯軍と群集が衝突し、五人の市民が殺された〈ボストン虐殺事件〉、1773年12月16日夜、ジョン・ハンコック (John Hancock, 1737-1793)、サムエル・アダムス (Samuel Adams, 1722-1803) らを中心とする急進派が先住インデ

ィアンに変装して、ボストン港に停泊中の3隻の貨物船の中にもぐり込み、積まれていた茶箱342個、約9万ドルとも言われる茶を海中に投げ捨てた〈ボストン茶会事件〉などであった。やがて、これらの事件が革命の烽火となり、先述した〈コンコードの戦い〉の火ぶたが、きっておとされたのである。

　他方、文学的な環境について言えば、実に多くの文人たちがコンコードの地に住居を構えて芳香を放つ作品を次々に生み出していった。これが後に〈ニューイングランド文学の花盛り〉(The Flowering of New England)と呼ばれるアメリカ文学のロマン派時代の幕開けであった。このような風潮を背景に文学活動を展開したのは〈超絶主義思想〉を主唱したラルフ・ウォルド・エマソン（1803-1882）、『ウォールデン』(Walden, 1854)を著したヘンリー・デイヴィッド・ソロー（H. D. Thoreau, 1817-1862）、『若草物語』(Little Women, 1868)の著者ルイザ・メイ・オルコット（L. M. Alcott, 1832-1888）、そしてホーソーンといった後世にその名を残すニューイングランド文人たちであった。

　コンコードのモニュメント通りのオールド・ノースブリッジ沿いにある旧牧師館は前出のラルフ・ウォルド・エマソンの祖父ウィリアム・エマソン牧師が1770年4月16日にデイヴィッド・ブラウン（コンコードの〈ミニットメン〉の指揮官）から権利を委譲されて同年に建てた由緒ある邸宅である。ウィリアム・エマソン以後も多くの牧師たちがそこに住み、聖職者たちが創り上げた神聖な歴史に格別な趣が添えられた。

　こうした歴史と文化に支えられた旧牧師館に1842年7月9日に移り住んだナサニエル・ホーソーンとその妻ソファイアは、「生涯で最も幸福な時期であった」と吐露するほど満ちたりた3年余りの新婚生活の時を過ごしている。彼はこの土地の風物などを克明に観察することを日々の楽しみのひとつとしていたようだ。コンコードの美しい自然と周囲にいる文人たちとの交遊は「わが旧牧師館への小径」の中で叙情的に綴られている。

　ホーソーンはコンコードの旧牧師館での生活を経て故郷セイラムに戻り、1850年に出版した小説『緋文字』で自己の抱懐する宗教観、道徳観を特異な文学手法で浮きぼりにして19世紀のアメリカ文学界を席捲したことはすでに述べた。またコンコードの外れのウォールデン池畔に自らの小屋を建て、思索と労働の日々を過ごしたヘンリー・デイヴィッド・ソローは、当時の急速な物質文明に対して批判的な見解を堅持していた。つまり彼は当時コンコードをはじめとするアメリカ東部に蔓延しつつあった商業主義的な文明

アメリカ古典文学の文豪たちを読む　125

の虚飾を振り払って人生の根本的な意義や事象の本質を模索しようとしたのである。この精神はエマソンの主唱する超絶主義思想から派生したものであった。ソローはウォールデンでの生活から自然のエネルギーを吸収しながら、個人の自由を無視した不法な干渉と社会の圧力に対して確固たる信念をもって抵抗した。その姿勢は1849年5月に創刊された『審美文集』に社会改革論文「市民政府への抵抗」("Resistance to Civil Government")（後に「市民の不服従」("Civil Disobedience", 1849)と改題された）の中に表明されている。これは国を越え時代を越えて、ガンジーやキング牧師といった時の指導者たちの思想標榜の原典ともなったことは有名なエピソードである。

　このように19世紀のコンコードは産業主義主流の影響を受けていたものの、ホーソーン、エマソン、ソロー、オルコットといった文人たちを中心に個人と社会が絡む有機的関係の意義を問う時代でもあった。すなわち、彼らにとってのコンコードは、文学の創出と絡めて紛れもなく生命力に溢れ、新しい展望と活路を見出す条件に恵まれた土地であったと言えるだろう。

4．イギリスに渡ったホーソーン

　ホーソーンと同時代の作家たちは何かアメリカ独自のものを追求し、次第に〈アメリカ的なもの〉を標榜する文学を誕生させようと叫んでいた。たとえば、ロングアイランド出身でニューヨークを生活基盤とした詩人W・ホイットマン (Walt Whitman, 1819-1892) はアメリカの民衆の生活あるいは人間の感情の奥底に入り込んで、独自の文学性を有意義に展開した。また同じくニューヨーク出身のH・メルヴィルは、いわば宇宙に向かって吠えるかのような雄大な文学を創り出していた。そんな文学的な環境に在りながらも、ホーソーンは少年時代に親しんだイギリス文学に傾倒し、その脈絡からは完全にぬけきっていなかった節がある。

　ところでホーソーンがリヴァプール駐在の合衆国領事として赴任するようになったのは、既述した通り彼の大学時代の友人であるフランクリン・ピアス（前出）の引き立てによるものであると言われている。また領事就任を受諾した主な動機は生活の安定を求めることであったことが指摘されている。確かに、この頃までに彼の文人としての名声はアメリカおよびイギリスでかなり確立してはいたものの、作家を生業として、もっぱら彼自身のペンに頼る生活に幾分の不安を感じていたことも事実であろう。1852年に大統領選

挙に立候補したピアスを友情も相俟って支持するために、選挙キャンペーン用の伝記『フランクリン・ピアス伝』(*The Life of Franklin Pierce*, 1852) を書いたとき、彼はピアスに積極的に職を求める意図はなかったと言う。だが『ブライズディル・ロマンス』(*Blithedale Romance*, 1852) の完成の後、新しい創作分野の開拓のためしばらく執筆の休止を望んでいたのでピアスの方から都合のよいオファーがあれば、それに応じたい旨を抱いていたようだ。それは友人ホレーショ・ブリッジ (Horatio Bridgo, 1806-1893) に宛てた書簡にも認められているのである。

さて、ホーソーンのイギリス領事の頃の訪問者の中には、モルモン教の唱道者としても有名であったオーソン・プラット (Orson Pratt) や1858年イリノイ州選出連邦上院議員の座をかけたディベートをエイブラハム・リンカーン（共和党）と行なって、その名を馳せた民主党のスティーヴン・ダグラス (Stephen A. Douglas) などの著名なアメリカ人がいたが、特記すべきは日米和親条約を締結して、その帰途にあったマシュー・カルブレース・ペリー提督 (M. C. Perry, 1794-1858) の訪問であろう。ペリーは「日本遠征記」に纏わる執筆依頼を目的にリヴァプールのホーソーンを1854年12月28日に訪ねたのである。「今朝、ペリー提督がわたしを訪ねてきた」という文章で始まる当日付けの『イギリス日誌』(*English Notebooks*) には、ペリーとの会見の模様が詳細に記されている。この時、ホーソーンはペリーの執筆依頼を主として公務多忙を理由に辞退し、かわりにH・メルヴィルを推薦している。ところでホーソーンの辞退に関しては次のような推測が流れた。要するに、1812年より米英戦争に参加してアメリカの五大湖を中心に激しい攻防を繰り広げたペリーとイギリスとの政治的に険悪な関係をめぐり、リヴァプール滞在中のホーソーンの領事としての立場を深く配慮したフランクリン・ピアス大統領の影がその背後にあったという見方である。これを支えるかのように、米英戦争勃発に伴いカナダのトロント周辺に移住した東部アメリカの王党派（イギリスに忠誠を誓った人々）のペリー自身への反感も相当強く、そのような政治的背景を無視してまで在英中のアメリカ人作家ホーソーンがペリーの件(くだん)の依頼を承諾することは出来なかったであろうという憶測が飛び交っていた。先に触れたが、ホーソーンに推薦されたメルヴィルも、結果的にはその執筆に関わることはなかった。ただし、こうした経緯についての一次資料があまりに希薄なため、ことの真相はいまだに詳らかとしない。

1853年から1858年までのホーソーンの文学活動は、主としてイギリスに

関する手記と後期ロマンス一編の草稿の執筆に当てられた。この手記を推敲して帰国後に出版した『われらの故郷』(*Our Old Home*, 1863) は、イギリスにおける経験に基づく作品である。この作品の主要部分はスケッチ風の旅行記のような叙述になっており、それゆえに文学性を欠いた産物だという批判があることは事実である。たとえば『ある貴婦人の肖像』(*The Portrait of a Lady*, 1881) や『鳩の翼』(*The Wings of the Dove*, 1902) などの作品を残し、近代心理小説の創始者的存在であったヘンリー・ジェイムス (Henry James, 1843-1916) は、この作品を傍観者的な立場から叙述したものであると評したようだが、それはホーソーン文学の特性を表象するひとつの有用な見解であろう。

　すでに多くのホーソーン研究者たちによって指摘されてきたことだが、『イギリス日誌』や『われらの故国』などの記述から判断すれば、確かにホーソーンがイギリスの文学と文化に深い関心と憧憬を抱いていたとは明らかである。当時の超絶主義者たちは、文学形態の構築と自らの思想を形成していく上で18世紀イギリス文学に多く負っていた。ホーソーンもしかりであった。彼はアメリカの背景には創作上の適当な素材を見出すことができないと『ブライズディル・ロマンス』の中で不満を漏らすと、文学上の手法の一端を超絶主義者たちと同様に17、18世紀のイギリス人作家であるバニヤン (John Bunyan, 1628-1688)、フィールディング (Hemry Fielding, 1707-1754)、スモーレット (T. G. Smollett, 1721-1771) らの作品に求めた。ロマンス小説作家としての道を歩んだホーソーンがイギリスをはじめとしたヨーロッパの文学と文化に傾倒した所以である。

　繰り返すことになるが、ホーソーンのお気に入りは、とりもなおさず18世紀のイギリス文学であった。だから、彼はロンドンのアディスン (Joseph Addison, 1672-1719) の棲家、そしていろいろな修道院などを嬉々として訪れた。そのことが『イギリス日誌』などに克明に記され18世紀イギリス文学への志向を表明している。18世紀初期の作家たちの観念と明快な文体に対する憧憬を抱いたこのアメリカ人作家はイギリス新古典主義の伝統に傾倒していたのである。たとえば、いわば定説となっているように、『緋文字』の中に描写されるディムズデールの性格等に織りこまれているのはサムエル・ジョンソン (Samuel Johnson, 1709-1784) の人生観もその一例であろう。それはジョンソンの道徳観念を強く支持した証左のひとつでもあると言える。

　アメリカに帰還した後、ホーソーンの創作活動は国際的な場面を背景とし

たロマンス小説の創作に向けられた。その主題は先祖の国に帰る若いアメリカ人が見聞したイギリスと、イギリス人が観察したアメリカという国の比較についてであった。だが、彼のペンは遅々として進まなかった。イギリス滞在期からの疲労がたまり、この頃から発病したと思われる脳腫瘍のために心身の衰えは酷く、医者にすすめられて友人ピアスとともに旅行を試みたものの、旅先において静かにその生涯を閉じた。時は1864年5月18日の夜半、プリマスの旅舎であった。5月24日、彼はコンコードの、スリーピー・ホローの墓地に葬られた。コンコードの哲人エマソン（前出）も大学時代の学友で詩人のロングフェロー（H. W. Longfellow, 1807-1882）もその式に列した。柩の上には不死の人の物語『ドリヴァー・ロマンス』（*The Dolliver Romance*）の未完原稿が置かれてあったという。

〔付記〕本稿は拙訳書『わが旧牧師館への小径』（平凡社）における解説部を基に全面的に修正と加筆を施したものである。また本文中のホーソーンのイギリス滞在の叙述に関しては、『わが旧牧師館への小径』の解説部の叙述と同様に Nathaniel Hawthorne. *The English Notebooks*, James O' Donald Mays. *Mr. Hawthorne Goes to England.*, 原島善衛「ホーソーンのイギリス批評」『研究年報第四輯』に負うところがある。また、編集上の作業においては坂下裕明氏のご厚情に支えられた。ここに記して感謝申し上げる次第である。

参考文献

Brooks, Paul. *The People of Concord.* Connecticut: Globe Pequot Press, 1990.

Brown, David C., *A Guide to the Salem Witchcraft Hysteria of 1692,* Massachusetts: Merantile Printing Company, 1991.

Dee Jr., James H. *Colonial Concord.* Concord: The Murray Printing Company, 1974.

Emerson, Amelia Forbes. *Diaries and Letters of William Emerson 1743-1776.* Boston: Thomas Todd Company, 1972.

French, Allen. *Historic Concord & The Lexington Fight.* Concord: Concord Free Public Library, 1992.

Hawthorne, Nathaniel. *Our Old Home,* Columbus: Ohio State UP, 1970.

―――. *The English Notebooks,* New York: Russell & Russell Inc., 1962.

Lathrop, Margaret M. *The Wayside: Home of Authors.* New York:

American Book Company, 1983.

Levine, Miriam, *A Guide to Writers' Homes in New England*. Massachusetts: Globe Pequot Press, 1984.

Mays, James O'Donald. *Mr. Hawthorne Goes to England*. Hampshire: New Forest Leaves, 1983.

Mellow, James R. *Nathaniel Hawthorne in His Times*. Boston: Houghton Mifflin Co., 1980.

Moore Jr., Alex M. *Concord Authors*. Concord: Anaxagoras Publications, 1994.

Ticknor, Caroline. *Classic Concord*. Boston: Houghton Mifflin Company, 1926.

Turner, Arlin. *Nathaniel Hawthorne: A Biography*. New York: Oxford UP, 1980.

Wheeler, Ruth R. *Concord: Climate for Freedom*. Massachusetts: The Concord Antiquarian Society, 1967.

飯田実訳、チャドウイック・ハンセン著 『セイレムの魔術』 工作社、1991年。
大橋健三郎、斎藤光、大橋吉之輔編 『総説アメリカ文学史』 研究社、1975年。
佐伯彰一 『アメリカ文学史』 筑摩叢書、1980年。
浜林政夫・井上正美共著 『魔女狩り』 教育社、1998年。
原島善衛 「ホーソーンのイギリス批評」 『研究年報第四輯』 1957年。
福田陸太郎編著 『アメリカ文学思潮史』 中教出版、1975年。
別府恵子、渡辺和子編著 『アメリカ文学史』 ミネルヴァ書房、1989年。
松本慎一・西川正身訳 『フランクリン自伝』 岩波書店、1957年。

第9章　アメリカ短編小説の名匠
―― O・ヘンリーの波瀾万丈の人生を辿って ――

1．はじめに

　アメリカ短編小説の名匠O・ヘンリー（William Sydney Porter, 1862-1910）は、48年の短い生涯に400編近い作品を残したと言われている。しかもニューヨークを舞台とするO・ヘンリーの作品群は、彼の全作品の約半数近くにも上る。その中でも、とりわけ多くの読者に愛読されているのは、紛れもなく「最後の一葉」("The Last Leaf")、「賢者の贈り物」("The Gift of the Magi")、「警官と賛美歌」("The Cop and the Anthem") などの世評を得た作品であろう。
　なかでも「最後の一葉」は秀逸だ。これは猥雑で荒れ果てた風景を醸していたグリニッチ・ヴィレッジのアパートの住人であるジョンシーとスーという若い女流画家、そして階下に住むベアマン老人が織り成す悲哀に満ちた物語である。ジョンシーはカリフォルニア州、スーはメイン州の出身で、二人とも雑誌の挿絵などから得る収入で生活しながら一人前の画家になることを目指している。一方ベアマン老人は、「傑作を描く」と口癖のように言うが、未だに着手さえしないまま僅かな収入でジンを手に入れては、いつも飲んだくれている〈芸術の落伍者〉であった。やがてニューヨーク一帯を荒らして多くの犠牲者を出した肺炎と呼ばれる「目に見えない冷酷な侵入者」に襲われて、ジョンシーは重篤の床に臥せることになる。医者とスーが最も心を痛めているのは、ジョンシーが生きる意欲を失っていくことであった。彼女のベッドから見えるのは、窓もなく煉瓦一面の隣家の壁で、中程まで古い蔦が這い上がっている風景である。その蔓に残っている僅かな枯葉の「最後の一枚」が散るとき、ジョンシーは自分も死ぬものと決めている。11月の風雨は、蔓にしがみついている葉を容赦なく吹き飛ばし、もはや残るは一枚となった…。
　さて、この物語の不滅の価値に言及すれば、この時代に生きる民衆の息づかいを慈しむかのように聞きとり、それを平明な文章でこの作品に反映し

た、いわばアメリカ的ヒューマニズムの視点を作品に介在させて、あくまでも密度の濃い人間愛の再発見にこだわった点に尽きるのではないだろうか。だからこそ、O・ヘンリーの文学の代表格であるこの作品は百周年を経た今日でもなお、時代を超えて人の乾いた心に潤いをもたらす卓抜した文学力を存分に発揮しているのだと思う。

1910年の没後以来、時代の嗜好に応じてO・ヘンリー文学の評価に若干の変化が生じたものの、二千語〜三千語という枠組みにこだわった少ない語数の中で、巧みに起承転結を構成し、なおかつ微妙な人間心理や人情の機微を描いて読者の心をとらえてきた愛すべき名作「最後の一葉」は、その一事からして文学史上に不朽の地歩を印したと言っても決して過言ではない。

ここでは、波瀾に満ちたこの作家の軌跡を辿ることで、優しい目線で描くO・ヘンリーの熟成した文学の源泉を探ってみたい。

2. 出生から少年期まで

O・ヘンリーは、1862年9月11日にノース・カロライナ州ギルフォード郡グリーンズバロ（Greensboro, North Carolina）で生まれた。父アルジャーノン・シドニー・ポーター（Algernon Sidney Porter）と母メアリー・スウェイム・ポーター（Mary Virginia Jone Swaim）の次男であった。洗礼名はウィリアム・シドニー・ポーター（前出）だったが、30歳を過ぎた頃、ミドル・ネイムの綴りのSidneyをSydneyに変えている。その経緯は詳らかではない。

O・ヘンリーの父アルジャーノンは、医師としてグリーンズバロで開業していたが医科大学を出て正規の免許を持つ医者ではなかった。この頃のノース・カロライナでは、医師から医薬品について教えを受け、書物や講義で化学と生物学の知識を身につけた上で調剤の実務を薬剤師から学ぶと、医者としての業務を行うことが認可される時代だったらしい。事実、アルジャーノンはエッジワース女学校の校長も兼ねているデイヴィッド・P・ウィア（Dr. David P. Weir）の薬局で働くことによって、医師の資格を取得している。

このように経歴は変則的だったが、折からの南北戦争で設営された南部連邦の野戦病院での勤務の後に医療所を開業している。O・ヘンリー兄弟の母メアリーは、グリーンズバロ女子カレッジでフランス語と美術を学んだ。文才と画才に秀でていたらしく、卒業に際しては「才能ある者に対する不幸の影響」と題するエッセイを残して周囲から注目されたこともあった。彼女は

ユーモアを解し、また文学についても豊かな感性の持ち主だったと言われるから、器用に絵を描き文筆で身を立てたO・ヘンリーの文学的な資質は、おそらくこの母に負うものと思われる。しかし、不幸にも彼女は肺結核のため1865年に他界している。それはO・ヘンリーがわずか3歳の時で、5年に亘る南北戦争が漸く終結した年であった。

　妻メアリーの死後、アルジャーノンは子どもたちを連れて母親の経営するアパートである元の住居に戻った。彼はそれほど几帳面な性格ではなく、診療の請求書の取り扱いなどに至ってはあまりに杜撰で、母親が代わって取り立てるような始末であった。このような事情なので、十分な収入には結びつかなかったようだ。さらに、アルジャーノンは発明に夢中になり医療に身を入れなくなったために、経済的状況はますます逼迫する一方であった。彼が趣味として強い関心を示していたのは、水車の原理を応用した無限運動の装置をはじめ、飛行機や蒸気で動く車など様々な類で、もっとも、あと僅かな調整で仕上がると言いながら、遂にどれ一つ完成しないで終わっているが。やがてアルジャーノンは医療の仕事をほとんど顧みなくなったので、彼に代わってジェイムズ・ホール医師がグリーンズバロに移住して、住民の医療などに当たるといった有様。ホール医師は、長男のリー・ホールが勇名の高い森林警備隊大尉で、後にO・ヘンリーがテキサスを訪れると、その地に定住する契機を作った人物だ。一方、大酒飲みだった父親シドニー・ポーターの血統を継ぐかのように、アルジャーノンも酒によって自身の人生を傾斜させてしまったのである。

　この間、苦しい家計を切り盛りしてO・ヘンリーら二人の子どもたちを養育したのは、彼らの祖母ルース・ワースと父アルジャーノンの妹である叔母エヴァリーナ・マリア・ポーター（Evalina Maria Porter）であった。特に子どもたちの面倒を見るために同居した叔母エヴァリーナは、やがて一家の財政を助けるために、住居の敷地内に私塾を開いて近隣の子どもたちを集めて教え始めた。O・ヘンリーも15歳になるまで、この私塾の生徒として叔母から読書の意義を含むいろいろな教えを受けたのである。

3．教育環境

　人々から「ミス・リーナ」（Miss Lina）と呼ばれた未婚の叔母エヴァリーナが、女子に高等教育を授けるエッジワース女学校で学んだ文学好きの女性で

あったことは、O・ヘンリーにとって幸運であったと言える。ミス・リーナは、幼くて母を失った甥たちに接すると、まず彼らに日本流に言えば〈読み、書き、そろばん〉(the Three R's) の手ほどきをしようと考えた。年上のシェリーは5歳、「ウィル」と呼ばれていた年下のO・ヘンリーは3歳だったが、シェリーが全く関心を持たないのに対してO・ヘンリーは早々と文字に興味を示した。彼女は好奇心旺盛で勉強好きのO・ヘンリーに目をかけて相手になってあげた成果もあり、彼は10歳の頃になると平易な書物なら理解できるほどになっていた。

ミス・リーナはヨーロッパの古典文学に精通していたので、私塾の教材として英文学を中心に多くの名作を取り上げていた。その上、彼女はウィル、すなわちO・ヘンリーが文学に強い関心を示して、いろんな作品を適切に吟味する能力を持っていることに早くから気づくと、それを伸ばそうと教育上においても、とりわけ配慮していたようである。探偵・冒険ものの多い10セント小説に対するO・ヘンリーの関心は、一時的なものに過ぎなかった。間もなく彼は、アレクサンダー・デュマ (Alexandre Dumas, 1802-1870) やヴィクトル・ユーゴー (Victor Hugo, 1802-1885) の作品を手始めに、ヨーロッパの文学書を次々に読み漁っていったのだ。やがてスコット (Walter Scott, 1771-1832)、サッカレー (W. M. Thackeray, 1811-1863)、ディケンズ (Charles Dickens, 1812-1870) などの小説がこれに続いたようだ。

この時代の読書遍歴で、O・ヘンリーが最も感動したものが二つあった。その一つは、アラブ民族によって大成された民族的伝承文学の傑作『千夜一夜物語』であった。その物語に漂う「何か芳香の高いアラビア的なもの」に心を動かされたのである。これより約30年後の1904年に、O・ヘンリーは「マディソン・スクエア・アラビアン・ナイト」によって、少年時代に芽生えた「アラビアン・ナイト」へのこだわりを書き残している。カリフに物語を続けて命を長らえる妃シェーラザード役を演じるのは落魄した画家シェラード・プルーマーで、その巧みな語りと彼の描く不思議な肖像画によって、バグダッドの国王ならぬニューヨークの富豪カールソン・チャマーズは妻への疑惑から救われるという話の筋である。さらに、少年O・ヘンリーが『千夜一夜物語』に劣らず没頭して読んだのは、チャールズ・ディケンズの作品であった。彼はディケンズの全著作を繰り返して読んだと言われるが、中でも未完の作品「エドウィン・ドルードの神秘」("The Mystery of Edwin Drood") については、O・ヘンリー自身で結末を書いてみるほどの打ち込み方だった

ようだ。もっともこの時期のO・ヘンリーは、書いたものをすぐ廃棄したので、現在その痕跡はほとんどが残っていない。彼はこの他にもチャールズ・リード（Charles Reade, 1814-1884）の作風に強く魅せられ、代表作の『僧院と炉辺』（*The Cloister and the Hearth*, 1861）などが、短編を主とするO・ヘンリーの創作手法に少なからぬ影響を与えたと考えられる。

　12歳になる頃、O・ヘンリーの絵画の上達は目を見張るものがあり、教師のひとりは、自分を超えたと称揚するほど絵画を描く腕は卓越したものになっていた。祖母方の親族トム・ワースが、『ハーパーズ・ウィークリー』紙（*Harper's Weekly*）に諷刺漫画を描いていたので、周囲の者たちはO・ヘンリーが同じ道を進むものと考えていた。彼の戯画は単純な線を使って簡潔に描くのが特徴で、諷刺画家としても十分に通用する才能を持っていたと言われる。事実、生涯に亘って彼は著述と共に諷刺画を描き続けたし、テキサス時代には新聞に掲載する戯画のみに頼って生活を立てたこともあったほどだ。結局、O・ヘンリーが文筆への道を選んだのは、彼が生涯を通じて唯一の教育指導者であったミス・リーナの強い影響力によるものであることに異論はない。

　15歳で、叔母の私塾におけるO・ヘンリーの勉学は終わった。「大学で勉強するためだったら、私はどんなことでもしただろう」と、後年O・ヘンリーは述懐している。それほど彼は学業の継続を望んでいたし、ミス・リーナも彼を進学させたいと願っていたと言われている。しかし、1870年代の後半になると、父アルジャーノンの医療による収入は全く望むことが出来なくなり、一家の財政は極度に逼迫していたので、O・ヘンリーは働いて家計を助けなければならない情況に置かれていたのである。結局、彼の学業に関する教育は15歳で終わり、叔父クラーク・ポーターの経営するドラッグ・ストアで、見習の薬剤師として働くことになった。そして4年後の1881年、19歳の彼は薬剤師として正規の資格を取得するのである。

　10代に入った頃から続いていたO・ヘンリーの喘息の症状が深刻になったことを、最も気遣ったのはホール医師であった。O・ヘンリーの母と母方の祖母が、ともに肺結核で亡くなっていることも、医師の憂慮を深める理由となった。ホール医師にはリー、フランク、ディック、ウィルという4人の息子があり、その中のリーとディックの二人はテキサス州ラ・サール郡にあるダル兄弟の牧場で働いていた。医療の合間に、ホール医師夫妻はテキサスの息子たちを訪問することになったが、その折に咳に苦しむO・ヘンリーには

転地療法が得策だと考えて同行するように勧めた。当時テキサスの乾燥した空気が、病気の治癒に有効に作用した例が多かったという理由からである。

祖母ルース・ワースと叔母リーナは医師の提案に同意した。万全な健康体でないこともあったと思われるが、時折、奇想天外な悪戯で周囲を驚かすことはあっても、生来O・ヘンリーはどちらかと言えば引っ込み思案で消極的な性格であった。しかし、単調なドラッグ・ストアの生活から逃れたいと思っていた彼にとって、テキサス行きは願ってもない機会であった。医師と祖母たちの話を聞いた彼は、進んで平穏無事な故郷での生活に別れを告げる決意をしたのである。

このようにして、これまで出生地グリーンズバロから遠方に行ったことがなかったO・ヘンリーは、ホール医師夫妻の勧めに従って西部テキサスの新天地に向けて出発した。1882年3月、O・ヘンリーが20歳を迎える年の春であった。

4．テキサスに出て

テキサスの牧場へは、汽車を乗り継ぎ馬車を走らせての長旅であった。まずローリーで汽車に乗ってニューオーリンズ（New Orleans）まで行き、そこで乗り換えてヒューストン（Houston）へ、さらに乗り換えてコタラ（Cotulla）まで行く。ここはすでにラ・サール郡（La Salle County）だが、ニュエーセス川に沿って細長く広がる牧場までは、鉄道の便がないので軽四輪馬車でさらに南に行かなければならなかった。

ダル牧場の所有者はペンシルバニア州の資本家ダル兄弟で、その頃はリー・ホールが、その管理を任されていた。O・ヘンリーの訪れた1882年、約25万エーカーに及ぶ土地には長角種のテキサス牛と羊を併せて2万頭余りが飼われていたと言われる。この他、牧場内にはムスタングと呼ばれる平原地の小形の野生馬が多数放されていたが、これらは必要に応じてカウボーイ用や軍事用に駆り集められる程度であった。平穏な故郷で波乱の少ない生活を送ってきたO・ヘンリーが、ホール大尉からいかに強烈な印象を受けたかは想像に難くない。彼がホールに対して抱いた尊敬とも言うべき思いは西部を背景とするO・ヘンリーの作品に登場する人物像に時折反映されている。例えば、シスコ・キッドの冷酷な復讐を扱った「騎士の流儀」のサンドリッジ中尉についての「背丈は6フィート2インチ、髪はバイキングのよう

な亜麻色で、助祭のように物静かだが、機関銃のように危険な男」という叙述には、明らかにホール大尉の風貌を彷彿させるものがある。ホール医師夫妻がグリーンズバロに戻った後も、O・ヘンリーは牧場に止まって西部での新しい生活を続けた。

　こうしてO・ヘンリーは、大部分の時間を客人として、また時には周囲の仕事を手伝いながら次第に牧場の生活に慣れていった。牛を柵に追い込んだり羊を洗ったりするような激しい労働は滅多にやらなかったが、食事の準備やホール家の子守りをしたり、週に一度はユーエル砦までの長い道を馬に乗って郵便物を受け取りに行ったりした。その他の時間は、ほとんど読書と語学の勉強に当てたらしい。書物は主としてリー・ホール夫人の蔵書と、コタラに住むある弁護士の好意により彼の図書室から借りたもので、ミス・リーナの指導から離れていても、その選択は確かなものであった。O・ヘンリーがこの時期に取り上げた書物は、バイロン（G. G. Byron, 1788-1824）、ディケンズ（前出）、シェイクスピア（W. Shakespeare, 1564-1616）、スコット（前出）といった既に私塾の時代に親しんだ作品の他にミルトン（John Milton, 1608-1674）、ゴールドスミス（前出）、ギボン（Edward Gibbon, 1737-1794）などの著作で、なるほど彼の堅実な選択眼を十分に窺い知ることができる。こうして読書や語学の勉強に多くの時間を費やしながらも、O・ヘンリーは約1年の牧場生活を送る間に、ディックとヒューズの手ほどきによって、乗馬、投げ縄、射撃などカウボーイに必要な技術を、一通り身に着けたのである。やがて彼は、退役した兵士、流れ者のドイツ人、メキシコの政治亡命者、果てはお尋ね者まで含めた仲間たちの荒っぽい〈しごき〉の儀式に無事合格して、一人前のカウボーイとして認められたのである。

　この時代のO・ヘンリーの性格について、2人の女性が全く対照的な見方をしているのは非常に興味深い。すなわち、リー・ホール大尉の夫人は「大そう気持ちのよい性格だが、はにかみ屋である」と好意的であるのに対し、ディック・ホール夫人のベティーは「O・ヘンリーには責任、義務、感謝の気持がないように思われ、また勇気に乏しい」と、かなり手厳しい。

　いずれにしても、O・ヘンリーにとってこの時期は、自己の将来を見据えるための貴重な期間であったと思われる。この間に思索を重ねた結果、文筆に生きようという彼の意思が次第に明確になったと言えるであろう。事実、読書や語学の勉強に打ち込みながら、時に彼はグリーンズバロにある文学関係の同人誌に短編を書いて送ったり、作品によっては『パトリオット』誌

テキサス・オースティンにあるO・ヘンリーの住居

(*The Patriot*) に掲載されたものもあった。一応、カウボーイに必要な技術を習得したとは言っても、牧場の仕事を積極的に手伝うためというよりは、むしろ文筆活動の生きた題材の範囲を広げるために役立ったと思われる。そして、彼は約2年間の牧場生活で西部の気候風土や牧畜に関する多くの貴重な知識を身につけた後、1884年州都オースティン（Austin）に移って新たな生活に入ることになった。O・ヘンリーが22歳の秋のことであった。

5．結　婚

　1886年の末になって、事態は予期せぬ方向に進展した。かつてダル牧場で世話になったディック・ホールが牧場での生活を離れて、テキサス州土地管理局の長官に選出されたのである。彼はオースティンに赴任して来ると間もなくして、O・ヘンリーに管理局で働くように勧めた人物でもあった。その結果、O・ヘンリーは翌1887年の1月に製図工補佐として土地管理局に身を置くことになったのである。その後、ディックが州知事の選挙に敗れて管理局の職を辞するまで、O・ヘンリーは約4年間ここで働きながら土地問題に絡む紛争の実態に触れ、それを背景とした様々な人間模様を目の当りに観察することができたのである。たしかに広大な未開の土地をかかえたテキ

サスならではの出来事も多かったと言われている。

　土地管理局の職を得て6ヵ月後の1887年7月に、O・ヘンリーはアソル・エスティス・ローチ（Athol Estes）と結婚した。O・ヘンリー25歳、アソル19歳の夏である。アソルはテネシー州北部のクラークスビル生まれで、幼い頃に父は結核で亡くなり、母はアソルが3歳のときローチと再婚している。ローチは富福な商人で、その後テネシーからオースティンに一家を率いて移住して来たのである。

　O・ヘンリーがアソルに初めて会ったのは、彼女が17歳の高校生の時だった。彼はすぐにアソルに夢中になり、やがて彼女も好意を示すようになった。しかし、彼女の両親はO・ヘンリーの将来を懸念して、この結婚には反対だった。もっとも義父のローチ氏は、後にO・ヘンリーが新聞発行の施設を買い取ろうとしたとき不足の資金を援助したほどで、必ずしも強硬ではなかったらしい。一方、O・ヘンリーを見かけが派手で軽薄な人間と思った母親のローチ夫人は、〈派手好きな男〉と決め付けて娘との結婚に激しく反対したようだ。しまいには、名門のドイツ系アメリカ人の息子リー・ツィンペルマンという手強いライバルまで出現してO・ヘンリーにとっては急を要する事態となった。

　1887年6月に、アソルが高校を卒業すると2人は密かに婚約して、翌7月初めに駆け落ち結婚を決行した。彼らに協力の手を貸したのは、不動産会社に勤務した時期にO・ヘンリーの面倒を見てくれた経営者チャールズ・アンダーソンだった。彼の尽力により、2人は終業後の郡書記事務所で結婚許可証を取り付けると、南部長老派教会の司祭スムート師の自宅で、帰宅した司祭を待ち受けて簡単な式を挙げてもらった。アンダーソンが式の立会人となったのは言うまでもなく、さらに彼は翌朝ローチ家に2人の結婚を報告するという苦しい役目まで引き受けた上に、ローチ夫妻の気持ちが徐々に和らいでこの結婚を認めるに至るまで、その後6ヵ月にわたって新婚夫婦を自宅に住まわせたのである。結婚して初めて、O・ヘンリーは家族のために少しでも多くの収入を得ることを考え始めた。彼は1ヵ月後の1887年8月に『デトロイト・フリー・プレス』紙（The Detroit Free Press）に最初のスケッチ風の原稿を送付した。それが掲載されると好評を得て、以後も定期的に原稿を依頼されている。またニューヨークの『トゥルース』誌（The Truth）にも、テキサスの生活を題材にした小品を送って採用されたので、次第に文筆によって生きる自信を深めて行ったことだろう。さらに、O・ヘンリーの才能を

アメリカ古典文学の文豪たちを読む　139

信じる新妻アソルの激励が、土地管理局の仕事と並行して文筆活動を続けるための強い支えとなったことは言うまでもない。既にこの頃には、2人とローチ家の父母との関係は完全に修復されていたが、自分の夫が「派手好きな男」でないことを実地に示したいという、アソルのローチ夫人に対する意地も多少はあったかも知れない。この時期に『トゥルース』誌に掲載された2編のスケッチ風の小品に対して、彼は6ドルを受け取ったという記録が残っている。これが彼に支払われた最初の原稿料であったと思われる。結婚後2年ほどの間に、O・ヘンリーとアソルの夫婦が経験した最大の不幸は、1888年5月6日に生まれた男子が、僅か数時間で亡くなったことであった。また、生来、あまり健康な身ではなかったアソルが体調を崩して、この頃から急速に身体が衰え始めたこともO・ヘンリーの心痛の種となったかもしれない。彼女の患っていた病名は肺結核であった。翌1889年の9月末に長女マーガレットを出産した後、彼女は一家の主婦として家事を行うことができないほど衰弱していた。

　O・ヘンリー夫妻は生まれたばかりの娘と共に、一先ずローチ家に身を寄せたが、1890年の夏にローチ夫人はアソルの病状を慮って、転地の目的で彼女とマーガレットを連れて出身地テネシー州ナッシュビル (Nashville) に移ってしばらく滞在した。療養の結果、いくらか病状の回復したアソルがオースティンに戻って再びO・ヘンリー一家3人の生活が始まった頃、彼らの生涯にとって決定的な影響を持つ転機が訪れたのである。

6. 新聞の発行

　1891年、テキサス州土地管理局の長官ディック・ホールは、州知事選挙で対立候補のジェイムズ・ホッグに敗れ、官職を辞して元の牧場生活に戻ってしまったのだ。従ってディックの引きで管理局に職を得ていたO・ヘンリーもおのずと転職を余儀なくされることになった。苦境に立つO・ヘンリーを助けたのは、この時もまたチャールズ・アンダーソンだった。彼はかつて自己の経営する不動産会社に入ったO・ヘンリーに、簿記の手ほどきをしたことがあった。そこで彼はO・ヘンリーをファースト・ナショナル銀行の出納係に推薦し、O・ヘンリーにとって初めての銀行勤めが実現したのである。

　当時のファースト・ナショナル銀行の業務は極めて杜撰で、情実の絡んだ規則違反など日常茶飯事として横行していた。O・ヘンリーの作品「サン・

ロサリオの友」(*Friends in San Rosario*) は、十字路を挟んで立つ二つの銀行の支配人が、検査官に不正を隠すため庇い合う話で、その舞台設定にはこの時期の銀行における体験がヒントになったと考えられている。

O・ヘンリーは乱脈な銀行の実状に辟易しながらも、家族の生活を支えるために週日の昼は出納係として働き、帰宅後は『デトロイト・フリー・プレス』や『トゥルース』への原稿を書くという日々を送っていた。こうした生活を約2年間送った頃、O・ヘンリーの胸中には何かユーモラスで趣のある週刊紙を発行したいという願望が生まれていた。そんな折、一度は資金集めを試みて失敗に終わったところへ、予期せぬ新聞工場売却の話が持ち込まれたのだ。急進的な知識人ウィリアム・ブランがオースティンで発行していた月刊紙『アイコノクラスト』(*Iconoclast*) が廃刊になり、1894年3月に工場が250ドルで売りに出されたのである。

O・ヘンリーは義父ローチ氏や友人たちの援助を得てこれを買い取り、直ちに新聞発行に取り掛かった。タブロイド版よりやや大きめの8ページ構成の週刊紙で、名称は〈ローリング・ストーン〉(*Rolling Stone*) に決定した。編集はすべてO・ヘンリーが担当して、挿入する戯画も描けば創作読物のペンも執った。中には週刊新聞が共通記事に使う「ボイラー・プレート」を利用したものもあった。コピー作業は病弱のアソルが手伝い、営業面にはローチ氏が手を貸した。印刷はO・ヘンリーがドラッグ・ストアで働いた頃、ともに放浪を楽しんだ相手のディクシー・ダニエルズが担当することになった。かくして準備は異例の速さで進み、1894年4月28日に『ローリング・ストーン』第1号が発行されたのだ。

しかし、O・ヘンリーたちの強い意気込みにも拘らず、新聞の売行きは不振だった。購読者数は1,500ほどで、それ以上はもはや期待できなかった。その頃から流れ始めた預金着服の噂にも影響されて、O・ヘンリーはこの年一杯で銀行を辞職して新聞の作製に没頭することになった。机上の仕事を終えると、彼は記事の材料を探し求めて、いわゆる彼の口癖の〈放浪〉("go bumming") に出かけたのである。裏町をうろつき人生の敗残者が集まる場末の酒場で、彼らと酒を飲みながら身の上話を聞くことが多かったが、時には大邸宅で開かれるパーティで紳士、淑女と称する人々の生態を観察することもあった。これは確かに人生の機微を見る眼を養い、後年の創作活動に役立ったに相違ないが、毎晩のように取材を名目にして家を空けるO・ヘンリーに対して、体調が思わしくないアソルは快く思わなかったようだ。

さて、O・ヘンリーによる銀行資金横領の問題は、彼が銀行を辞職した1894年末から表面化しているが、この時は起訴を免れたので新聞廃刊後も本人は自由の身であった。失職した彼は約半年ほど妻アソル、愛娘マーガレットと共に、義父ローチ氏からの仕送りに頼って生活していたが、その間にも小品を書いて『クリーブランド・プレイン・ディーラー』(Cleveland Plain Dealer)を始め、様々な新聞社に送り付けて活路を見出そうと努力した。大陪審での不起訴裁定の直後、ワシントンで発行されている週刊コミック誌編集の誘いを受けて乗り気だったが、出発準備の最中にアソルの病状が悪化したために取り止めになっている。『ローリング・ストーン』の失敗や銀行の横領問題など、重なる心痛によって極度に衰えた彼女の体力ではワシントンに同行することは不可能であり、O・ヘンリーもまた彼女を残して遠隔の地に行くことを望まなかった。

　アソルの病状がやや小康を得た頃、O・ヘンリーが先に『ローリング・ストーン』に書いたものが気に入ったという『ヒューストン・ポスト』紙(Houston Post)の編集長ジョンストン大佐の申出によって、彼は同紙の記者に採用されることになった。身分は週給15ドルのいわば〈何でも屋記者〉だったが、選り好みをする時ではなかった。彼は取りあえず回復の十分でないアソルを娘と共にローチ家に託し、単身ヒューストンに赴任して『ヒューストン・ポスト』紙の仕事を始めた。着任するとすぐ、O・ヘンリーの才能はジョンストンを始め周囲の人々に認められた。最初は「街の話」や「こぼれ話」などを担当したが、やがて戯画の才も注目されて、ユーモラスな文と諷刺とエスプリの効いた絵の両方で腕を振ることになった。

　しかし、O・ヘンリー自身が記事を書く方を好んだ事は別として、実際には時事問題を題材にした彼の戯画は、当時の『ヒューストン・ポスト』紙の呼び物の欄となっていた。その頃、ヒューストンでは絶えず政争が続き、市民の政治に対する関心が非常に高かったので、O・ヘンリーの戯画に人気が出る社会的な下地は十分に存在したわけである。彼は社内でも次第に重要視されるようになり、週給も25ドルまで上がって、ほぼ銀行勤務時代の水準に達していたのだ。その年の晩秋の頃、彼はアソルとマーガレットをヒューストンに呼び寄せて、久々に親子3人水入らずの生活を取り戻した。しかし、平穏な生活は長くは続かなかった。一旦は不起訴で決着したと思われた件の横領問題が、司法界で再び蒸し返されたのである。結局O・ヘンリーが『ヒューストン・ポスト』紙の仕事をしたのは9ヵ月間で、人気を集めた彼

の政治戯画も1896年6月22日号で打ち切られることになった。

　一方、この消極的な姿勢が、かえって彼の立場を不利にしている点も否定できない。彼の裁判および服役の根拠となった犯罪事実については、否定と肯定の両論がある。まず、当時ファースト・ナショナル銀行の経営全般が極めて乱脈だったので、たまたま連邦銀行検査官に指摘された資金不足の責任を、当時出納係だったO・ヘンリーに押し付けたという説である。これに対して彼が『ローリング・ストーン』の赤字補填に自己の裁量で動かせる資金を流用したのであって、銀行側の告発はやむを得なかったと有罪説を採る者もいた。特に後者の場合には、O・ヘンリーがこの点に関する事実を糊塗して、全く反論あるいは釈明しなかったことを一つの論拠に挙げているのだ。

　このように、ホンジュラス逃避中の状況については言うまでもなく、国外脱出に至るまでの行動や帰国の経緯、服役中の生活などに関して、O・ヘンリー自身による説明がないまま推測に頼るために、不明確な部分も少なくなかった。しかし、彼が言及するのを避けたことは別として、逃亡、裁判、服役というこの年月の体験、特に3年3ヵ月に及ぶ受刑期の生活が、作家としての成長に重要な役割を果たしたことは、しばしば指摘される通りである。服役中に友人を通じて彼がO・ヘンリーの名で『マックリュア』誌 (*McClure's*) その他の雑誌に発表した作品は、「口笛ディックのクリスマス・ストッキング」をはじめ10数編に上っている。

7. 逃亡と裁判

　先にも触れたが、オースティンのファースト・ナショナル銀行で、資金の帳尻が合わないことを銀行検査官に指摘され、出納係が疑惑を持たれているとの風評が流れたのは、O・ヘンリーが銀行を辞職した1894年12月半ばであった。退職の表向きの理由は『ローリング・ストーン』の編集に専念するためと言われたが、資金不足の問題と全く無関係とも考えられない時期であった。事実、もともと放漫な経営の欠陥を衝かれた銀行側は、このころ出納係の問題も含めて連邦銀行検査官への対応に追われていたのである。

　O・ヘンリーの訴追を最も強く主張したのは検査官グレイで、銀行の首脳部は彼ら自身でもそれぞれ対処すべき問題を抱えていたために、出納係の責任追求に関して当初はむしろ消極的であった。言うまでもなく、妻のアソルを始め肉親は彼の無実を信じていたし、銀行首脳部の中にはO・ヘンリーが

不明資金を横領したとは考え難いと述べる者もいて、裁判の見通しは必ずしも暗くはなかった。このような状況の中で、事件は連邦大陪審の開廷期間に審議されることになった。

　法廷では銀行検査官グレイは、O・ヘンリーが合計5,654ドルの銀行資金を着服したと強硬に主張したのに対して、ハミルトン副頭取は「銀行内の金銭取扱い手続きは非常に散漫なので、不足な資金について誰に責任を課すべきか、それを決め付けることは困難である」と、O・ヘンリーに有利な証言を行なっている。票決の結果、起訴は否決された。差し当たって自由な身となったO・ヘンリーが『ローリング・ストーン』の廃刊後ヒューストンに移って『ヒューストン・ポスト』紙上で記事となった戯画の腕を振ったことはすでに述べた。

　『ヒューストン・ポスト』紙を通じて彼の人気は上昇したが、この時期のO・ヘンリーの生活は心労に満ちたものであった。アソルの病状はヒューストンに呼び寄せた後も好転しなかったし、6歳に成長した娘マーガレットにも手が掛かって心の休まる暇がなかった。さらにオースティンからは、連邦銀行検査官グレイが相変わらず追求の手を緩めず、訴追を目指して動き回っているとの情報が伝わっていた。

　1896年2月、事態はO・ヘンリーが最も懸念していた方向に暗転した。グレイの執拗な運動が奏効したために、彼の横領事件が連邦大陪審で再審議されることになったのである。裁定の結果、彼は3件の横領で起訴され、直ちにヒューストンで逮捕されるやオースティンに護送された。裁判は連邦法廷の7月開廷期になったので、義父と友人が2,000ドルを納めてO・ヘンリーは保釈され、ヒューストンに戻って仕事を続けながら裁判を待つことになった。1896年2月14日、O・ヘンリーはオースティンでの裁判に出廷するため、ヒューストンから西行列車に乗り込んだ。懐中には、裁判中の費用にと『ヒューストン・ポスト』紙の仲間から渡された260ドルが入っていた。周囲の人々が彼の無罪を信じている中で、有罪の予想に重い心を抱いていたのは、恐らくO・ヘンリー自身だけであったと思われる。ヒューストンから約50マイルのヘムステッドで下車した彼は、オースティン行きには乗り換えないで、東に向かうニューオーリンズ行きに乗車した。これが、その後6ヵ月に亘る逃亡生活の第一歩であった。

　出廷の途中で逃亡することが、前もってO・ヘンリーの熟考した計画であったのか、それとも衝動的な行動であったのかは詳細に語られていない。ま

たニューオーリンズでの滞留期間や、その間の生活ぶりに関しても、憶測の域を出ない見解が多いように思われる。たとえば、かなり長期滞在したという説の根拠には、O・ヘンリーの作品中にニューオーリンズ市内や近郊の細かい描写があることや、同地の新聞社で記者として働いたと思われる形跡などが取り上げられている。しかし、行く先々の土地の自然、社会環境や住民の習俗などを素早く把握して作品の背景に活用することは、他の土地についても同様でニューオーリンズに限ったわけではない。

O・ヘンリーが何を契機として、いつ頃からホンジュラス行きを計画していたかは定かでない。これに関して想起されるのは、『ヒューストン・ポスト』紙の記者時代のO・ヘンリーが、受け持ち欄を埋めるために何気なくホンジュラスの紹介記事を書いていることである。内容は中米諸国の中で最も進歩的な国であり、またバナナ貿易の中心地であると述べた後、典型的なホンジュラス料理のメニューを上げるというありふれた記事であった。しかしこれはO・ヘンリーが既に自己の直面している問題の合法的な解決手段がないことを潜在的に意識していたこと、ひいては彼が自己の犯罪の存在を容認していたことの結果ではないかとの見方も可能である。この点をO・ヘンリー伝記研究者のオコナー（Richard O'Connor）は〈フロイト的なスリップ〉だったかも知れないと、興味深い言葉で指摘している。

渡航の時期が明確でないために、O・ヘンリーのホンジュラス滞留の期間も明らかではない。しかし、時間の長短は別として彼がその間に後日ラテン・アメリカを作品の舞台として活用し得るほど各種の見聞を広めたこと、また彼と同様に逃亡の身であったアルとフランクのジェニングズ兄弟と出会うことになったことは、その後の彼の創作活動と深い係わりを持つことは事実である。

この兄弟は列車強盗として官憲に追われていたが、根は気さくな男たちでO・ヘンリーとすぐに意気投合した。彼ら3人はよく海岸や街を歩いたり、酒場でポーカーに興じたりしながら、時には今後の生活計画についても話し合ったようである。とりわけ兄のアル・ジェニングズとは浅からぬ縁で、後に刑務所やニューヨークで再会している。

ホンジュラス滞在中にも、O・ヘンリーは絶えず本国の家族と連絡を取っていた。主としてオースティンの隣家に住んでいるルイーズ・クライスル夫人宛の書簡として、中に妻アソルへの手紙を忍ばせる方法に拠ったと言われている。これらの手紙にO・ヘンリーが書いた内容からも、またアル・ジ

ェニングズに話した言葉からも、彼はアソルの健康の回復を待って、娘マーガレットとともにホンジュラスに呼び寄せる計画であったと思われる。しかし、アソルの容態は次第に悪化して発熱が続き、もはや予断を許さない病状となっていたのだ。

1897年1月、義母ローチ夫人からの知らせを受けて、O・ヘンリーは船でニューオーリンズに帰着した。手持ちの金も底をついていたので、彼は電信で義父に依頼してオースティンまでの旅費25ドルの送金を受けた。O・ヘンリーが約6ヵ月の逃亡生活の末、重篤の妻の元に戻ったのは2月5日であった。

夫の帰宅を喜び安堵したアソルの病状が一時的に安定したので、O・ヘンリーは約1週間後に友人に付き添われて裁判所に出頭した。逃亡によって以前納めた保釈金2,000ドルは没収されるはずだったが、まだ手続きが取られていなかった。彼は妻の看病を理由に再度の保釈を申請した結果、義父と友人が保証人となり、さらに保釈金は4,000ドルとして2,000ドルを追加納入する条件で、保釈は許可された。公判に出廷しないで逃亡し、半年後に外国から戻ったO・ヘンリーの立場を思うと、現在の司法制度ではおよそ想像することのできない寛大さと言うべきであろう。

その後の数ヵ月間、彼はアソルの看病に専念した。天気のよい日には、病身の彼女を馬車に乗せて午後の外出に連れ出したり、ある日曜日には、かつて2人の突然の結婚で司祭を驚かせた南部長老派教会のミサに揃って出席したとも言われている。春が過ぎて夏を迎える頃、アソルの衰弱はますます激しくなり、外出は言うまでもなく室内での起居も不自由なほどになった。O・ヘンリーにとっては、不幸の重なる年であった。5月には、文学への目を開かせ、画才の伸長を喜んでくれた叔母リーナが他界した。そして、とうとう7月25日に妻アソルも療養の甲斐なく29歳の若さで逝去したのだ。1人は教育、他の1人は結婚生活を通じて、ウィルの生涯に最も深い係わりを持った2人の女性が相次いで世を去ったのである。

アソルの死後、彼には差し当たって対処しなければならない2つの問題があった。来るべき裁判への対策を立てることと、娘マーガレットと彼自身のために将来の生活の見通しを得ることであった。ところが、裁判に対する彼の行動は極度に悲観的であった。無実の主張をしても、中米への逃亡が妨げとなって認められないから有罪は確実と考えて、弁明の準備はほとんど行わなかった。後日彼の弁護士がこれほど「物を言わない」依頼人には会ったこ

とがないと述懐するほど、彼の態度は消極的だったようである。であれば、彼が深い抑うつ状態にあったことは想像に難くない。

一方、今後の生活の打開に関しては、極めて真剣であったと思われる。ローチ夫妻は、娘のアソルが亡くなった後も、O・ヘンリーに対しては変わらぬ好意を持ち援助を惜しまなかった。自由に好きな仕事に励むようにと、P・G・ローチ青果店の2階の小部屋を提供されたとき、恐らく彼は初めて明確に作家として身を立てようと決意したのではないであろうか。

O・ヘンリーの銀行資金横領に関する裁判は、1898年2月7日にオースティンで開始された。検察側が各種の罪状を上げたのに対して、弁護士はオースティンのファースト・ナショナル銀行では帳簿処理業務が非常にいい加減なので、特定の時に何が起こっているかを正確に知ることは不可能なこと、またO・ヘンリーが瑕疵なき人生を送ってきた人物として世間で大いに尊敬されていたことなどを引いて反論した。連邦地区裁判官のトマス・マクシー判事は、むしろO・ヘンリーに同情的であったが、アソルの死以来ひどく落ち込んで投げやりになっていた彼は、ついに法廷では一言も述べることなく終審した。3月25日に懲役5年の判決を受けたO・ヘンリーは、州刑務所への移送前の一時的な処置として、トラヴィス郡拘置所に収容された。

8. 社会復帰に向けて

南部のレベンワースやアトランタ刑務所は、この頃人員過剰で収容しきれない受刑者をオハイオに送り込んでいたのであるが、受刑中に文筆活動を行ったO・ヘンリーにとっては、ニューヨークとの距離がテキサスに比べて大幅に縮まったという利点はあったと言えるであろう。

刑務所に到着後の身上調査で、O・ヘンリーは年齢を33歳と申告している。実際には35歳だったので、2年の空白を設けたわけである。職歴には新聞記者と登録薬剤師と記入されたが、特に後者の資格は服役中にたいへん役立ったようだ。所内では新聞は発行されていなかったが診療所は設置されていたので、当然薬剤師は必要であった。彼はここに配属されたため、間もなく一般服役囚の行なう退屈な雑役や、不快な仲間の囚人たちとの付き合いから解放されることができたのだ。

調査が終わったとき、ウィル・ポーターの呼称は連邦囚人第30664号に変わっていた。刑務所での付き合いで唯一つの例外は、アル・ジェニングズで

あった。ホンジュラスでの逃亡生活を共にした列車強盗のアルは、O・ヘンリーが収容されて間もなく逮捕され、合衆国郵便車を襲った罪で起訴され、有罪の判決を受けて同じオハイオ刑務所に送られて来たのであった。この2人の静かな嬉しい再会は、早期の仮釈放を願うO・ヘンリーの妨げにはならなかった。アルもまた、ここでは転送業務を受け持たされた模範囚だったからである。

　刑務所生活の1年目が終わろうとする1898年12月、O・ヘンリーは義母ローチ夫人への手紙で、再び掌編小説を書き始めたので、もし売れて収入があれば送金する旨を書き送っている。事実、彼はこの時期からスケッチ風の掌編を新聞社や雑誌社に送り始めている。刑務所に出入する郵便物はすべて検閲されるので、このような部外とのやり取りは明らかに規則違反であったが、この場合はウィリアード医師など彼を信頼し応援する職員が手を貸していたようだ。ただ、そのために作品がポーターの本名で発送されることには、何かと差し障りがあったと思われる。この時期からほとんどの作品がO・ヘンリーの筆名で発表されるようになったのは、囚人の汚点のない新しい名前で新しい出発をしたいという願望の他に、上記のような郵便規則に対する配慮にもよったのであると思われる。

　O・ヘンリーの筆名の由来については、様々な臆測が行われていて、どれが定説とは決め難い。彼自身は先に引いた生涯で一度のインタヴューで、ニューオーリンズ滞在中に友人とペンネームについて話していたとき、新聞の社交欄にあった平凡なヘンリーの名を選び、最も簡単で呼び易いアルファベットのOをファースト・ネームにしたと答えている。しかしこの時の問答には、過去の所業を隠蔽しようとする意図も窺えるので全幅の信頼を寄せることはできない。その他は、可愛がっていた野良猫の呼び方という説、オハイオ州立刑務所の綴り字のアナグラムとか、あるいは看守長のオリン・ヘンリー（Orrin Henry）にヒントを得たという説など、各種の想像による根拠が挙げられている。ペンネームの由来の詮索が重要か否かは別として、彼がこの時期を境に少数の例外を除いてほとんどの自作を〈O・ヘンリー〉の名で世に出したことは、人生の第二ステージに踏み出したという点で、少なからぬ意義を持つものであろう。O・ヘンリーという作家が、オハイオ州立刑務所で誕生したこと、また彼のそれまでの36年の人生が、いわば秘密の書庫の綴じ込みにしまい込まれたことを知っていたのは、彼の家族、テキサス時代の近しい仲間たちなど極めて少数に限定される。新聞発行に失敗し、銀行

職員として著しい汚名を残し、夫としても失格の烙印を押された横領犯ウィリアム・シドニー・ポーターは、O・ヘンリーとして刑務所内でペンを執り、新たな変名を使って出版する一作ごとに自己の意志によって姿を消したのである。

　家族の中でさえ、この事実を知らない者がいた。O・ヘンリーは娘マーガレットに度々手紙を書いたが、遠隔の大都市で薬剤師として働いていることにしていたのだ。ローチ夫妻もあらゆる手段を尽くして、この偽装工作に協力した。オースティンに住み続ければ、事実がマーガレットに知られるのではないかと恐れて、まず夫人が孫娘を連れてテネシー州に戻り、兄の農場に一時身を寄せた。オースティンに残ったローチ氏は、青果店を処分した後に夫人達と合流し、一家3人でピッツバーグに移住した。彼は青果業から離れて、ホテル関係の仕事に従事したらしい。これだけの犠牲の上に、娘に対するO・ヘンリーの秘密は守られた。因みに、マーガレットが父の前半生について真実を知ったのは、O・ヘンリーの死後6年が経過してからであった。

　模範囚としての服役態度を評価されたO・ヘンリーは、5年の刑期を3年3ヵ月に減刑されて、1901年7月24日にオハイオ州立刑務所から釈放された。期間は3年余であったが、彼が服役した19世紀末から20世紀の初年にかけての年月は、経済の発展と共に日常生活にも著しい変化があった。短期間に電気と電話の普及化が進み、自動車も実用化の緒についていた。

　一方、文学の世界でも新風が吹いていた。スティーヴン・クレイン (Stephen Crane, 1871-1900)、フランク・ノリス (Frank Norris, 1870-1902)、といった、アメリカ文学におけるリアリズムやナチュラリズムの先駆者と言われる作家たちが、赤裸々な人間の本質や苦難に満ちた当時の社会問題を真摯に取り上げる作品を発表していた。こうして急激に変動している社会に、O・ヘンリーは3年間の隔離生活を終えて復帰したのである。出所した後は、ローチ夫妻の庇護の下で娘マーガレットが生活しているピッツバーグ (Pittsburgh) へ直行した。O・ヘンリーがピッツバーグに帰着してからニューヨークに移動するまでの期間は、1901年7月末から8、9ヵ月間に過ぎなかった。12歳の娘マーガレットとは、離れていた年月が長かったので余りしっくりせず、また測り知れない恩義を受けた義父母ローチ夫妻に対しては、重い心の負担を感じていたであろう。この頃からO・ヘンリーは、服役中遠ざかっていた酒を連日飲むようになったと言われている。まだ刑務所に残っているアル・ジェニングズへの手紙で、ピッツバーグの人たちは彼がこれまで会った人間

の中で「最も無知で、育ちが悪く、卑しくて、野暮で……云々」と形容詞を幾つも並べて非難し「必要以上、ここに止まるつもりはない」と書き送っている。やがて、ピッツバーグの土地柄と性分が合わず、脱出の機会を探し求めていたO・ヘンリーは、1902年4月、彼は娘マーガレットを再び義父母ローチ夫妻に託し、ニューヨークに向かった。この年、O・ヘンリーは40歳であった。

9. ニューヨークに進出

O・ヘンリーは本格的な作家人生を過ごす場として最終的にはニューヨークを選び、1902年にこの大都市へ引っ越している。当時のニューヨークは、彼がかつて暮らしたオースティン、ヒューストン、ニューオーリンズのような南西部の中小都市とは桁違いの大きさで、すでに人口400万を擁していた。その選択は、ひとえに自己の作品に買手がつき易い市場のより快適な居場所であるという理由によるものであった。ニューヨークにおけるO・ヘンリーの作家活動は、主として『エインズリー』(*Ainslee's*)の後ろ盾によって始められた。やがてこの年の12月6日『ニューヨーク・ワールド』紙 (*New York World*) の日曜版に短編「とらえどころのない歓楽郷」が掲載され、同紙との継続的な関係が成立したのを契機として、彼の文筆活動は本格的段階に入った。

1903年から1906年にかけての4年間は、O・ヘンリーの48年間の生涯で最も活発に創作の行われた期間であった。雑誌社からの執筆の要望も増えたが、前記の『ニューヨーク・ワールド』日曜版に、一編100ドルで毎週一編の作品を書く契約が結ばれたのである。この驚異的な多作のペースは4年に渡って持続されたが、日曜版に発表された作品がことごとくニューヨークを舞台としたものであったことも、当時の彼の創作態度の一端を示すものとして興味深い。

20世紀初頭のニューヨークには、近代資本主義の影響が広く社会全般に浸透していた。典型的な社会生活と言えば、都市に集中したビジネスマンを中心とする、いわゆる小市民階層の生活がそのまま一般的な風景でもあった。世相に対する諷刺の調子を響かせながらも、決して温かい人間味を失わない一市井人としての語り口は、ニューヨーク生活における精緻な観察と考量の結果であった。ピッツバーグより到着後の東24丁目の仮住まいからユ

ニオン・スクェアーのアーヴィング・プレイス 55 番地（現在は〈サル・アンソニー〉(Sal Anthony's) というイタリア・レストランになっている）に落ち着くと、彼はいよいよ本腰を入れた文筆活動を開始した。住居のすぐ斜め向かいには、物語よりイラストが先に完成したといういわく付きの短編小説「賢者の贈り物」を執筆した場所として知られるレストラン＆カフェ〈ピーツ・タバーン〉(Pete's Tavern) という酒場があった。ちなみに、この店は"Welcome To The Tavern O. Henry Made Famous"という表看板を掲げて今も古きよき時代の姿をとどめている。そして、この小路の名が由来するアメリカ文学の先達ワシントン・アーヴィングの生家は 55 番地から一ブロック南下した所にあり、近くには由緒ある鉄柵で知られ、O・ヘンリーの佳作「手入れのよいランプ」最終場面の舞台となったグラマシー公園があった。またその周囲にはチャールズ・ディケンズが滞在したというウエストミンスター・ホテルや O・ヘンリー以外にもマーク・トウェイン (Mark Twain, 1835-1910)、トマス・ウルフ (Thomas Wolfe, 1900-1938) といった人気作家たちが常宿にしていたチェルシー・ホテルが立ち並び、何やら文学的な趣を醸し出していた。

　しかし、一歩はずれると、中南米からの放浪者が集まる安宿、寄席芸人たちが芸を競うボードビル劇場、娼婦のたまり場と化す安酒場など、マンハッタンの影の生態が繰り広げられ、裏通りには浮浪者たちがさまよっていた。とりわけヨーロッパからの移住者が急速に流入してスラム化したロワア・ミッドタウンや芸術家やボヘミアンが横行していたグリニッジ・ヴィレッジ界隈などは、猥雑で荒れ果てた風景を見せていた。もっとも、現在は若者受けするコンセプトが羽振りを利かす「クラブ」や「ダンス・フロア」などが目白押しに並ぶ区画に変貌してしまったが。こうしたスラム化が進む地域がある一方、当時のニューヨークには巨大資本を投下した近代化の波も押し寄せていた。空を突く摩天楼が次々にお目見えして市街地は着実に北上していったし、マンハッタンをくまなく網羅する地下鉄も 1904 年に開通以来、さらにその網を拡大して、この街はエキサイティングに躍動していた。その意味で、彼の創作意欲をかきたてる材料には事欠かない環境であったと言える。

　かつて、オースティンのドラッグ・ストアで働いた時代に、創作の題材を求めてディクシー・ダニエルズと巷を放浪した O・ヘンリーの流儀は、ここでも変わることはなかった。彼は日夜の区別なく周囲の探索に時を過ごし、そこで観察した様々な人生模様を作品に取り入れた。公園で行き会う人々と語ることもあれば、裏町を探訪して酒場に入り込むこともあった。『ニュー

ヨーク・ワールド』のビル・ウィリアムズが、時折オースティン時代のダニエルズのようにO・ヘンリーの探索行に付き合い、その後も長く親交を重ねたと言われている。

　雑誌や新聞に作品を発表する一方、1904年からは短編集の出版も行われた。すなわち同年に主として中米を舞台とする作品を収めた最初の短編集『キャベツと王様』(*Cabbages and Kings*, 1904) が出版され、次いで1906年には、ニューヨークを背景とした既出の「二十年後」、「賢者の贈物」、「警官と讃美歌」などの名作を集めた『四百万』(*The Four Million*, 1906) が出版された。こうしてO・ヘンリーの人気は高まり、その名声は揺るぎないものとなった。経済的にも次第に安定の度を加えて、月収が5、600ドルに達したと言われるこの時期は、名実共に彼の文学活動が花開いた人生最良の季節であった。

　そして、1907年に、彼は幼なじみの女性サラ・リンゼー・コールマン (Sara Coleman) と再婚した。「サリー」と呼ばれるこの女性はノース・カロライナ州アッシュビルの出身で、O・ヘンリーが12、3歳の頃グリーンズバロの親戚を訪れて来たときに、ほぼ同じ年齢の少年、少女として知り合った仲だった。再会の契機を作ったのは、1902年の春『スマート・セット』誌 (*The Smart Set*) に掲載された彼の作品「牧場のマダム・ボピープ」だった。テキサスを舞台としたこの物語を読んだサリーが、その作者は自分が子どもの頃よく遊んだことがあり、「緑の小枝模様がついたモスリンのドレスを着た少女を好きだった少年」ではないかと、1905年に問い合わせの手紙を寄せたのである。この年サリーは37歳の未婚女性、O・ヘンリーは43歳で売れっ子の人気作家であった。

　2年後の1907年12月27日に彼らは結婚した。ここで注目されるのは、求婚に際してO・ヘンリーが過去の事実をすべてサリーに書き送って了解を求めていることである。配偶者となる者に隠し通せる問題ではないとも言えるであろうが、娘のマーガレットには一言も語らず、出版関係で親交のある人々にも黙し続けた古傷を敢えて明かしたのは、この結婚に対する彼の並々ならぬ誠意のあらわれと言うべきであろうか。

　ニューヨークの西23丁目に新居を持つと、彼は長年義父母のローチ夫妻に託していたマーガレットを呼び寄せた。O・ヘンリーは、かねてより娘の教育に非常に熱心で、収入が増えた時期から彼女をウォード・ベルモント校で学ばせていた。これは若い子女に高校、短大程度の教育を行なう私立学校

で、ナッシュビルで名の知れた同校の学費は、年間1,000ドルを下らないと言われていた。再婚を機会に、彼は久々にマーガレットを手元に置いた生活を始めることになった。

　家族を迎えた責任感も加わり、一時は下降線を辿っていたO・ヘンリーの創作力は盛り返して、1908年には29編を書き1万4千ドルの年収を上げたと言われる。しかし家族3人でのニューヨークの暮らしは長くは続かなかった。最大の原因は、極度に悪化したO・ヘンリーの健康であった。彼は結婚に際して過去の所業を告白したけれども、楽観を許さない自己の健康状態については口を閉ざしたままであった。ただならぬ状況を気遣ったサリーが医者から聞き出した事実は、過度の飲酒による重篤な肝障害に加えて糖尿病と心臓病も併発しているという深刻なものであった。彼がアルコールに明け暮れする自堕落の生活を改めないならば、余命は2年ほどであろうという医者の診断であったという。

　サリーの懇請にもかかわらず、O・ヘンリーの飲酒と浪費の生活は続いたので、健康が悪化するばかりか、相当な収入があっても次第に経済的に逼迫していった。やがて1908年の秋、夫婦は一旦別居することになり、サリーは実家に、マーガレットは学校に戻り、O・ヘンリーのみニューヨークに留まる生活が始まった。翌1909年、彼は病状が進行したためナッシュビルに移ってしばらく静養した。約1年後の1910年3月、彼は創作活動を続けるためニューヨークに戻ったが、もはや昔日の活力は残っていなかった。

　O・ヘンリーの生涯の最後の3ヵ月については、ほとんど真相が知られていない。1910年6月3日に彼はギルマン・ホールと、女流作家の卵で長年彼の取材に協力してくれたプラトニックな友人アン・パートランに緊急の救済を求めた。半ば意識を失って倒れていた彼が病院に担ぎ込まれた後、自室のベッドの下には空になったウィスキー瓶が何本も転がっていたというのは知られたエピソードである。担当のハンコック医師によれば、病態は肝硬変に糖尿病を併発して、手が付けられないほど重篤になっていたと言う。急を知ったサリーは、ニューヨークへ向かう列車の車中にあった。とうとう6月4日には全臓器の機能不全となり危篤の状態に陥った。そして1910年6月5日の日曜日午前7時6分に、O・ヘンリーはその短い生涯を終えた。

　〔付記〕本文中の伝記的な叙述の一部は、主としてEugene Current-Garcia, *O.Henry*、Richard O'Connor, *O.Henry, The Legendary Life of William S. Porter*、

David Stuart, *O.Henry: A Biography of William Sydney Porter*、そして大久保康雄訳『O・ヘンリ短編集（一）〜（三）』（新潮社）、大津栄一郎訳『オー・ヘンリー傑作選』（岩波書店）、小鷹信光編訳『O・ヘンリー・ミステリー傑作選』（河出書房新社）のそれぞれに付された解説に負うところがある。なお、本書は、拙著『「最後の一葉」はこうして生まれた——O・ヘンリーの知られざる生涯』（角川書店）を基に全面的に修正と加筆を施したものである。写真提供は齊藤真子。また、齊藤司氏、青木誠一郎氏、大蔵敏氏、浅田孝二氏、森健太郎氏といった方々から多面にわたりご助力を得ることができた。そのご厚情に対して改めて感謝申し上げる次第である。

参考文献

Barkley, Mary Starr. *History of Travis Country and Austin 1839-1899.* Austin: Austin Printing Co., 1981.

Blansfield, Karen Charmaine. *Cheap Rooms and Restless Hearts: A Study of Formula in the Urban Tales of William Sydney Porter.* Ohio: Bowling Green State University Popular Press, 1988.

Canright, David. *O.Henry in Texas Landscapes,* Austin: Friends of the O. Henry Museum, 1998.

Clarkson, Paul S. *A Bibliography of William Sydney Porter.* Idaho: Caxton Printers, 1938.

Cox, Mike. *A New York Cowboy Looks For A Gal: O.Henry And "Miss Terry"* . Austin: Friends of the O.Henry Museum, 1997.

Corbett, William. *New York Literary Lights,* Minnesota: Graywolf Press, 1998.

Current-Garcia, Eugene. *O.Henry.* New York: Twayne Publishers, 1965.

Davis, Robert H., and Arthur B. Maurice. *The Caliph of Baghdad.* New York: D. Appleton and Co., 1931.

Ellis, Edward Robb. *The Epic of New York City: A Narrative History.* New York: Kodansha International Ltd., 1997.

Gallegly, Joseph. *From Alamo Plaza To Jack Harris' s Saloon.* Paris: Mouton, 1970.

Henderson, Archibald. *O.Henry, A Memorial Essay,* N.C.: Duke University, 1914.

Homberger, Eric. *The Historical Atlas of New York City.* New York: Henry

Holt And Co., 1994.

Jennings, Al. *Beating Back.* New York: A. L. Butt Co., 1920.

Koeppel, Gerald T. *Water for Gotham: A History,* New Jersey: Princeton UP, 2000.

Kramer, Dale. *The Heart of O.Henry.* New York: Rinehart and Co., 1954.

Langfold, Gerald. *Alias O.Henry.* New York: The Macmilan Co., 1957.

Long, E. Hudson. *O.Henry: The Man and His Work.* Philadelphia: University of Pennsylvania Press, 1949.

Miller, Terry. *Greenwich Village and How It Got That Way,* New York: Crown Publishers, Inc., 1990.

Moyle, Seth. *My Friend O.Henry.* New York: H.K.Fly Co., 1914.

O'Connor, Richard. *O.Henry, The Legendary Life of William S. Porter.* New York: Doubleday& Co., 1970.

Pike, Cathleen. *O.Henry in North Carolina.* Chapel Hill, N.C.:University of North Carolina Library, 1957.

Smith, C. Alphonso. *O.Henry, Biograpy.* New York: Doubleday, Page and Co., 1916.

Steck-Vaughn Co., eds. *O.Henry, American Regionalist. Austin:* Steck-Vaughn Co., 1969.

Stuart, David. *O.Henry: A Biography of William Sydney Porter.* MI: Scarborough House/Publishers, 1990.

Tanenhaus, Sam. *Old Greenwich Village: An Architectural Portrait,* Washington D.C: The Preservation Press, 1993.

Williams, William Wash. T*he Quiet Lodger of Irving Place.* New York: E.P. Dutton and Co., 1936.

大久保康雄訳 『O・ヘンリ短編集 (一) ～ (三)』 新潮社刊、 1979 年。

大津栄一郎訳 『オー・ヘンリー傑作選』 岩波書店、 1981 年。

小鷹信光編訳 『O・ヘンリー・ミステリー傑作選』 河出書房新社、 1995 年。

第4部

時代表象ための〈場所〉
——ドス・パソス、コールドウェル、ケルアック——

花田　愛

第10章　近代化への警鐘
―― ドス・パソスの描くニューヨーク ――

1．20年代ニューヨーク

　1920年代はアメリカ史において特異な時代である。1918年11月の対独戦争終結から1929年11月の株式相場大暴落までの一時期、アメリカ経済は未曾有の繁栄を遂げた。ヨーロッパ諸国が大戦によって疲弊する一方で、アメリカは海外投資を推し進め、世界国家としての地位を確実なものとしていった。ニューヨークでは、アメリカ繁栄の象徴ともいえる超高層ビルが相次いで建設され、めざましい都市化の流れが押し寄せた。1920年の国勢調査では、初めて都市人口が農村人口を上回り、以後、都市人口の比率は増加の一途を辿ることとなった。それまで農村が中心だった人々の生活も大きく様変わりし、都市型の生活へと移行していった。大量消費社会の出現、自動車の普及、マスメディアの発達などにより、生活水準も急速に向上していった。

　こういった都会のライフスタイルが象徴的に描かれている最も有名な作品に、F・スコット・フィッツジェラルド（F. Scott Fitzgerald, 1896-1940）の『偉大なるギャツビー』（*The Great Gatsby*, 1925）がある。この小説では、1922年のロングアイランド（Long Island）を舞台に毎晩のように華やかなパーティーを開くギャツビーの生活が、親友ニックによって語られていく。禁酒法が敷かれていたこの時代に、主人公ギャツビーは酒の密売をはじめとした不浄なやり方で巨万の富を手にしていくが、このような醜い生活の現実とは裏腹に、昔の恋人を取り戻そうとする彼のロマンティックな夢も次第に明らかにされる。物質的繁栄とアメリカの夢を描き込んだこの作品は、戦後のアメリカ繁栄の華やかさを表象する代表作だと言える。

　この『偉大なるギャツビー』が出版された同じ年に、同じくニューヨークを舞台にした作品が世に送り出される。ジョン・ロデリゴ・ドス・パソス（John Rodrigo Dos Passos, 1896-1970）の『マンハッタン乗換駅』（*Manhattan Transfer*, 1925）である。ドス・パソスは、20年代から30年代にかけて同世

代の作家たちの中でもとりわけ注目を集めた作家である。三部作『USA』(*U.S.A.*)〔『北緯42度線』(*The 42nd Parallel*, 1930)、『1919年』(*Nineteen Nineteen*, 1932)、『ビッグ・マネー』(*The Big Money*, 1936)の三作品が、1938年に一巻本『USA』として改訂出版される。〕が発表されると、そのテーマ性や斬新な文体から批評家や先輩作家たちの関心を集め、文壇で一躍話題となった。この三部作の前哨戦ともとれる『マンハッタン乗換駅』の執筆において、ドス・パソスはニューヨークという都市を、多方面から立体的に描くことに果敢に挑戦している。小説の構造からプロットの内容に至るまで『偉大なるギャツビー』とはまったく異なるニューヨークがそこには描かれているのである。

　フィッツジェラルドと同様に「ロスト・ジェネレーション」の一人として新しい文学の領域を開拓したドス・パソスは、生涯を通じてアメリカ国内を、そして世界各国を渡り歩いた作家であった。幼少の頃には母親のルーシー・アディソン・スプリッグ（Lucy Addison Sprigg）とともに欧米各地を転々とし、大学を卒業してからも、主に第一次世界大戦の野戦衛生部隊へ参加するために、アメリカとヨーロッパを行き来していた。大戦から戻ったドス・パソスは数年間、主としてニューヨークを拠点として執筆に当たっていたが、当時、ジョン・ハワード・ローソン（John Howard Lawson）に書き送った書簡の文面からは、ドス・パソスの興味深いニューヨーク観を窺い知ることができる。「ニューヨークはかなりおかしい。まるでひどい漫画のようだ。皆がアローカラーマン（Arrow-collarman）のような服装をしていて、皆が皆、アローカラーマンのように見える」というのだ。流行のスタイルが広告に打ち出されると、皆がそれを真似るようになる。こういった現象は服装だけに留まらず、ライフスタイルやモラルにまで至ったと考えられる。フレデリック・ルイス・アレン（Frederick Lewis Allen）は、1920年代のアメリカを様々な角度から綴った『オンリー・イエスタデイ』(*Only Yesterday*, 1931)の第5章において、主に若い世代の生活と道徳が革新的に変化していった様子をジャーナリスティックな視点から詳述しているが、特にニューヨークのような都市部では、急速な流行の変化に伴って人々の生活様式が画一化されていった。均質化されていく都会の生活が、大戦から帰還したばかりのドス・パソスには異様な光景として目に映ったと考えられる。

　このようなドス・パソスのニューヨーク観は、作品の中にも色濃く現れている。『マンハッタン乗換駅』では、登場人物の中にストーリー展開の上で

中心的な役割を果たす主人公が存在しない。大勢の登場人物たちは、ニューヨークでそれぞれの職業において典型的と考えられる生活を送り、次第に関係を持ち合っていく様子が描かれる。この小説では、スポットライトが各登場人物に当てられているのではなくニューヨークという都市全体に当てられているのである。『マンハッタン乗換駅』に浮かび上がるニューヨーク像を読み解くことで、ドス・パソスが20年代アメリカにおける都市の近代化をどのように捉えていたかを理解することができるだろう。ここでは、本作品におけるニューヨークという大都市とそこに生活する人々の描かれ方を分析することで、ドス・パソスが当時の近代化の流れをどのように捉えていたのかを明らかにしていきたい。

2．乗換え地点としての〈ニューヨーク〉

　『マンハッタン乗換駅』は、全部で18の章から成り立っており、各章の冒頭部には短いエピグラフが付されている。これらのエピグラフは、その章を象徴的に表す散文詩の形態を採っている。興味深いのは、第1章のエピグラフが、ニューヨークの玄関口となるフェリーハーバーを題材としていることである。

　　　ひび割れた厚板張りの岸壁の間で、こわれた箱や、オレンジの皮、腐ったキャベツが浮き沈みする上を、三羽の鴎が輪を描く。緑の波が丸い船首の下で泡立つ。フェリーは潮にのって横滑りに流され、ドシンとぶつかると、砕けた波を呑みこみ、なめらかに滑ってゆっくりと船着き場へ停泊する。手巻きのウィンチが、ガランガランと鎖を鳴らして勢いよく回る。ゲートが上にたたみこまれると、人々の足が隙間をまたぎ、男女の群れが、肥やしのにおいのする木のトンネルのようなフェリー待合所の建物の中を、まるでシュートから圧搾機の中へ放りこまれる林檎のように、もみくちゃになりながら押されていく。
　　　　　　　　　　　　　（『マンハッタン乗換駅』拙訳，第Ⅰ部 第1章）

ここで表されるのは、どこか別の場所からニューヨークへ入ってくる人の流れである。圧搾機にかけられようとする林檎のように、皆一様にフェリーの船着場にある建物の中へと押し込められていく。彼らがニューヨークへと足

を踏み入れるときに目にするのは、高く聳え立つ摩天楼ではなく、海に投げ捨てられた「こわれた箱や、オレンジの皮、腐ったキャベツが浮き沈みする」決して美しいとはいえない波止場である。彼らが耳にするのは、賑やかな街のざわめきではなく、鎖とウィンチの金属音である。近代化による物質文明の汚い側面を象徴するかのようなこのマンハッタン島の入り口の描写が、ドス・パソスのニューヨーク観の一側面を顕著に表していることは間違いない。

　このニューヨークに入ってくる人の流れが、どこを目指しているかが小説の中でひとつの重要なモチーフとなる。冒頭のエピグラフに描かれるフェリーに乗って、人の群れに押されながら船着場の建物を通り抜けるのは、農村からやってきたバッド・コープニング（Bud Korpenning）という若者である。彼は、暴力的で頑固で信心深い父親を殺して、大都会の「乾草の中の針」（a needle in a haystack）となるべく、逃げるようにニューヨークへと降り立ったのであった。ニューヨークへと降り立ったそのときから、バッドは絶えず「中心地」（the center of things）へ向かおうとさまよい続ける。田舎の若者は、「中心地」へ行きさえすれば、職が見つかり、人の繋がりを感じられ、すべてがうまくまわるはずだと思い込んでいたのである。しかし、彼の夢はあっけなく途絶えてしまう。結局、彼は思い描いていた「中心地」へと到達することができずに、ブルックリン橋（Brooklyn Bridge）から身を投げる。このバッド・コープニングのエピソードはまさに中心なき大都会を浮き上がらせる。画一化・均質化された人々が、ニューヨークでは中心へと集約されることはないのである。

　小説である『マンハッタン乗換駅』が、中心のないニューヨークと画一化された人々の生活を表現することに成功しているのは、ある実験的な手法がうまく機能しているためだと言える。これまでの伝統的なストーリーテリングの手法では成し得ない場面展開は、あたかも視点を次々と変えるカメラワークのようでもあるが、実際にはカメラワークのように写実的に人物を描写しているわけではない。この小説で用いられている手法は、同時代の絵画技法のひとつである〈キュービズム〉に非常に近いと考えられる。次の節では、『マンハッタン乗換駅』において応用された技法が、なぜ〈キュービズム〉のそれに近いと言えるのかを検証し、この実験的手法の裏にある意味合いを明らかにすることで、ドス・パソスのニューヨーク観を呈示したい。

3．キュービズムの美学と政治学

　これまでにも、空間芸術とされる絵画と時間芸術とされる文学は、異なるジャンルでありながら比較研究が数多くなされてきた。例えば、ゴットホルト・イーフリイム・レッシング（Gotthold Ephraim Lessing）は、絵画と詩は厳密に区別されるべきであると唱えているが、W・J・T・ミッチェル（W. J. T. Mitchell）は『イコノロジー――イメージ・テクスト・イデオロギー』（*Iconology : Image, Text, Ideology*, 1986）の中で、レッシングのこの厳密な区分を、当時のヨーロッパの政治的イデオロギーと結びついた概念であると指摘している。このような異なる二つのジャンルの境界線に関する議論だけでなく、具体的な作家や画家の作品について分析をする論文が数多く存在する。ウェンディー・スタイナー（Wendy Steiner）の『レトリックの色彩』（*The Colors of Rhetoric*, 1982）や、日本における研究では、早瀬博範編『アメリカ文学と絵画――文学におけるピクトリアリズム』などもこのような文学と絵画を比較して研究した例である。

　しかし、20世紀初頭のモダニズム文学と絵画との関係はある特別な意味を持つ。ジョゼフ・フランク（Joseph Frank）は「近代文学における空間的形式」（"Spatial Form in Modern Literature," 1945）において、時間と対立する要素を〈空間的形式〉とし、テクストの全体像が空間として捉えられるということをモダニズム文学の特徴として挙げている。特にフランクは、ジェームズ・ジョイス（James Joyce）の『ユリシーズ』（*Ulysses*, 1922）を例にあげ、テクストが時間の流れを軸とせずに展開していることを指摘し、それによってテクストに現れるダブリンの町は読者に空間的に捉えられると説明している。このフランクの〈空間的形式〉の議論は、時間という基軸のみに沿って進んでいた従来の小説の構造とは異なるモダニズムのテクストの特徴をうまく捉えたものであると言える。フランクに留まらず、モダニズムのテクストはそれぞれ、この〈空間的形式〉とも重なる概念でもって説明されている。例えばそれは、時間的芸術と空間的芸術の融合とも言える〈映画的効果〉として捉えられたりもする。例えば、C＝E・マニー（Claude-Edmonde Magny）は、『アメリカ小説時代――小説と映画』（*L'Age du Roman Amèricain*, 1948）の中でモダニズム文学と映画のあいだの類似性に注目している。ある一人の主人公を時間の流れに沿って追いかけ、その人物の個性に注目するのではなく、複数の人物に焦点を当て、彼らを時間軸に関係なく映画の「モンタージュ」の

ように展開させていく小説を「非人称小説」と呼び、ドス・パソスの『USA』がその手法を用いて集団の意識を表した成功例であると述べている。しかし、単にフランクの言う〈空間的形式〉やそれに類似したマニーの〈映画的効果〉という概念だけでは、ドス・パソスの『マンハッタン乗換駅』の主題を解明するには不十分である。絵画史においてある一時代を風靡した〈キュービズム〉という手法のもつ歴史的意義を探ると、そこにあるイデオロギーが隠されていることが明らかになる。この手法の歴史的な意義が、『マンハッタン乗換駅』が描き出す客体（ニューヨークとその中で生活する個人）を中心のない、画一化されたものにする効果を生み出しているのである。まずは、キュービズムの歴史的意義を探ってみよう。

　キュービズムは、パブロ・ピカソ（Pablo Picasso, 1881-1973）やジョルジュ・ブラック（Georges Braque, 1882-1963）等によって開拓され、当時ひときわ隆盛を誇っていた運動であった。ヨーロッパでは、19世紀後半、ポール・セザンヌ（Paul Cézanne, 1839-1906）やアンリ・マティス（Henri Matisse, 1896-1954）などの画家たちの活躍がめざましく、原色の使用やラフな線によるデッサンなど、これまでの古典的な絵画のしきたりに対する挑戦が続々となされ始めていた。こうした土壌で、キュービズムは繁栄を見せ、20世紀の絵画史で重要な位置を占める運動へと発展していく。1908年、サロン・ドートンヌ（Le Salon d'Automne）に出品されたブラックの風景画が、審査員の一人であったマティスによって「立方体（キューブ）」という言葉を使って記者に説明されたのが〈キュービズム〉の名称の由来とされているが、後に「アヴィニヨンの娘たち」（Les Demoiselles d'Avignon, 1907）と名づけられる問題作をピカソが仕上げるのもまさにこの頃である。アトリエでこっそりと描かれていたこの異質な油絵が、近代西洋絵画史に与えたインパクトは非常に大きい。キャンバスの中の5人の女性たちの描写は、ルネッサンス以降、長らく続いてきた絵画の伝統を大きく打ち破っていた。

　西洋絵画史の中で重んじられてきた手法の一つに〈遠近法〉が挙げられる。遠近法も厳密な分類を行うと、〈色彩遠近法〉、〈消失遠近法〉、〈空気遠近法〉など様々で、その起源はルネッサンスより更に以前へと遡るものもあるが、ここでは遠近法の中でも最もよく用いられていると言える「眼から遠ざかってゆく対象が小さくなってゆく」という原理に則る〈線遠近法〉を中心に議論を進めたい。この手法の歴史を顧みると、それが単に絵画の一手法の問

パブロ・ピカソ「アヴィニヨンの娘たち」
(*Cubism and Culture*)

題にとどまるものではないということが明らかになる。西洋美術史の中で絶対とされてきたこの手法は、それが発見された当時の文化、科学、社会、世界観と密接な関係を持っていたのである。遠近法は、平行線をある一点〈消点〉に収斂させることによって奥行きを生み出す。この消点とはすなわち、無限遠を意味するが、無限性に関する数学的意味は、ニコラウス・クザーヌス (Nicolaus Cusanus, 1401-64)、ジョルダーノ・ブルーノ (Giordano Bruno, 1548-1600)、ガリレオ・ガリレイ (Galileo Galilei, 1564-1642)、ヨハネス・ケプラー (Johannes Kepler, 1571-1630)、ジラール・デザルグ (Gérard Desargues, 1591-1661)、ルネ・デカルト (René Descartes, 1596-1650)、サー・アイザック・ニュートン (Sir Isaac Newton, 1642-1727) らによって解明されていくのである。彼らの空間把握や無

限の扱い方がルネッサンス以降続いていく遠近法的絵画に影響を与えたことは言うまでもない。また、遠近法に則った絵画では、消点の置かれる場所によってキャンバスの中に描かれるものの配置や形、色彩が決定される。つまり、消点にキャンバス全体を支配する権限が与えられているのである。

　ピカソの「アヴィニョンの娘たち」は、これまでの遠近法に基づく絵画の慣習に疑問を呈した作品となった。この作品は初めの構想の段階では娼窟の室内が想定され、そこに入ってきた水夫に娼婦たちが全裸で自分を売り込もうとする光景を描くという意図を持っていた。しかし、十数枚の素描を経て、水夫の姿はキャンバスから消され、5人の娼婦たちだけがそこに残ったのである。彼女たちの描かれ方は、素描を通じて実に劇的な変化を遂げた。その身体は、腕や脚、胸などのそれぞれの部位が、一つひとつ分解され、平面化・簡略化されて、四角形や三角形、菱形、平行四辺形などのまるで幾何学図形が寄せ集められたような姿に描かれた。中央にいる女性の鼻は、右から見つめられているように描かれているにもかかわらず、目や口、左の乳房は正面から、右の乳房は左側からの視点で描かれている。あるいは右上の女性は、正面から見た大きな黒い目と4分の3正面から見た小さな目を持ち、右下の女性はこちらに背を向けながら顔は正面を向いている。人の身体を一つの角度から捉えれば、当然このような描き方にはならない。ピカソは、客体のそれぞれのパーツを様々な角度から捉え、それをそのままの状態ですべて一つのキャンバス内に納めたのである。ここで、従来慣習的に用いられてきた遠近法の原則が破られる。キュービズムは、客体を多角的な視点から描くことで消点の権威によるキャンバス内の統制から客体を解放したのである。キュービズムの遠近法からの離脱は、ルネッサンス的な意味での科学との絵画の結合、消点に集中する権力への抵抗に他ならない。

　キュービズムはピカソの「アヴィニョンの娘たち」の大胆な革命を皮切りに、その後も様々に手法を変化させながら発展を続けたが、どの手法においても一貫して目指したゴールは、ピカソの言う次の言葉に集約されていると言えるだろう。

　　キュービズムの主要問題の一つは、われわれがリアリティを置き換えようとしたばかりではなく、リアリティはもはや客体の中にあるのではないということであった。リアリティは絵画の中に存在したのである。
　　　　　　　（フランソワ・ジロー著『ピカソとの生活』拙訳, 第Ⅱ部）

「リアリティは絵画の中に存在する」というピカソの言葉は、キュービズムの概念を表顕化したものであると言える。

4．ドス・パソスのピカソとの出会い

　ドス・パソスの小説のスタイルは、1921年に出版された『三人の兵士』(Three Soldiers) から『マンハッタン乗換駅』の間で大きな変化を遂げている。この4年間に彼は主な作品を他に三作残しており、1923年にはヨーロッパへ足を運んでいる。このヨーロッパ旅行でドス・パソスはピカソと初めて出会うことになる。ジェラルド・マーフィー (Gerald Murphy, 1888-1964) との交友を通じて彼はイーゴリ・フョドロヴィチ・ストラヴィンスキー (Igor Fyodorovitch Stravinsky, 1882-1971) のバレエ『結婚』(Les Noces, 1923) のサクセスパーティーへ出席することになるが、そこに集うモダニズム芸術の精鋭たちの中にピカソの顔もあった。音楽、絵画や服飾など、実に多彩な芸術を統合したこのストラヴィンスキーのバレエの舞台は、当時の総合的な芸術の空気を体現したもので、この作品に触れたドス・パソスは、以前から興味を抱いていた絵画や建築、映画など空間芸術の領域に目を向けるようになる。あらゆる分野の芸術家たちとの交流を重ねるに連れ、ドス・パソスの小説にはこれらの空間芸術を意識した描写が増え始める。1920年からのニューヨーク滞在により、この巨大都市を小説の主人公として表象しようと目論んでいたドス・パソスにとって、空間芸術の技法を応用することは当然と言える試みだったのである。

　キュービズムの技法が、ドス・パソスによってニューヨークを描く小説に応用される時、その美学的技法と概念は巨大な空間を表現するために巧みに用いられている。一つの章の中に8から15のシーンがニューヨークを舞台とする様々な場所で展開する。例えば、冒頭のエピグラフの後、すぐに場面が病院の一室に移り、「ミミズの塊のようにコットンウールの中でか弱くうごめく新生児」の様子が描かれる。この新生児がのちに成長して姿を現すエレン・サッチャー (Ellen Thatcher) であるが、ここではその名は明かされず、すぐ次の場面が展開される。場所は、病院の一室から港へと移り、そこではバッド・コープニングが、フェリーの上でバイオリンを弾いている男を座って眺めている。更に、これらの一見連続性のないように思える場面は巧妙に

〈読者〉の意識を引き出す効果を発揮しており、ドス・パソスによって計算し尽くされて並置されているものであることが明らかになる。この小説の前半部分において、ジミー・ハーフ（Jimmy Herf）が登場する直前に、エレンが父親とニューヨークの港に面したバッテリー・パーク（Battery Park）のベンチで話をしているシーンが展開する。彼女は父親に港に入ってくるフェリーのことを尋ね、いつか自分も外国へ連れて行って欲しいと懇願する。このシーンの後、場面は53番街へと移り、バッド・コープニングが、石炭を運べば1ドルをあげると言う婦人の言葉に騙されて只働きをさせられる様子が描かれる。そしてこの後に、ジミーが母親と共にニューヨークへフェリーでやってくるシーンが続く。エレンと彼女の父親が指差しながら話していたあのフェリーのデッキで、ジミーはニューヨークの岸辺に見えるバッテリー・パークのことを隣に立っている女性客に説明してもらうのである。このそれぞれのシーンの近接した、しかしながら、連続しない並置によって、ジミーとエレンの出会いは事前に〈読者〉によって予見されることになるのである。

このように小説という時間的な流れの中で分断された場面の数々は、ニューヨークという客体としての都市がドス・パソスによって多角的な視点で捉えられていることを意味している。これは、ピカソが「アヴィニヨンの娘たち」において用いた、客体の身体を各部位に分解して多方向から描いたキュービズムの原理とまさに合致するのである。つまり、『マンハッタン乗換駅』と題されたキャンバスの上に描かれるのは、ニューヨークという大きなひとつの客体であり、それを描く〈作者〉は遠近法のようにある中心となる一点を定めるのではなく、様々な方向からの描写を試みているのである。断片化された場面の数々が、一度に空間を意識させる構造を持ち得ているのはこの作品の成功している点だと言える。

ドス・パソスは、多角的視点というキュービズムの手法を多数の場面展開に用いるにとどまらず、ある一場面の内にも展開させていく。弁護士ジョージ・ボールドウィン（George Baldwin）が初めて登場する場面がその典型である。

　　鋼のような冷たい目と高くすぅっと通った鼻筋をした、痩せた顔の若い男が、マホガニー仕立ての新品の机に足を掛けて回転椅子にふんぞり返って座った。彼は薄板に引っ掛けて出来た小さな靴の傷を見ながら、回転椅子でぐるぐるやっていた。ちっ、まぁいいか。それから彼は、回転椅子をキィッと音を立てて立ち上がり、握った拳を膝に叩きつけた。

「結局、」彼は叫んだ。3ヶ月間、俺はこの回転椅子にシャツの裾を擦り付けて座ってきた……実際に誰も依頼人を見つけられないんじゃ、ロースクールを卒業して弁護士として認められたって一体何の役に立つって言うんだ？彼はすりガラスのドアに透ける金色の文字をしかめっ面をしながら見つめた。

ンィウドルーボ・ジョジ

士護弁

ンィウドルーボ、ウェールズ語みたいだ。彼は立ち上がった。俺はこの表札を3ヶ月間、毎日逆さから読んできたんだ。狂っちまう。外で昼飯を食おう。

（『マンハッタン乗換駅』拙訳, 第Ⅰ部 第3章）

この場面では、まず「全知の語り手」によってジョージの冷血な外見と彼のいる部屋の様子、そしてジョージが靴に傷が入っていることに気が付く様子が綴られる。しかし、突然「ちっ、まぁいいか。」とつぶやく声がする。この声は引用符に入れられておらず、〈読者〉はジョージの心の声であると想像する。これによって〈読者〉はジョージの内部に入り込んだ感覚に陥る。そして、その後、「『結局、』」という叫び声が聴こえ、私たちは、これが引用符の使用により実際に発話された言葉だと知るのである。つまり、先ほどジョージの内部に入っていった〈読者〉は、ここで外部へと移動させられることになる。今度は、自らの弁護士としての日々に疑問を投げかけるジョージの心の声と思われる文章に遭遇し、その後、視点は再び全知の語り手に移る。ところが、この全知の語り手が「彼はすりガラスのドアに透ける金色の文字をしかめっ面をしながら見つめた。」と言った直後に、ガラスに透けて映っている逆さ文字が私たちの目に飛び込んでくる。ジョージが部屋の内側から見ているものと〈読者〉である私たちが小説のページに見ているものとが否応なしにここで一致することになるのである。そして、このドアに透けて映った文字をジョージが目で追い、自らの名前を逆さに読み上げ、「ウェールズ語のようだ」と思いを巡らせるのである。

このように、全知の語り手から登場人物の内部、あるいは目線、思考へと私たちの意識を移動させてしまうことで、人物の意識の内と外に同時に置か

れている錯覚に陥らせてしまうのである。この手法は「意識の流れ」のようにある登場人物たちの〈意識〉や〈思考〉のみを追いかけていくものとは異なる。全知の語り手の〈語り〉や登場人物の内側・外側はもとより、登場人物の目に映っている文字や風景などまでを、あたかも空間の中に配置していくかのように次から次へと描き出していくのである。この手法によって何気ないワンシーンが、読者に移動を促す視覚的な空間へと変化する。ここにキュービズムの技法を垣間見ることができるのである。「アヴィニヨンの娘たち」において平面化され、分解されつつも前景化してくる女性の身体は、まさにこの多方向からの視点が混合されて展開する一場面になぞらえることが可能と言えるのである。

　また、次のような場面においてはキュービズムの「パピエ・コレ（papier collé）」の手法の影響を見て取ることができる。「パピエ・コレ」とは、キュービズムの技法の一種で、新聞、広告、楽譜や、更には布切れ、木材などを直接キャンバスに貼り付ける〈貼り絵〉の技法である。

　　ボールドウィンは咳払いをして、新聞を広げた。ロシアの負債微力ながら復活……帰還兵、大統領を訪問……**また11番街でトラック事故**。牛乳配達の男性、重傷。おや！これはちょっとしたいい損害賠償求訴訟になるぞ。

　　アウグスタス・マクニール、西253、4番通り。今朝、エクセルシオール乳業会社へ牛乳を配達の途中、貨物運送列車がニューヨーク中央路線を逆行し、重傷。

　　彼は鉄道会社を告訴すべきだ。これはこれは！この男を捕まえて、鉄道会社を告訴させなくては……

　　　　　　　　　　　　　（『マンハッタン乗換駅』拙訳，第Ⅰ部 第3章）

　これは、直前の章で事故に遭っているガス・マクニール（Gus McNiel）の新聞記事を弁護士ジョージが見つけている場面である。ここでも、ジョージが依頼人を見つけられずにイライラしていることを知っている〈読者〉は、後にガスとジョージが互いに知り合うだろうことを予見するのであるが、特にこの場面で注目しておきたいのは、直接挿入されている新聞の見出しや記事で

ある。引用符に入れられることなく、印刷の技術を用いて、字体を微妙に変化させ、そのまま新聞の一面が貼り付けられているような描写となっている。これは、先ほども述べた多角的視点の手法を用いていると共に、「パピエ・コレ」の手法を応用していることがわかる。このように、主にキュービズムの視点や空間の構成を応用して、ドス・パソスは都市空間を一つの小説として構築したのである。

更には、登場人物の描かれ方にもキュービズムの概念が応用されていることを窺い知ることができる。なぜならば、この小説に登場する多くの人物たちには、その苦悩や思考といった深い内面が説明されるということはなく、小説というキャンバスに瞬時に登場しては、いとも容易く退場していくのである。この小説のナラティヴは、登場人物たちの成長や心境の変化によってではなく、場面の変化や展開によって進行していくと言えるだろう。〈読者〉にとってこれらの登場しては即座に退場していく人物たちに感情移入をすることは極めて困難なことである。登場人物たちの内面の描写が減少することによって、反対に小説全体の構造や流れが浮き彫りになるのである。それによって、〈読者〉には主人公が、ある特定の個人ではなく、各場面の舞台となっているニューヨークそのものであると認識されるに至るのである。あの「アヴィニョンの娘たち」で身体の部位が分解され、平面化されて、簡略化されるプロセスと、この小説においてニューヨークの一部分にすぎない各登場人物の内面が薄れていくプロセスは、どちらもまさに強調の置かれる客体がどこにあるのかを見る側である〈読者〉に認識させる手段なのである。これらのキュービズムの応用が意味していたことを踏まえると、『マンハッタン乗換駅』に描かれるニューヨーク像を新しい解釈を持って読み解くことが可能となるのである。

5．ドス・パソスのニューヨーク観

ドス・パソスは、『三人の兵士』の序文において作家とはいかにあるべきかという問いに対して自ら次のように記している。

> では一体何のために書くのだろう？（中略）作家は言葉を活字にすることで、その見解を作り出す。今日の言葉やフレーズを切り取り、明日の世代に注意を向けるためにそれらを構成する。それが歴史である。あり

のままに書く作家というのは、歴史の建築家なのだ。
(『三人の兵士』拙訳, Modern Library 版 "Introduction")

この引用においてドス・パソスは、書くことの意義を「歴史を構築していくことにある」と述べている。これは単に社会に起きた出来事を記録していく訳ではなく、自らの言葉を用いて歴史を創り上げていくということを意味する。『マンハッタン乗換駅』において彼が真に「歴史の建築家」であろうとしていたならば、果たして彼は、どのようなニューヨークを表象したのだろうか。1920年代のニューヨークは、近代的な産業の発展に伴い、物質だけではなく、文化や時代精神も豊かになったというポジティブな見方と、パリやロンドン、ウィーンなど長い歴史を持つ都市に比べ、物質主義だけが先走り、未だ文化の中心的存在にはなれていないというネガティブな見方が存在していた。ドス・パソスも20年代初頭、数ヶ月に渡りこの都市に滞在していたが、退廃的な、あるいは無機質な都市文明を体感すると共に、その文化的重要性や華やかでシンボリックな存在であるニューヨークに魅せられていたことは、当時彼がフランスの友人に宛てた書簡の文面からも窺い知ることができる。彼は「ニューヨークは結局、壮大なのだ」と記した上で、次のようにこの都市を喩えている。

　古代ユダヤの物語で水平線の向こうからバシリスクのようにぼんやり現れる広大な都市、カルデヤのウル、ニネヴェとバビロン。そこでは寺院が山々と同じくらい高くそびえ、人々は絶えず聞こえる金のつかのついた鞭の音に狭くて汚い路地を震えながら走る。砂漠の中で聖ヨハネの声のような真鍮のトランペットが、再びこの鉄と鋼、大理石、そして岩だらけの何もない無限の空間にあちこち響き渡るだろう。
(タウンセンド・ラディントン著『ドス・パソス』拙訳, 第13章)

ドス・パソスはニューヨークを古代都市の姿に重ね合わせ、その荘厳な存在感に魅了される一方で、この無機的な都市の脆弱さにも気付いていたのである。彼が『マンハッタン乗換駅』に表象したニューヨークの姿は、これらの多様なニューヨーク観が基盤となっているといっても過言ではない。この巨大都市を驚愕や畏れ、脆弱さ、壮大さ、活力、豊かさなどの様々な表情を持つ百面相のように捉えていたドス・パソスにとって、多角的な視点で客体を捉

えるキュービズムの空間把握の方法は打って付けの技法だったのである。

　ドス・パソスはこの小説で、場面を断片化することにより、複雑に多様化するニューヨークを表現している。これらの断片化された場面で登場する人物たちは、実に多種多様である。例えば、女優として成功していくエレン・サッチャー、弁護士として身を立てていくジョージ・ボールドウィンなど、資本主義社会の中で勝ち組として成功していく登場人物たちがいる。一方、ニューヨークの中心地で仕事を求めて放浪するが、人に騙され、けなされ、生きる希望を失って橋の袂から身投げするバッド・コープニングや、株によって一気に名声を失い、こじき同然の生活を送っているジョー・ハランド (Joe Harland) など、都会に牙をむかれて没落していく悲劇の人物たちも存在する。資本主義社会の中での勝ち組に属する者、また負け組に属する者がそれぞれページの同じ分量を割かれて描かれている。どちらかに偏って照明が当てられる訳ではない。ドス・パソスは勝ち組に属する存在に権威（遠近法でいう消点）を与えないため、彼らを大勢いる登場人物の中の一人として設定していると言える。つまり、この小説には、遠近法でいうところの〈消点〉が存在していないのである。

　しかし、特定の人物だけに照明が当たらないことによって、生身の人間であるかのような迫真に迫る生き方は見えなくなる。実際、デルモア・シュワルツ (Delmore Schwarts) は「ジョン・ドス・パソスと全体的真実」("John Dos Passos and the Whole Truth," 1938) という論文の中で、ドス・パソスのリアリズムが根本的に皮相であることを指摘している。シュワルツのこの論文を契機に、1940年代以降は急激にドス・パソスの評価は下がっていくが、特に、40年代から60年代にかけて、ドス・パソスの描く人物や光景が表層的であるという指摘が増える。これは、批評史の中で40年代以降に新批評が広がりを持ったこととも関連していると考えられる。その分析の仕方は、作品を取り巻く社会や歴史的背景から研究対象を切り離して、テクストそのものを精読するというものである。そのような流れの中で、自動的にドス・パソスのように個々の人物を詳細に描写するよりも時代とダイナミックに関わることで同時代の読者の関心を集めてきた作品は、対象として取り上げられることが減ってしまったと考えられる。

　これらの小説の技法と人物描写は、一見すると迫力のない描写と思われがちだが、しかしながら、中心なきニューヨークと、更には近代化の流れによって、そこに生きる人々の生活が画一化されていっている様相を描くには、

最も効果的であると考えられる。ドス・パソスはキュービズムの持つ、個を均一化することで消点へ集中する権威へ抵抗しようとするイデオロギーを巧みに利用し、近代化されていくニューヨークの現状を鋭く指摘しているのである。この痛切なニューヨークの表象からは、ある特定の権威が一極集中化することへの不安と、近代化によって個が希薄化し、均一化していくことへの不安の両方を読み取ることができる。ニューヨークを華やかさと脆弱さを併せ持つ都市として捉えていたからこそ、ドス・パソスはこのアンビバレントな二つの不安を、キュービズムという一つの手法によって表象したのである。

　結局、ドス・パソスは、ニューヨークの中では人々は個を回復することができないと考えているようである。『マンハッタン乗換駅』の中で、断片化された登場人物たちは、小説で表象されているニューヨークの中では、20世紀における都市社会の産物として生存していくしかない。したがって、ドス・パソスは彼らをニューヨークから脱出させることでしか、個がたち現れることはできないのである。この小説のラストでは、一人になったジミーがヒッチハイクをして、ニューヨークを出て行くシーンで締め括られる。

> 彼は、最後の 25 セントで大事に朝食を買う。幸か不幸か、3 セントが残る。
> 家具を配達するぴかぴかで黄色の大きなトラックが外で停まった。
> 「ねぇ、乗せてってくれるかい？」彼は運転席の赤毛の男に尋ねた。
> 「何処まで遠くに行くんだい？」
> 「さあな……凄く遠くだ。」
> 　　　　　　　　　　　（『マンハッタン乗換駅』拙訳，第Ⅲ部 第 5 章）

断片化されて都市社会の産物となり、自律性を剥奪されたジミーが、彼自身の個を回復するために目指すどこか遠くの地は、明らかに小説の中で表象されているニューヨークとは別の場所である。結局、ニューヨークはそういう意味において、乗換え地点にしかなり得ないのである。都市社会の産物としての自分を断ち切ることでしか、ジミーは救済されない。ドス・パソスは、ジミーという勝ち組にも負け組にも属さず、自身が自律性を剥奪されていること自体に気が付いている人物をニューヨークから脱出させることで、痛烈にニューヨークの近代化を皮肉っているのである。

　ドス・パソスは、ある一つの空間芸術の技法を取り込むことで、ダイナミ

ックなニューヨークと、そこに含有される多様な人物や出来事を、その〈要素（部位、部分）〉として描いている。これによって、彼は大きな歴史の流れの中で資本主義によって生み出された大都会ニューヨークを表象することに成功したと言えるだろう。『マンハッタン乗換駅』には資本主義社会、あるいは中産階級的な物質主義に対する批判精神が流れているのは明らかである。近代化の流れの中で成り上がってきた存在に権威が集中することに対して、ドス・パソスは危機感を抱いていたのである。彼は、大勢の登場人物を都市社会の中で等しく断片化することで、勝ち組とされていた人物たちと負け組に属していた人物たちを都市社会の産物として一つの土俵の上にあげて均してしまう。個を剥奪された彼らが自律性を回復するためには、そこから脱出するしか選択肢がない。世界に誇る大都市ニューヨークを、ドス・パソスは、単なる乗換え地点として皮肉を込めて描くのである。ピカソによって、各部位を簡略化されることで、逆に前景化する5人の娼婦たちと、ドス・パソスによって、他の人物たちと一緒くたにされ、均一化されることで、逆に個の回復を求めて小説の舞台から飛び出すジミーは、実は、同様の迫力を持っている。資本主義社会や物質主義に対する批判精神を『マンハッタン乗換駅』のメインテーマとして認識するならば、これまでにも似たような作品は数多く執筆されている。しかしながら、この技法のもとになったと考えられるキュービズムの概念の起源を解き明かしていくと、そこに新たな意義を発見することができる。『マンハッタン乗換駅』は、ピカソの「アヴィニヨンの娘たち」とある種同様の迫力を持った作品と言えるのである。

〔付記〕第10章は、『新英米文学研究 New Perspective』第177号（平成15年6月）所収の「『マンハッタン乗換駅』におけるキュービズム的技法の分析——消点からの離脱」を加筆・訂正したものである。

参考文献

Allen, Frederick Lewis. *Only Yesterday: An Informal History of the Nineteen-twenties.* New York: Harper, 1931.（『オンリー・イエスタデイ——1920年代・アメリカ』藤久ミネ訳、筑摩書房、1993年。）

Antliff, Mark, and Patricia Leighten. *Cubism and Culture.* London: Thames, 2001.

Dos Passos, John. *Manhattan Transfer.* 1925. Boston: Houghton Mifflin, 1953.

―――. Introduction. *Three Soldiers.* By Dos Passos. New York: Modern Library, 1932.

―――. *The Fourteenth Chronicle: Letters and Diaries of John Dos Passos.* Ed. Townsend Ludington. Boston: Gambit, 1973.

Frank, Joseph. "Spatial Form in Modern Literature." Rpt. in *The Widening Gyre: Crisis and Mastery in Modern Literature.* New Brunswick: Rutgers UP, 1963.

Gilot, Francoise and Carlton Lake. *Life with Picasso.* New York: Random House, 1989.

Ludington, Townsend. *John Dos Passos: A Twentieth-Century Odyssey.* New York: Carroll, 1998.

Magny, Claude-Edmonde. "La Trilogie de Dos Passos, *U.S.A.* ou le Roman Impersonnel." *L'Age du Roman Amèricain.* Paris: Editions du Seuil, 1948. 117-37.（「ドス・パソスの三部作 『U・S・A』 または非人称小説」、『アメリカ小説時代――小説と映画』 三輪秀彦訳、フィルムアート社、1983年。115-35頁）

Mitchell, W. J. T. *Iconology: Image, Text, Ideology.* Chicago: U of Chicago P, 1986.

Schnitzer, Deborah. *The Pictorial in Modernist Fiction from Stephen Crane to Earnest Hemingway.* Ann Arbor: UMI, 1988.

Schwartz, Delmore. "John Dos Passos and the Whole Truth." *Southern Review* 4 (Autumn 1938): 351-67.

Steiner, Wendy. *The Colors of Rhetoric: Problems in the Relation between Modern Literature and Painting.* Chicago: U of Chicago P, 1982.

ゴットホルト・レッシング 『ラオコーン――絵画と文学との限界について』 斉藤栄治訳、岩波書店、1969年。

佐藤康邦 『絵画空間の哲学――思想史の中の遠近法』 三元社、1997年。

早瀬博範編 『アメリカ文学と絵画――文学におけるピクトリアリズム』 渓水社、2000年。

宮本陽一郎 「アメリカ小説におけるキュビズム――『われらの時代に』 のエクリチュールについて――」 『英語青年』 第135巻第3号、1989年、2-6頁。

第11章　コールドウェルと30年代
――『タバコ・ロード』に浮かび上がるグロテスクな南部――

1．南部人コールドウェル

アースキン・コールドウェル
(Library of Congress, Carl Van Vechten Collection)

ジョージア州カウィータ郡モアランド（Georgia, Coweta County, Moreland）近くのホワイト・オーク教会の牧師の子として生まれたアースキン・コールドウェル（Erskine Caldwell, 1903-87）は、それまでほとんど文学的な題材にされなかったアメリカ南部の貧しい農民の生活を、グロテスク（grotesque）に描いた作家である。父親は、連合改革長老派教会（Associate Reformed Presbyterian Church）の牧師であり、彼の転任のたびに一家は南部の州をあちこち転住した。そのため、コールドウェルはパブリック・スクールに入学できず、読み書きなどは母親が教えていたという。様々なアルバイトを両親に内緒で行ったりしていたが、これらの経験はコールドウェルの作品の真骨頂でもある人々がどんな生活を送っているのかに興味を持つきっかけとなったともいえる。

コールドウェルは、アースキン・カレッジ（Erskine College）やヴァージニア大学（University of Virginia）に通ったが、在学中から南部を中心として各地

アースキン・コールドウェルの生誕ミュージアム
(Erskine Caldwell Birthplace and Museum)

を転々として新聞記者などの職に就きながら、作品を書いていた。ジョージア州の貧乏白人（poor white）の一家の生活を描きあげた『タバコ・ロード』(Tabbaco Road, 1932)が出版されると、翌年にこの作品はジャック・カークランド（Jack Kirkland）の脚色によってブロードウェイで舞台劇として7年半（公演回数計3182回）にも及ぶロングランの大ヒットとなり、一躍有名になる。発表当時は、大恐慌後の不況の時代でもあり、プロレタリア文学が盛んになり始めていた時期なので、そういう点でも評価されたと考えられる。その後、『神の小さな土地』(God's Little Acre, 1933)では、『タバコ・ロード』よりも更に誇張されたグロテスクな表現で同じく南部の貧しい人々の生活を描きあげている。この『神の小さな土地』は、出版されてまもなく猥褻罪でニューヨーク矯風会から法廷に訴えられて裁判沙汰になっているが、そういった話題性もあいまってか、販売成績は驚異的な数字を残した。

　コールドウェルは、非常に多作の作家でもある。先に述べた代表作『タバコ・ロード』や『神の小さな土地』などの他にも、同じく南部の貧民層を題材にした『悲劇の土地』(Tragic Ground, 1944)や民衆の信仰の問題をテーマにした『巡回牧師』(Journeyman, 1935)などの長編小説を残している。また、彼の本領は短編にあると評価する批評家も多く、黒人小作農の苦境とリンチを

緊迫感のあるタッチで描いた『昇る朝日に跪け』(*Kneel to the Rising Sun*, 1935)を筆頭に、『アメリカの大地』(*American Earth*, 1931)、『われら生けるもの』(*We Are the Living*, 1933)、『南部流儀』(*Southways*, 1938)などの短編集は優れた評価を受けている。オムニバス形式の小説で14の短い物語からなる『ジョージア・ボーイ』(*Georgia Boy*, 1943)など、長編か短編かにこだわらないようなジャンルの作品も残しているし、更に、文学的自叙伝『経験というもの』(*Call It Experience*, 1951)や旅行記、1939年から1942年まで妻であった写真家マーガレット・バークホワイト(Margaret Bourke-White, 1904-1971)と一緒に発表したフォト・ドキュメンタリー『あなたは彼らの顔を見た』(*You Have Seen Their Faces*, 1937)など多くのノンフィクション作品も残している。特に、『あなたは彼らの顔を見た』は商業的にも成功し、後に小説家・脚本家ジェイムズ・エイジー(James Agee)と写真家ウォーカー・エヴァンス(Walker Evans)による『名高き人々をいざ褒め称えん』(*Let Us Now Praise Famous Men*, 1941)などの写真とテクストを用いたフォト・ドキュメンタリーブームの先駆けともなった。

　しかし、これだけ多くの作品を世に送り出していながら、コールドウェルは、アメリカにおける正典〈キャノン〉に組み込まれているとは言いがたい。『コロンビア米文学史』(*Columbia Literary History of the United States*, 1988)を見ても、コールドウェルの名前や作品が言及されているのはわずか数箇所のみであるし、作品はおろか名前すら出てこない文学史の本も多い。実際、コールドウェルを単独で扱った研究書も、同時代の作家たちと比べると驚くほど少ない。これまで誰も目を向けることのなかったアメリカ南部の貧民層の生活を、誰も綴ったことのないようなグロテスクな文体で公に晒すという露悪趣味が災いしてか、コールドウェルの評価には誤解や偏見がつきものである。

　このような中で、いまや古典ともいえる最も注目されるコールドウェル批評と言えば、ケネス・バーク(Kenneth Burke)のものであるだろう。『文学形式の哲学』(*The Philosophy of Literary Form*, 1941)において彼は、コールドウェルの作品(長編小説に限定しながらではあるが)は、他の作家に見られない〈挫折した信仰心〉や〈ファンタジー〉、〈夢〉などをモチーフにしていると指摘し、コールドウェルをダダイストであり、シュールレアリスト、シンボリストであると評している。

　また、ジョゼフ・ウォレン・ビーチ(Joseph Warren Beach)や精神分析医ロ

ーレンス・S・キュービー（Lawrence S. Kubie）は、コールドウェルの作品にフロイトの影響を見ているし、作家コールドウェルの人気をその暴力やセックスにあるとするW・M・フロウホック（W. M. Frohock）やR・B・ウェスト（R. B. West）などの批評家もいる。

　後に、通俗作家と評されるようにもなったコールドウェルであるが、社会派作家としての鋭い目を否定することはできない。左翼批評の側からも、主にコールドウェルの手法はリアリズムと捉えられ、アメリカ社会の実相を描き出し、社会抗議の力を持つ作品として評価されていることが多い。

　しかし、これらの批評は、いずれも30年代から60年代までになされたものであり、20世紀後半から今世紀にかけては、コールドウェル研究のまとまった成果がでているとは言いがたい。批評史の観点からみると、40年代以降の新批評的な精読が重視される中で、徐々に注目されることがなくなってしまった作家であるといえるかもしれない。

　同様に、日本におけるコールドウェルの研究についても盛んに行われているとは決していえないだろう。日本では特に、同時代の南部作家ウィリアム・フォークナー（William Faulkner, 1897-1962）の陰に隠れてしまっている観がある。30年代や南部などをテーマとして編纂されたアンソロジーの中に、名前や作品名が挙げられる程度で、コールドウェルを単独で扱った研究書ともなれば、今野望著『コールドウェル――人と作品』（1962年）と青木久男著『E・コールドウェル研究序説』（1979年）、そして生誕100年記念として出版された『アースキン・コールドウェル研究』（2003年）の3冊のみである。

　しかしながら、批評史の分野では70年代半ば以降、ポストコロニアル批評が発展し、テクストが世界とのかかわりの中で読まれるようになってきた。これまで正典に名前を連ねることのなかった文学作品が再評価される傾向にある。特に、アメリカが世界の超大国として覇権主義を拡大していく今日、当時のアメリカにおいて見過ごされがちであった南部という特定の地域にとことん注目し、最も弱者であった貧民層の人々の生活を絶妙な皮肉を持って描きあげたコールドウェルの作品は、その評価が良かろうと悪しかろうと、非常に重要なテーマを持ち合わせているといえる。

　ここでは、まず30年代という時代背景と当時の南部の劣悪な貧民層の生活環境や労働環境を確認する。その上で、『タバコ・ロード』の中に表象されるグロテスクな貧乏白人の暮らしぶりを検証していく。これまでの様々な文学作品の解釈においてグロテスクというキーワードは度々見かけるもの

で、決して新しい概念ではない。しかし、グロテスクなるものがどのような意味合いを含みうるかということを改めて考察し、最終的には、コールドウェルのグロテスクな描写が小説の中でどういった力を持っているかを明らかにしてみたい。

2. 30年代南部

1929年、ニューヨークのウォール街（Wall Street）において株式の大暴落が起こり、大恐慌が全米のみならず、世界までをも巻き込んだ。1933年、フランクリン・D・ローズヴェルト大統領（Franklin D. Roosevelt, 1882-1945）は、このかつてない不況を脱すべく、社会保障と経済復興を主としたニューディール政策（New Deal）を打ち出す。この政策でローズヴェルト大統領は、南部の開発を重点的に進めようとしていた。彼は、アメリカ南部の農業における改革が第一の景気改善策であるとして、1933年、いわゆる「百日会議」において矢継ぎ早に様々な法律を成立させ、農業政策を打ち出していった。AAA（農業調整法 Agricultural Adjustment Act）による農産物の価格調整が行われ、EFMA（緊急農場抵当融資法 Emergency Farm Mortgage Act）によってFCA（農業融資局 Farm Credit Administration）が融資を積極的に行った。また、工業化促進のためにTVA（テネシー峡谷開発局 Tennessee Valley Authority）の創設により公共事業を推し進めた。

しかしながら、これらのニューディール政策は必ずしも、南部の（特に貧民層の）人々の生活を向上させたわけではなかった。これまで慢性的な過剰生産であった南部の農業は、大恐慌の勃発による農産物価格の崩落に悩まされていた。綿花1ポンド当たりの価格が29年の20セントから33年には5セントにまで下落したという。そこで、過剰生産を回避するためにAAAによる綿花の作付け制限が行われたのである。更に追い討ちをかけるように、作付け制限補償金がAAAから支払われた。「シェアクロッパー(sharecropper)」と呼ばれる分益小作人たちの上層には、地主の所有地を買い取って、自作農へと転じた者もいたが、圧倒的大部分の小作農たちは、地主によってこれまで栽培を行い生活の拠点としていた土地から容赦なく追い立てられることになった。彼らには、飢餓と寒風のただ中へ身を投じる運命しか待ち受けていなかったのである。STFU（南部小作農組合 Southern Tenant Farmers' Union）やSCU（シェアクロッパー組合 Share Croppers Union）などの抵抗

にもかかわらず、現実には、いわば地主自らが自分たちにとって最も有利なように古い土地関係を破壊し、小作農を駆逐するのを、AAAが後ろ盾となって促進させた格好になった。「再建期以来1世紀もの間、労働制度の中心はシェア・クロッピング制度のままであったが、ついに（1930年を画期に）南部は、資本主義の前に屈服するに至った。広範なエンクロージャー運動が幾百万の農耕民を土地からはき捨ててしまったのである」と述べるのは、南部史研究者ピート・ダニエル（Pete Daniel）である。

更に連邦政府は、先述のTVA事業をはじめとした南部の工業化政策を本格的に始動させる。あたかも過剰となった農業労働力を厄介払いするのには好都合であるかのように、盛んにトラクターを導入した大農場や紡績工場などが誘致され始めた。この工場誘致熱は、周辺南部から深南部のプランテーション地帯の心臓部にまで達し、南部全域で工業化が巻き起こることになる。当然、土地を追われ、自ら農地を耕すことができなくなった小作農民たちは、これらの大農場や紡績工場に労働力として吸収されていった。これまでの伝統的な南部農本主義の体制が産業資本主義の体制へと転換せざるを得ない状況が、連邦政府によって作り出されていったのである。

では、こういった土地を追われた貧民層の小作農たちの実際の生活とはどのようなものであったのだろうか。『ハーパーズ・マガジン』（*Harper's Magazine*）の編集長でもあったフレデリック・ルイス・アレン（Frederick Lewis Allen）は、著書『シンス・イエスタディ——1930年代・アメリカ』（*Since Yesterday*, 1939）の中で、仕事を争って絶望的な競争をしていた移動労働者たちについて恐慌下の状況を以下のように描いている。

> 大農場は不在地主、銀行、企業の支配下にあり、"果樹園渡り"労働者の移動労働を当てにする慣わしになっていた。こうした季節労働者は、以前はたいていメキシコ人や日本人などの外国人だったが、いまやアメリカ人が急増していた。運良く綿花や豆や果実を摘む仕事にありついた労働者は、とりあえず宿泊所〈キャンプ〉に身を置くことができた。それは列をなして立ち並ぶ木造小屋で二列毎に水道管がひかれ、たいていストーヴも簡易寝台も水桶も見当たらなかった。最も上出来の宿泊所でも、自分の農地をもっているか、さもなければ住み込みの"雇い人"として働くか農地を借りうけるかして、やがては農地を手に入れる機会を待っている農民の住居とはまるで違っていた。頑固なまでに個人主義を

シェアクロッパーの小屋とその妻
（シェアクロッパーたちは、農地の中に簡易の小屋を建て、
わずかな生活用品だけの貧しい生活を送っていた。）
（Library of Congress, FSA-OEI Collection）

貫くアメリカの伝統的な農民のそれとは雲泥の差の生活様式がやっと与えられていたにすぎなかった。こうした摘み取り労働者というのは、家もなく投票権もない遊牧民のようなもので、収穫期を除いては何処でも必要とされない存在だったのである。

（『シンス・イエスタディ』藤久ミネ訳，第8章）

当然、このように限定された期間であっても働き口が見つかる者たちは、まだまともな生活であった訳で、そういう仕事にも就くことができない白人貧民層は、より劣悪な環境の下で生活を送っていたのである。

〈南部ルネッサンス〉とさえ謳われるほど、20世紀においてアメリカ文学の中で南部の文学は重要な位置を占めてきた。しかしながら、このように30年代大恐慌下の特殊な事情を抱えた南部という地域特有の社会を直接的に描きこんだ作品は少ないと言われる。ルイス・D・ルービン・ジュニア（Louis D. Rubin, Jr）は、その希少な例として、ジェイムズ・エイジーの『名

高き人々をいざ褒め称えん』、トマス・ウルフ（Thomas Wolfe, 1900-38）の『汝ふたたび故郷に帰れず』（*You Can't Go Home Again,* 1940）、そして、コールドウェルの『タバコ・ロード』や『神の小さな土地』を挙げている。次の節では、30年代南部を題材とした『タバコ・ロード』において、作家独自のグロテスクでユーモラスな文体が、作品にどのような力を与えているかを分析してみたい。特に、『タバコ・ロード』が30年代南部の農園制度の底辺にいた小作農たちをどのように表象しているかを検証していく。

3．重層化するグロテスクな描写

　コールドウェルが、『タバコ・ロード』の中で描いているのは、まさに30年代大不況下の南部における農園制度の底辺で徹底的に搾取される、いわゆる貧乏白人の生活である。土地への執着を断ち切れず、地主に見捨てられながらも、やせ衰えた農地にしがみつくレスター一家（the Lesters）——家父であるジーター（Jeeter）、妻のエーダ（Ada）、ジーターの母である老婆、娘のエリー・メイ（Ellie May）、そして息子デュード（Dude）の5人家族——は、家の中にほとんど食べ物がない、飢餓的な状況に陥っている小作農である。彼らは黒人たちにも蔑まれる「白人のくず」（white trash）である。一年間働いて稼いだ綿花の売り上げが300ドル以上あっても、たった7ドルの分け前しか金融会社から受け取ることが出来ない。それどころか、騾馬の借り賃が10ドルで、結局3ドルの損となってしまうほどである。まるで、当時のニューディール政策の一環であったFCAの融資政策による惨状を暗に示しているかのように、ジーターに降り注ぐのは食うや食わずのすさまじい生活である。

　ろくな暮らしも出来ず、綿が少しでもとれたと思えば、金持ちの連中にとことん搾取されるという日々を送りながら、それでもなお、彼は他の小作人たちの多くがこの土地に見切りをつけて町の紡績工場へと移っていく中で、工場へは行かずに意地でも土を耕し続けるのだと何度も繰り返す。

　　おれなんか、あんな屁っぽこ紡績工場よりも、この土地にいるってことの方がずっと大切なんだ。…（中略）…ここじゃあ、ほうき菅を焼く匂いも嗅げるし、それに鋤を入れた畑からすがすがしい風が吹いて来て、すーっと体ん中までしみ通ってくるような気がする。だから、工場

じゃあよくあることだが、ここにいりゃあそんないやな気分にもならねえし、体具合の悪いことも知らずにすむ。この土地にいりゃあ、なお気分がよくなるくらいさ。おらあ、あんな汚え紡績工場ん中に逃げて行って、春の季節に土地をむだに放っちらかすようなこたあしねえ。好い気持でいるにゃあ、土地にくっついてるに限らあ。工場なんか、ありゃあ人間のこしらえたもんだからな。土地は神様がお作りになったものだが、その神様が、うす汚ええ紡績工場なんかお作りになったのなんか、誰も見た者はねえよ。そんなわけで、おらあ誰よりずっとよく知ってるから、ほかの奴らみたいに、あんな所へなんか行きゃあしねえんだ。おらあ、神様がおれのために作って下さった場所から、ちょっとでも離れやしねえよ。

(『タバコ・ロード』杉木喬訳, 第3章)

ここまで土地にしがみつき、そこに物を作ることを願ってやまないジーターは、土地への執着を死ぬまで断ち切ることが出来ない。この強烈な土地への執着は、旧南部の農本主義の伝統に対する意固地なまでの忠誠ともいえる。そして、それは言い換えるならば、迫りくる産業資本主義経済の荒波への必死の抵抗とも言えるだろう。

レスター一家のどん底の暮らしぶりは、冒頭で展開される強烈なエピソードで読者に印象づけられる。レスター家の末娘パール (Pearl) の婿であるラヴ (Lov) は、その日、はるばるフラー (Fuller) まで出かけ、やっとの思いで蕪を手に入れ、9マイルの道を家へと向かって戻っていた。途中、レスターの家の前を嫌々ながらも通過する。食べ物と名のつくものを持っているときは、できるだけレスターの家の前を避けているのだが、今日はジーターに相談しなければならないことがあったので、蕪の袋を気にしながらも立ち寄ることにしたのである。

ところが、2マイルも向こうの砂丘にラヴが姿を見せたときから、レスター一家はずっと庭先へ出て、じーっとラヴがやってくるのを見ている。彼が持っている蕪の袋から目が離せないほど、彼らは飢えているのである。一家からの刺さるような視線を感じながらも、ラヴはジーターに近づき、妻のパールが夜も寝床を別々にするほど自分に打ち解けず、どうしたものかと相談する。その間、他の家族の者たちはラヴ (と彼が手に持っている蕪の袋) を見据えている。特に、娘のエリー・メイは、始めは木の陰からラヴを見つ

め、しきりに彼の気をひこうとしているのだが、そのうちじりじりとラヴの近くへとにじり寄っていく。普段、パールから冷たくあしらわれているラヴは、エリー・メイと眼が合うと、とうとういてもたってもいられなくなる。他の家族が見ている（更には通りがかりの黒人たちが見ている）前でもお構いなしに、欲望を満たそうとじりじりとお互いに詰め寄っていく。そして、ラヴが蕪の袋から目を放した隙に、ジーダーはそれを強奪するのである。親戚同士で盗みをはたらかねばならぬほど、レスター一家の暮らしは困窮しているのである。

　この醜悪な筋書きのエピソードに加えて、読者の目に留まるのは、登場人物たちの強烈な容姿である。ラヴをじっと見つめ、にじり寄って誘惑するエリー・メイは、美人で豊かな金髪を持った彼女の妹パールとは違い、非常に醜い。

　　エリー・メイの上唇は、四分の一インチも切れ込んでいて、そのため口の左右が平均に分かれていなかった。ほとんど左の鼻孔のすぐ下で、裂け目が急に止まっていた。上の歯齦が低く、それに歯齦がいつも火のように赤いので、唇の裂けているところは、口に夥しい出血でもあるかと思われるくらいだ。

(同書, 第3章)

　このエリー・メイの兎唇の描写は、写実的という度合いを超えて、グロテスクですらある。ケネス・バークがコールドウェルを、シュールレアリストであると評する一因は、このようなグロテスクな人物描写にもあると言えるかもしれない。更に興味深いのは、彼女のグロテスクな容姿が、醜いジーターの内面をも紡ぎ出すという点である。というのも、本来であれば縫合手術で変えられるはずの娘の兎唇を、ジーターは金や物を手放したくないがために、ひたすら15年間も言い訳を続けながら、そのまま放置しているのである。

　　兎唇の縫合手術の方が、この〔パールとラヴの〕結婚の取り決めによって受ける利益よりも、ずっと高くつくらしかったからだ。はやくパールをラヴにやってしまえば、ジーターは大へん得をすることになる。ラヴはジーターに一週間分の賃銀七ドルのほかに、蒲団だの、シリンダー・オイル一ガロンがとこもよこしていたのだった。金には眼のないジータ

ーだったが、やっぱりほかの物だって欲しくてたまらなかったのだ。

(同書, 第3章)

　単に金銭的余裕がないというだけでなく、パールとラヴの結婚によって手に入る金や物を、エリー・メイの縫合手術の費用と天秤にかけている点で、ジーターの欲は更に深い。

　しかしながら、エリー・メイのグロテスクな容姿は、金や物に対して欲望を丸出しにするジーターの内面的な醜さを晒すだけでは終わらない。エリー・メイが兎唇の醜い女であることも忘れて、欲望を満たそうと彼女ににじり寄っていくラヴの性欲に衝き動かされた動きもまたグロテスクである。更には、公衆の面前でセックスをしようとする二人を、目を輝かせてはやし立てる弟のデュードも、一連の出来事にもお構いなしに、蕪を手にするジーターに加担するエーダや老婆も、読者の目に映る登場人物たちは、全員一様にグロテスクなのである。この『タバコ・ロード』という作品では、グロテスクな容姿が、グロテスクな内面を引き出すきっかけとなり、まるで連鎖反応を起こしていくかのように、次々と醜悪な要素が展開するのである。

　この登場人物たちのグロテスクな容姿、内面、そしてエピソードは、プロットが進むにつれて、その度合いを増していく。例えば、小説の中盤では、16歳の少年デュードが面妖な中年女牧師ベッシー (Bessie) にたぶらかされて結婚し、果てには自分の祖母を自分が運転する自動車で轢き殺してしまうというストーリーが展開する。牧師であるベッシーは、夫が運転している車に轢かれてしまった祖母さんには目もくれずに、舅と姑に向かってひどい言葉を浴びせかけ、走り去っていく。

　　　自動車の巻き上げた砂塵が、ようやく路に納まると、エーダとジーターは庭へ戻って来た。祖母さんはかたい白い砂の上に顔をつぶされたまま、まだそこに横たわっていた。エリー・メイは家の角からこの出来事を眺めていた。
　　　「死んだかしら？」とエーダがジーターを見ながら云った。「声も出さないし、動きもしないよ。あんなに顔じゅうつぶれちまっちゃあ、とてもいきてはいられまいねえ。」
　　　ジーターは返事もしなかった。彼はベッシーが憎くてたまらなかったので、ほかのことなど考えている余裕もなかったのだ。

(同書，第18章)

　「かたい白い砂の上に顔をつぶされたまま」立ち上がれないでいる老婆の姿は、非常にグロテスクであるが、彼女を気にも留めないベッシーや、更には踏み潰された虫けらを観察するかのような他の家族の者たちの言動を前にすると、読者は既にある種の諦めにも近い感覚を覚えざるを得ない。あまりにも醜悪な要素が盛り込まれすぎているのである。
　しかし、一見すると、『タバコ・ロード』に登場するのは醜悪としか言いようのない人物たちばかりだが、実はそこに作家コールドウェルの描き出す人物たちが持ち合わせる力が潜んでいる。というのも、この物欲と性欲がむき出しになった一家の生活に、何にも代えがたい生命力が溢れているからである。貧困と堕落の生活の中では、宗教も道徳もただの言葉の上だけの存在でしかない。読者が感じる彼らへの諦めにも近い感覚は、言い換えれば、悲壮感を通り越したところに存在する生命力なのである。神を信じて土地に執着するジーターも、神に仕える牧師ベッシーも、欲望を満たすために、そして生きるために、罪ばかり犯し続ける。底辺にまで堕ちた人間の生命力とは、かくもグロテスクであり、賛嘆の気持ちすら喚起するのである。
　この諦めが賛嘆へと高められる最も顕著な場面が、この小説の最後のジーターとエーダがあばら屋もろとも焼死するシーンである。余燼が冷めてから、村人たちは灰の中に入って行って、彼らの死骸を運び出し、道のそばのチャイナベリーの木の下に置く。どの辺りに墓穴を掘ったらいいかと尋ねる村人たちに、ラヴは、もし誰かがいずれこの土地を耕すことになっても、すぐに墓が鋤き返されるおそれもあるまいと、ならの木の林の中に穴を掘るように伝える。死人の墓が、いつか農作業で掘り返されるかもしれないというグロテスクなイメージを喚起する言及と共に、ここで描かれるのは、死者を葬儀という正式なかたちで弔うことができないほど、貧しいレスター一家の現実である。しかしながら、この悲壮感に満ちた場面の前後では、事実、食べていくこともままならなかったのに、最期まで農地を手放そうとしなかったジーターの死を憐れむラヴや百姓たちの想いが綴られているのである。

　　「とっつぁんにゃあ、これが勿怪の幸いかも知れねえな。」とラヴが云った。「しょっちゅう作物のことばかり苦にして、それで自分の身を殺していたようなものさ。そのことだけがこの世の望だったんだ——綿作り

が、とっつぁんにとっては、何よりいいことだったんだ。ああいう人間は、もうめったにいないだろうなあ。今時の人間なんか、どこかの紡績工場の仕事にありつくことぐらいしか考えちゃあいない。(中略)」

(同書, 第19章)

ラヴは、石炭落しの労働者として働く自分(すなわち産業資本主義の波に呑まれてしまった自分)と、貧困にあえぎながらも農民として綿を作り続けた(言い換えれば、旧南部の伝統的な農本主義に最期まで忠実であった)ジーターを対峙させながら、その奮闘を称賛しているのである。また、父親に向かって悪態ばかりついていた息子のデュードは、ジーダーが奮闘していたのと同様に、自分も綿作りに挑戦してみようかと思うとラヴに告げるのである。

4. ユーモラスか、グロテスクか

『タバコ・ロード』は、南部の農業社会の最もどん底に生きる人々を、思わず目を覆いたくなるほどにグロテスクに描き、しかもそういったグロテスクな描写を幾重にも積み重ねて仕上げている作品である。このような描写を、例えば、グロテスクでありながらも、ブラック・ユーモア (black humor) であると読む批評家たちも多い。馬鹿らしいほどにあっけない老婆の死や結末におけるジーター夫婦の焼死が、喜劇的な要素を生み出しているというのが彼らの解釈である。しかしながら、グロテスクな要素とユーモアを繋げて考えることには慎重にならねばなるまい。

批評家ケネス・バークは、主著『永久と変革』(*Permanence and Change*, 1935) の中で、「ユーモアは保守的であり、グロテスクは革命的である」 ("Humor tends to be conservative, the grotesque tends to be revolutionary.") と述べ、また、『文学形式の哲学』などにおいては、コールドウェルの作品をグロテスクな創作の代表として挙げている。すなわち、ユーモアとは「バカげたこと」を笑える高い立場にあり、特権的な立場を象徴しているというのだ。一方、ぬくぬくと生活している人々にとっては見慣れぬ状況はグロテスクに映るものである。したがって、例えば、ドキュメンタリーなどの手法を用いることで、こういったグロテスクな状況を表象することは、革命的な立場を表すことに繋がる。バークの論に依拠するならば、グロテスクであることとユーモラスであることの間には、根本的な立ち位置の違いが存在していること

になる。

　批評家マイケル・デニング（Michael Denning）は、著書『文化戦線』（*Cultural Front,* 1996）において、グロテスクな作品は根底に、伝統的な〈美学〉を歪めようとする側面を持つと述べている。特に、プロレタリア文学におけるグロテスクには、ダダやシュールレアリスムなど前衛芸術が本来持ち合わせていたのと同様の、反審美主義的な側面を見出すことができると指摘する。デニングは、30年代から40年代の作品に用いられているグロテスクなモチーフのなかには、ハイ・モダニズムの正統な調和を崩す力とポストモダニズム的な遊戯性という二つの側面が見出せるとし、これらの作品を「不安定、かつ過渡的なモダニズム」（an unstable, transitional modernism）として位置づけている。

　コールドウェルの『タバコ・ロード』の表象の数々は、ユーモラスと捉えるべきなのか、それともグロテスクととらえるべきなのだろうか。この問いへの答えともなるのが、それぞれの描写の根源にある貧困という状況である。徹底的に、そして大胆率直に描かれる南部の白人貧民層の苦しい暮らしぶりからは、大恐慌のしわ寄せを南部の、しかも最も底辺にいる人々へと押し付けた資本主義社会への作家の糾弾が読み取れる。露悪趣味的な表現の根幹にはコールドウェルの体制批判のメッセージが存在しているのである。『タバコ・ロード』は、ユーモアに富んだ作品というよりは、グロテスクなモチーフによって社会を痛烈に皮肉った作品であると解釈すべきだろう。

　30年代南部という限定された時代と地域における特有の経済機構を見透かしながら、連邦政府の大恐慌に対する政策の迷走ぶりとそれに翻弄される貧民たちの惨状を主題にして作品を描く作家は、多くはない。困窮の30年代、フォークナーという文豪が「ヨクナパトーファ・サーガ」（Yoknapatawpha Saga）を創り上げる傍らで、通俗作家とすら呼ばれたアースキン・コールドウェルは、大恐慌とその影響を描きあげ、南部特有の経済機構をみごとに浮かび上がらせた。大恐慌から資本主義を救い出すために強行されたニューディール政策の裏側で、最も底辺でもがき苦しみながらも生きる南部の人々を、コールドウェルは独特のアイロニーを用いて生々しく、グロテスクに表象してみせたのである。そのグロテスクな表象に宿った賛嘆さえ喚起する生命力は、深南部に生まれ、絶えずその地で暮らし続けた南部人コールドウェルだからこそ持ち合わせた、自文化への深い愛情と鋭い洞察力によって生み出されたのである。

〔付記〕第 11 章は書き下ろしである。

参考文献

Agee, James and Walker Evans. *Let Us Now Praise Famous Men.* 1941. Boston: Houghton Mifflin, 1988.

Allen, Frederick Lewis. *Since Yesterday: The 1930s in America September 3, 1929-September 3, 1939.* New York: Harper, 1939.（『シンス・イエスタディ──1930 年代・アメリカ』藤久ミネ訳、筑摩書房、1998 年。）

Beach, Joseph Warren. *American Fiction, 1920-1940: John Dos Passos, Ernest Hemingway, William Faulkner, Thomas Wolfe, Erskine Caldwell, James T. Farrell, John P. Marquand, John Steinbeck.* New York: Russell, 1960.

Bourke-White, Margaret and Erskine Caldwell. *You Have Seen Their Faces.* 1937. New York: Arno, 1975.

Burke, Kenneth. *Permanence and Change: An Anatomy of Purpose.* New York: New Republic, 1935.

──. *The Philosophy of Literary Form: Studies in Symbolic Action.* 1941. Berkeley: U of California P, 1973.

Caldwell, Erskine. *American Earth.* 1931. London: Heinemann, 1959.

──. *Tabacco Road.* New York: Scribner's, 1932.（『タバコ・ロード』杉木喬訳、岩波書店、1958 年。）

──. *God's Little Acre.* New York: Viking, 1933.（『神に捧げた土地』橋本福夫訳、角川書店、1958 年。）

──. *We Are the Living.* 1933. London: Heinemann, 1960.

──. *Journeyman.* 1935. Athens: U of Georgia P, 1996.（『巡回牧師』龍口直太郎訳、月曜書房、1950 年。）

──. *Kneel to the Rising Sun.* New York: Viking, 1935.（『昇る朝日に跪け』山下修訳、河出書房、1956 年。）

──. *Some American People.* New York: Robert M. McBride, 1935.（『アメリカの民衆──1930 年代の教訓』青木久男訳、時潮社、1981 年。）

──. *Southways.* 1938. London: Heinemann, 1955.（『南部かたぎ』白井泰四郎訳、ダヴィッド社、1955 年。）

―. *Georgia Boy.* New York: Duell, 1943. (『ジョージア・ボーイ』城浩一訳、筑摩書房、1961年。)

―. *Tragic Ground.* 1944. London: Heinemann, 1963. (『悲劇の土地』井上義衛・青木久男訳、南雲堂、1970年。)

―. *Call It Experience: the Years of Learning How to Write.* 1951. New York: New American Library, 1956. (『わが体験』金勝久訳、愛育社、1977年。)

―. *Gulf Coast Stories.* Boston: Little Brown, 1956. (『メキシコ湾岸物語』瀧口直太郎訳、荒地出版社、1958年。)

―. *When You Think of Me.* 1959. London: Heinemann, 1960.

―. *With All My Might.* Atlanta: Peachtree, 1987. (『全身全霊をこめて――アースキン・コールドウェル自叙伝』青木久男訳、南雲堂、1992年。)

Cook, Sylvia Jenkins. *Erskine Caldwell and the Fiction of Poverty: The Flesh and the Spirit.* Baton Rouge: Louisiana State UP, 1991.

―. *From Tobacco Road to Route 66: The Southern Poor White in Fiction.* Chapel Hill: U of North Carolina P, 1976.

Daniel, Pete. "The Transformation of the Rural South: 1930 to the Present." *Agricultural History.* 55.3 (July 1981): 231-248.

Denning, Michael. *The Cultural Front: The Laboring of American Culture in the Twentieth Century.* London: Verso, 1998.

Elliott, Emory, ed. *Columbia Literary History of the United States.* New York: Columbia UP, 1988.

The Erskine Caldwell Birthplace and Museum. Ed. W. Winston Skinner, 11 February 2007. 30 March 2007 <http://newnan.com/ec/>.

Frohock, W. M. *The Novel of Violence in America.* Dallas: Southern Methodist UP, 1958.

Hart, Henry, ed. *American Writers' Congress.* New York: International Publishers, 1935.

Kirkland, Jack. *Tabacco Road: A Play.* New York: Samuel French, 1934.

Klevar, Harvey L. *Erskine Caldwell: A Biography.* Knoxville: U of Tennessee P, 1993.

Korges, James. *Erskine Caldwell.* Minneapolis: U of Minnesota P, 1969.

McDonald, Robert L., ed. *The Critical Response to Erskine Caldwell.*

Westport, Conn.: Greenwood, 1997.

MacDonald, Scott, ed. *Critical Essays on Erskine Caldwell.* Boston: G. K. Hall, 1981.

McIlwaine, Shields. *The Southern Poor-White from Lubberland to Tobacco Road.* Norman: U of Oklahoma P, 1939.

Miller, Dan B. *Erskine Caldwell: The Journey from Tobacco Road.* New York: Knopf, 1994.

Mixon, Wayne. *The People's Writer: Erskine Caldwell and the South.* Charlottesville: UP of Virginia, 1995.

Mullen, Bill, ed. *Radical Revisions: Reading 1930s Culture.* Urbana: U of Illinois P, 1996.

Rubin, Louis D., Jr. and Robert D. Jacobs, eds. *South: Modern Southern Literature in Its Cultural Setting.* 1961. Westport, Conn.: Greenwood, 1974.

West, Ray B., Jr. *The Short Story in America.* Los Angeles: Gateway, 1952. (『アメリカの短篇小説』龍口直太郎・大橋吉之輔共訳、評論社、1971年。)

青木久男『E・コールドウェル研究序説』和広出版、1979年。

加藤修・北島藤郷著『アースキン・コールドウェル研究──コールドウェル生誕100周年記念出版』奥村印刷株式会社、2003年。

今野望　『コールドウェル──人と作品』　南雲堂、1962年。

藤岡惇　『アメリカ南部の変貌──地主制の構造変化と民衆』　青木書店、1985年。

時代表象ための〈場所〉　191

第12章　帰属することへの抵抗
——サル・パラダイスの放浪とケルアックのボヘミアニズム——

1．移動をめぐるイデオロギー

　アメリカ文化の特質を表すキーワードのひとつに「移動 (displacement)」が挙げられる。移動の概念は、余暇を楽しむ旅、冒険、国外脱出、亡命、ホームレス状態、移民など、様々な形態で表象されてきた。アメリカ文学における移動をめぐる言説は、時代によってその特徴を変えながら、実に多くの旅や放浪、冒険を表象してきた。ジェイムズ・フェニモア・クーパー (James Fenimore Cooper, 1789-1851) の一連の作品群「革脚絆物語」(Leather-Stocking Tales) では、ナッティ・バンポー (Natty Bumpo) をはじめとする白人たちや多くのインディアンたちがホームを持たずに土地から土地へと移動し、またハーマン・メルヴィル (Herman Melville, 1819-91) の『白鯨』(*Moby-Dick*, 1851) ではピークオッド号 (the Pequod) が、モービー・ディック (Moby-Dick) を追跡して太平洋のうねりに身を任せた。マーク・トウェイン (Mark Twain, 1835-1910) は、二人の少年が筏にのってミシシッピー河 (the Mississippi) を下りながら様々な冒険をする小説『ハックルベリー・フィンの冒険』(*The Adventures of Huckleberry Finn*, 1884) を描き、ジャック・ロンドン (Jack London, 1876-1916) は数々の小説やエッセイの中に、ドス・パソス (John Dos Passos, 1896-1970) は三部作『USA』(*U.S.A.*, 1937) の中に、第一次世界大戦後の故国離脱者や浮浪者を描き出した。

　このように、アメリカ文学の多くの作品は、移動の様々なスタイルを作り上げ、表象してきた。このような作品群の中で、移動のひとつの特徴的なスタイルを形作った1950年代以降の作品としては、ジャック・ケルアック (Jack Kerouac, 1922-69) のビート小説『路上』(*On the Road*, 1957) が挙げられるだろう。この『路上』は、語り手サル・パラダイス (Sal Paradise) が、無賃乗車やヒッチハイク、野宿で路上放浪の旅を繰り返すというストーリーである。本作は、作者ケルアックの自伝的内容を反映している。一人称

のサル・パラダイスは作者自身、奇矯児ディーン・モリアーティ (Dean Moriarty) は少年感化院出身のニール・キャサディ (Neal Cassady)、カーロ・マークス (Carlo Marx) は『吠える』(*Howl and Other Poems*, 1956) を書いた「ビート・ジェネレーション」の先駆者アレン・ギンズバーグ (Allen Ginsberg)、オールド・ブル・リー (Old Bull Lee) は『裸のランチ』(*The Naked Lunch*, 1959) の作者ウィリアム・バロウズ (William Burroughs) といったように、主な登場人物はケルアックと彼の周辺にいた友人たちに置き換えることが可能である。したがって、こういった「ビート・ジェネレーション」と呼ばれる実在の人物たちが抱いていた移動に対する価値観と、『路上』の青春放浪のストーリーの背後に潜んでいるそれとの間には、多くの共通部分が存在していると考えられる。

ジャック・ケルアック
(*Kerouac & Friends: A Beat Generation Album*)

　では、『路上』の登場人物たちは、実際にはどのような移動のスタイルを選択し、いかなる価値観を抱いていたのだろうか。ここでは、特にケルアックがニューヨークのグリニッヂ・ヴィレッジ (Greenwich Village) で当時ボヘミアニズム (Bohemianism) が流行していたただ中で活躍していたことを考慮に入れながら、『路上』における移動の概念を検証することで、1950年代の「ビート・ジェネレーション」と謳われた世代に潜在化する移動に対する価値観の一側面を開示することを目標としたい。

　移動の概念をめぐっては、昨今、ヨーロッパや合衆国における文学批評や文化批評でさかんに議論が展開されている。エリック・J・リード (Eric J. Leed) が、「大衆観光旅行 (mass tourism) という言葉は現代の観光業のスケールの大きさ、旅行の大量生産、旅行の無限反復を暗示する」と述べているよ

うに、現代において移動は大衆にとっても当たり前の行為となった。しかしモダニズム期の作家たち・芸術家たちによる移動が表象されるときに使われる比喩や象徴は、個人の、しばしばエリートの、境遇を指示する傾向があった。自伝的回想録と批評的要素を併せ持つマルカム・カウリー (Malcolm Cowley) の『亡命者の帰還』(*Exile's Return*, 1934) は、二大戦間の時代の代表的な作家集団「ロスト・ジェネレーション」を、「いかなる地域や伝統への執着からも根こぎにされ、そういうものから離れたところで鍛えられ、ほとんど引き剥がされていた」世代として描いている。カウリーは、「ロスト・ジェネレーション」の作家たちの故国離脱に伴う葛藤を次のように説明している。

　　芸術家は故国を脱出し、パリ、カプリ、あるいは南フランスで暮らすことによって、ピューリタンの枷を打ち壊し、酒を飲んで気ままに暮らし、あくまでも創造に邁進することができる。
　　　　　　　　　　　　　　　　（『亡命者の帰還』拙訳, 第Ⅱ部 第2章）

カウリーはこの世代の作家たちを、ヨーロッパ式の伝統への願望と合衆国式の伝統への嫌悪との間で葛藤する者たちとして強調している。

　このカウリーの「ロスト・ジェネレーション」という特定のグループの作家業に対する正当化された説明は、大衆にとっても同様であったはずの移動という観念を高度に審美化し、一般的に語られるそれとの差別化を図ることになる。移動を経験して居場所を喪失した状態を、心理的ないし美学的状況として捉えるこういった傾向は、モダニズム的言説の中に数多く見られる。批評家カレン・カプラン (Caren Kaplan) は多くのモダニズム的言説の中で、移動によって作家が生れるという見方が構築されていることを鋭く指摘し、「文学批評で著者や批評家のモデルとされるのは孤独な亡命者である」と述べる。

　更に、注目すべき点は、カウリーが著作の中で「亡命」という比喩を提示しながらも、「ロスト・ジェネレーション」の作家たちの合衆国への「帰還」についてかなりの分量を割いて述べていることである。この本において故国脱出者たちの行き着く先は、終わりなき放浪や憂鬱病ではなく、故国への再帰である。しかし、1920年代末の世界の状況では、彼らのような「帰還できる亡命者」ばかりではなかった。ファシズムの台頭、制度化されていく人種差別や宗教的迫害、帝国主義の拡大や縮小、流動する資本に翻弄される労働者たちなど、多くの問題を抱えた大戦間の世界は移民や難民で溢れ、むし

ろ流動状態にあった。何らかの理由によって亡命状態に置かれ続ける人々がいる一方で、帰還できる場所があるということは、自らがその社会制度の中で保証されるということを意味する。

　ジェームズ・クリフォード（James Clifford）は、文化人類学の見地から移動や旅の問題を中心に扱っているが、彼は、「旅する文化」（"Traveling Cultures"）において、移動や旅を表す支配的な言説の中では「『良い旅』（英雄的、教育的、科学的、冒険的、貴族的な旅）は、男性が行う（べき）もの」として表象され、「女性たちは、重要な旅からは除外されて」きたと指摘している。また、メアリー・ルイーズ・プラット（Mary Louise Pratt）は、『帝国のまなざし』（*Imperial Eyes*, 1992）の中で、旅をめぐる様々な言説から生み出された19世紀初期の著作が、その後数世紀にわたって西洋の外交政策や科学、文化に影響を与えていたことを明らかにしている。旅をめぐる言説は、様々な分野において大きな影響力を持っていたといえる。カプランは、「このように形成された文化のなかで主要な地位を占める『旅人』とは、…（中略）…たいていは男性で、『白人』、金に困らない身分で、内省的な観察者、文学に通じ、芸術や文化の思想をわきまえ、とりわけヒューマニストである」と指摘している。旅にかかわる多様な実践や言説を通じて浮かび上がる「旅人」の形象とは、神話的な人物であり、かつ、概して男性であった。「ロスト・ジェネレーション」の大部分がミドルクラスから反逆した若い白人男性であったことを考えると、この集団の帰還がアメリカにおける文学的成功へと繋がっていく道筋は容易に想像できる。

　カウリーは、帰還の理由を、どこの国民も同じようなものであるから、それまでヨーロッパに対して見出していた美点は、どれもアメリカにも存在していると気づいたと説明する。カプランは、世界はどこもみな同じと捉えて、帰還を必然的な帰結とするモダニストたちのこういった移動を「帝国主義的ノスタルジアに通じる行為」とさえ呼んでいる。諸国間に存在する「差異」には目を向けず、鬱病を意図的に招き寄せ、欲望の対象を根こぎにしようとするモダニストたちは、「亡命」という移動によって、「ナショナリストとしてのアイデンティティを強化し、価値の抑圧的な階層秩序を確認する」というのだ。

　背後に帝国主義的な影を潜めたこのモダニズム期の移動の美学は、その後、アメリカにおける移動の表象にどのような影響を与えたのであろうか。「ロスト・ジェネレーション」とならび称される文学世代「ビート・ジェネ

レーション」の移動は、モダニズム的な移動の概念をどのくらい払拭できているのだろうか。ここからは、ケルアックの自伝的な作品とも言うことができる『路上』を中心に、実際の「ビート・ジェネレーション」の作家たちの移動の特徴と併せて、作中の登場人物たちによって表象される移動の性質を分析しながら、「ロスト・ジェネレーション」のそれと比較し、検証してみたい。

2．サル・パラダイスの移動

　「ビート・ジェネレーション」の代表作ともいえるケルアックの『路上』は、作家であり、小説の語り手であるサル・パラダイスが、路上放浪の旅を繰り返す物語である。パラダイスは、ニューヨークを出発地として、無賃乗車やヒッチハイク、野宿をしながら、西部コロラド州のデンヴァー（Denver）へと向かう。まず、パラダイスの放浪の性質について検証してみよう。

　最も注目すべきなのは、『路上』全体の中で作家であるパラダイスが経験する放浪が徐々にスピード感を増していくという点である。最初の頃の放浪は、実にゆっくりとしたペースで展開する。数ヶ月にわたってアメリカの地図を覗き込み、先々の歴史や地理に関する書物まで読み、とにかく自分の信じられる進むべき道路を見つけてから、やっと自信を持って旅へと踏み出す。小説の最後では、放浪することにも慣れ、衝動的とも思えるほど驚くべき速度で移動するパラダイスだが、この最初の段階では、放浪者としてはまだ素人で、列車の無賃乗車の仕方もわからないでいる。たまたま知り合ったヒッチハイカーと二人で無賃乗車をしようと右往左往している場面は滑稽ですらある。

> 僕たちは列車に飛び乗る方法を知らなかった。これまでにやったことがないのだ。列車が東に向かって走っているのか、西に向かって走っているのかもわからないし、有蓋車と無蓋車と冷凍車との区別もつかない上、そのどれを掴まえればよいのかもまったく見当がつかなかった。
> 　　　　　　　　　　　　　　　　　（『路上』拙訳，第Ⅰ部 第3章）

アメリカでは1890年から大恐慌時代にかけて、膨大な数の浮浪者や季節労働者が列車に無賃で乗車して移動を繰り返した。50年代のアメリカを背景

とした『路上』では、こういったかつての放浪者たちの状況を蘇らせている。パラダイスは、その後、一人のカウボーイに相乗りさせてもらうが、そのカウボーイの語るかつてのアメリカの放浪者たちの状況に思いを馳せ、憧れすら抱くのである。

>　大不況の頃には、俺はすくなくとも月に一度は貨物列車に飛び乗ったもんさ。あの頃は、何百という人間が無蓋貨車や有蓋車に乗っていたものだが、別に浮浪者というわけじゃないのさ。いろんな奴が仕事にあぶれて、次々と場所を変えていたわけだよ。中にはただ放浪している奴もいた。西部一帯はどこもそういう有様だったな。あの頃は、制動手だって一向気にかけてやしなかった。
>
> 　　　　　　　　　　　　　　　（『路上』拙訳，第Ⅰ部 第3章）

このように、パラダイスの放浪には、常に1950年代以前の放浪者の影がつきまとっている。

　ところが、パラダイスの放浪は、仲間の友人たち——少年院出身のディーン・モリアーティや超現実主義者カーロ・マークス、人類学者のチャド・キングら——が加わることによって徐々にスピードを増していくのである。「ビート・ジェネレーション」の特徴と言われるスピード感も、周りの友人たちと一緒になって放浪することによって更に加速度を増していくのである。驚くべきスピードでものを使い捨て、次々と車を盗み、猛スピードで走らせ、故障すれば路上に乗り捨てる。仲間を取り巻く人間も、次々と変わっていく。友人も、女も、高速で取り替えられ、使い捨てられていくのである。

　セントラル・シティー（Central City）へたどり着いたパラダイスは、仲間の友人たちと共に、酒を飲み、アルバイトをし、あるいは女を囲い、乱痴気騒ぎをする。

>　僕たちはダンスを始め、ビールをたっぷり飲んだ。オペラが終わると、大勢の若い女の子たちが群れをなしてやってきた。ローリンズとティムと僕は唇をなめた。僕たちは彼女らをひったくっては踊った。（中略）彼らはあさましいアメリカのヒッピーで、新しい、打ちのめされた世代の人間なのだ。そして、この僕も徐々にその仲間入りをしているわけだ。
>
> 　　　　　　　　　　　　　　　（『路上』拙訳，第Ⅰ部 第9章）

こういった描写は、自らの故郷（home）から離れた場所で酒を浴びながらその孤独感を礼賛し、芸術家としての必要条件を満たすという、カウリーが『亡命者の帰還』の中で描いたような移動の価値観と類似する。「新しい、打ちのめされた世代」への仲間入りをすることによって、あたかもこういった行為が正当化されるかのように表象されるこの一節は、モダニズムの言説と同様に、一般的な移動の観念を特権化されたものとして審美化してしまう可能性を秘めている。故国離脱への価値付与とは、すなわち、外地における孤独を経験することによって、個人生活においても芸術においても突き当たっていた袋小路からの脱出が可能となると信奉する、逃避に寄せる空想に他ならない。しかしながら、この『路上』においてサル・パラダイスが経験する放浪は、スピード感という「ビート・ジェネレーション」特有の側面を持ち合わせている。「ロスト・ジェネレーション」のように〈苦悩しながら〉価値体系を構築することを彼らはしない。彼らは、セントラル・シティーに長らく居座ることはせずに、あっという間に次なる地へと向かうのだ。

　こういったスピード感に溢れた放浪を繰り返す彼らの旅だが、キャンプにいる年老いた浮浪者たちの姿を見つけると、そのスピードが緩められる。ディーンの「父親さがし」という側面を併せ持っているためである。

> 「おい、あそこの暗がりをみろよ。線路のそばの焚火のわきに浮浪者がひとかたまりいるぜ、畜生！」
> 彼は車の速度をゆるめかかった。「ねぇ君、ひょっとしたらあそこに俺の親父がいるのかもしれない」線路のわきの焚火の前でよろめいている何人かの姿が見えた。「たずねてみた方が良いだろうか。どこにいるか分からないけれど。」
> 僕たちは先へ進んでいった。この巨大な夜のなか、われわれの後ろか前のどこかに、彼の親父が酔っ払って灌木の下に寝ているのかもしれない。あごにつばをつけ、ズボンをぬらし、耳には糖蜜をつけ、鼻にはかさぶたがはり、そしてひょっとしたら髪には血をつけて、月の光に照らされて寝ていたに違いない。
>
> （『路上』拙訳，第Ⅲ部 第9章）

フレデリック・フェイエッド（Frederic Feied）は、この不在の父親を探し、

ホーボージャングルを訪れる旅が、追い立てられ、理由もなく、目的もない逃亡パターンを少しずつ、聖地巡礼の旅へと変化させると述べる。一見、直感を重んじるかのようにスピードに乗って移動するパラダイスたちであるが、実は背後にすべきことがあったことを知り、行くべき場所、信ずべき人との出会い、価値を追求するために、今いるところから脱するのである。

さて、こうした路上放浪生活に一定の価値を見出しながら各地を転々とするパラダイスだが、一方で定住への欲望をも併せ持っている様子が描かれる。ロサンジェルス (Los Angels) 行きのバスの中で、パラダイスはメキシコ系アメリカ人の女性テリー (Terry) と出会う。テリーには夫と息子がいたが、彼女は夫の暴力に耐えかね、小さい息子を実家のぶどう農園に残してロサンジェルスの姉妹のところへしばらく身を寄せることにしたのだった。しかし、意気投合したテリーとパラダイスは、ロサンジェルスのホテルで時間を過ごすうちに、大胆な決断を下すことになる。二人で、「ベーカースフィールド (Bakersfield) までバスで行って、ぶどう摘みをして働くことにしたのだ。それを二、三週間やってから、本格的に、つまり、バスでニューヨークに行くことにしたのだ」。カリフォルニアの土地に落ち着いたパラダイスとテリーは、テリーの息子ジョニー (Johnny) と3人で、あたかもそこに住まう家族であるかのような生活を送り始める。

> 毎日約一ドル半ずつかせいだ。それだけあれば、夕方、自転車に乗って食料品を買いに行くことができた。日が過ぎていった。東部のこと、ディーンやカーロのこと、そして、あの道路のこともすべて忘れてしまった。いつもぼくはジョニーと遊んでやった。高く上にあげてからベッドにおろしてやるとジョニーはよろこぶのだ。テリーは坐ってつくろいものをしていた。ペーターソン (Paterson) にいた頃、よく想像していたものだが、まさしく、ぼくは土の人間だった。
>
> (『路上』拙訳, 第Ⅰ部 第13章)

農業に携わり、擬似的であれ、家族と共にその土地に住まうことで、パラダイスはその土地の自然に触れ、その土地の人々との関係を構築するようになる。こういった定住に最も近いライフスタイルを送ったパラダイスは、一つの場所に住まうことの喜びを実感し始める。パラダイスのなかに、路上放浪の生活を送りながら移動し続ける生活と、一つの場所でより濃密な人間関係

や自然との繋がりを構築していく生活の二つの志向が生れるのである。この二つの生活はそれぞれ対極にあるため、パラダイスはそのどちらを選択するかで、大きな葛藤を抱えることになるのである。

　パラダイスは、一定期間、このような擬似的な定住生活を送った後、結局、あるひとつの決断を下す。「ぼくの綿畑の仕事とはもうお別れだ。ぼくは、自分本来の生活の引力がぼくを呼びかえしているのを感じた」と、最終的には路上放浪の道を選択するのである。パラダイスは、テリーとジョニーをカリフォルニアに置き去りにして、再びニューヨークへとひとり旅立っていく。パラダイスにとっては、ひとりで路上の生活へと、そして放浪の出発点であったニューヨークへと戻っていくことが重要であったのだ。この選択により、パラダイスが、家族や周囲の人々と共に一つの場所に定住する生活よりも、孤高な放浪生活に価値付与しているということが明らかとなる。パラダイスにとって放浪とは、自由を謳歌し、自己実現に対する欲望を満たすものなのである。それには、〈独り〉であることが欠かすことのできない要素なのであり、女や子供とともに放浪するという選択肢は存在しない。ジャネット・ウルフ（Janet Wolff）は、旅が歴史的に性差別化されてきたものであることを指摘し、旅と男らしさ（masculinity）とが密接な繋がりを持っていたことを明らかにしている。ここで下されるパラダイスの選択は、まさに男らしさを表象するための比喩であるといえるだろう。

　「ビート・ジェネレーション」自体が、女性と結婚して責任を持って家族を養うという役割を放棄した、文学に携わる反体制的な男性作家たちであった。彼らは、1950年代から60年代にかけての男性中心社会の中で特権化された集団であった。彼らが女性を排除した集団であったことは、これまでにも論じられてきている。また、「ビート・ジェネレーション」の先駆者であるウィリアム・バロウズの女性嫌悪（misogyny）は有名である。実在のビートの仲間たちとの関わりを描いた自伝的要素の強い作品であるこの小説の中で、パラダイスをはじめとする登場人物たちによって、次々と選択されるこうした路上放浪生活は、その刺激的、かつ自由を謳歌する人生や生き方、ライフスタイルを、更には男らしさを前景化することになる。

　しかしながら、ケルアックの『路上』における文体は、出来事を簡潔に綴っていくスタイルであり、登場人物の内なる心の声を詳細に描き出すことはない。デヴィッド・デンプシー（David Dempsey）は、「『路上』の作風は、倫理的な判断をすっかり放棄してエキセントリックな登場人物を実験的スタイ

ルで描くという、アメリカ小説に新たに出現したボヘミアン的な傾向をよく表している」と述べているが、登場人物の内面を忠実に描き出すというよりは、圧倒的なスピード感で動き回る彼らの行動そのものに主眼が置かれているのである。こういったプロットの流れ方は、「ビート・ジェネレーション」特有のスピード感を作品に生み出していると言える。従って、放浪か、定住か、と思い悩むパラダイスの内なる心が、詳細に語られることはない。そのため、この葛藤の末の選択でさえ、安易で、快楽的な決断であるかのように感じさせる。人物の内面的な葛藤による内なる声が詳細に描かれないことにより、心理的苦悩に対する価値付与がなされない点は、「ビート・ジェネレーション」特有のスタイルであると考えられる。

　こうした決断の末に、パラダイスは放浪生活に戻り、ニューヨークへと到着するが、彼は、あたかも自らがその都市から隔てられた孤独な他者であるかのように、競争原理の中にある大都会を外側から見つめている。

>　ぼくは不意にタイムズ・スクェアにいる自分を見いだした。アメリカ大陸を約8000マイル歩いて、再びタイムズ・スクウェアにもどってきたのだ。しかもラッシュ・アワーのまっ最中にだ。ぼくの道路になれた無心な眼に映るのは、ニューヨークの徹底した狂態と怪奇な快哉の叫び声だ。何百万という人間が、わずかの金をもとめてたえず押しあい、つかみとったり、もらったり、与えたり、ため息をついたり、狂気じみたた夢を追い、そして死んでいく。死ねば、ロング・アイランドの向うのあの荘厳な共同墓地の町に埋葬されるのだ。ここはこの国の高い塔の都市——この国の一方のはし——薄っぺらなアメリカの生れる所だ。(中略)ぼくには帰る家があり、頭を横たえて算盤をはじいてみる所がある。ぼくはバス代の25セントを物乞いしなければならない。ぼくはとうとう町角に立っていたギリシャ人の牧師にあたってみた。彼はそわそわした様子で25セント銀貨を一枚くれた。ぼくはすぐにバスにかけつけた。
>
> 　　　　　　　　　　　　　(『路上』拙訳. 第Ⅰ部 第14章)

　ここには、放浪を経験したがために、どんな土地にいてもアウトサイダーになってしまうパラダイスが描かれている。このパラダイスが置かれた状況は、いかなる地域からも根こぎにされたモダニズム流の移動にも似ているが、自分のホームに対する意識という点では、実は大きな差がある。モダニ

ズム流の移動においては、他者として孤独を経験することに価値を見出しながらも、世界はみな同じであると考えることによって、結局は違和感なく自国へと帰還する。対して、このパラダイスの移動は、自分のホームであるニューヨークに帰還してまで、アウトサイダーとしての自意識を持つ。どこにも帰属することができない（しない）という意識は、モダニズム流の移動にはみられない側面であるといえるだろう。

　このようなアウトサイダーとしての自意識を感じ、再び何度か放浪を繰り返しながらも、結局、最後の最後にパラダイスは、ニューヨークの叔母のところへと戻って行く。この『路上』のエンディングにおいては、パラダイスがかつて共に旅したディーンをひとり置き去って、恋人とコンサートへ出かけるという場面で締めくくられている。

　　ディーンは去って行った。僕は大きな声で言った。「あの男は大丈夫だよ。」そして僕たちは、悲しい気のりのしないコンサートに出かけた。それがたとえなんであろうと、僕は聴く気がなかった。そしてずっとディーンのことを考えて、あのすごい大陸を3000マイルも汽車に乗って帰っていく姿を考えていた。僕に会いたかったのは別として、なぜ彼がやってきたのかはまったくわからなかった。アメリカに太陽の沈むとき、僕は古い壊れた川の桟橋に腰を下ろし、遠くニュー・ジャージーを覆う長い長い空を見つめ、太平洋沿岸までひとつの信じがたい巨大なふくらみとなってうねっているあの生々しい大陸を感じ、そして通っているすべての道や、その広大な国の中で夢見ている人々を感じる。子供たちを泣かせておくあのアイオワでは、いまごろ子供たちが泣いているに違いない。今夜は星が出ている。神様はクマのプーさんだってことを知らないのかい？宵の明星がそっと出て大草原にきらめく光を落としているに違いない。宵の明星が輝くのは、大地を祝福し、あらゆる川を闇で包み、峰々を覆って最後に海岸を覆う完全な夜の到来のちょっと前なのだ。そして誰もが、みすぼらしく年をとるということ以外は、誰に何が起こるかわからないのだ。そして、僕はディーン・モリアーティのことを考える、とうとう見つからなかったあの老ディーン・モリアーティ親父を考え、そしてまた、ディーン・モリアーティのことを考えるのだ。

　　　　　　　　　　　　　　　　　　　（『路上』拙訳，第Ｖ部）

かつての仲間ディーンのことを思い描きながらも、自らは恋人のもと、ニューヨークでの生活を選んだパラダイスにとっては、戻ることのできる場所があったということになる。最終的に、それぞれの場所へと戻っていく彼の仲間たちの移動は、帰還した場所で安住の地を手にしたことにはなるが、しかし、世界はどこもみな同じと捉えて、帰還を必然的な帰結としたモダニストたちの移動とは大きく異なる。次から次へと猛スピードで様々な地域をめぐり、どこにも帰属しようとしなかったビートたちは、帰還していながらもどこかで今いる自分の場所に疑念や不安を抱き続けているのだ。最後まで、共に移動した仲間を思い描くパラダイスにとって、本当の安住の地は、実はニューヨークの叔母のところではないのである。

3．ボヘミアニズム

この『路上』は、先述の通り、登場する人物たちと、作家であるケルアックやその周辺にいた友人たちとを置き換えることが可能なほど、自伝的な作品であるといわれている。パラダイスが衝き動かされるように続けた放浪の旅を、ケルアックも同様に経験している。実際、パラダイスの孤高の旅人としての側面は、そのままケルアックにも反映されている。ケルアックの恋人であったジョイス・ジョンソン（Joyce Johnson）の回想記『マイナー・キャラクターズ』(*Minor Characters*, 1983) の中には、ケルアックが旅に出かけようというときにジョンソンが一緒に行くことを拒否したというエピソードが記されている。それでは、モダニズム的な美学を併せ持っていたサル・パラダイスの移動と、ケルアックの移動はどのように比較することが可能であろうか。

このことについて、重要な視座を提供してくれるのが、ボヘミアニズムというキーワードである。そもそも「ボヘミア（現在のチェコ）の住民」という意味であるボヘミアンという言葉は、15世紀以降パリ（Paris）では移動生活を送るジプシーの呼称として使われていた。その後、この言葉が放浪者のような生活を送る芸術家たちのことを意味するようになったのは、19世紀以降のことである。1830年代にはすでにオノレ・ド・バルザック（Honoré de Balzac, 1799-1850）が、彼の小説『田舎の大人物パリへ』(*Un Grand Homme de Province a Paris*, 1839) の背景を描写するのにボヘミアンという言葉を使っていたが、放浪型の芸術家たちを意味する使い方を世に知らしめたのは、ア

ンリ・ミュルジェ (Henry Murger, 1822-61) の『ボヘミア生活の情景』(*Scenes de la Boheme*, 1849) であり、ウィリアム・メイクピース・サッカレー (William Makepeace Thackeray, 1811-63) の『虚栄の市』(*Vanity Fair*, 1852) であった。

その後、19世紀末から1920年代にかけて、西欧の主要都市では実際に、様々な形態の文学的サロンが出現し、ボヘミアンと呼ばれる芸術家たちが集うようになる。1920年代のアメリカにおいては、特にニューヨークのグリニッジ・ヴィレッジで、性解放主義者や改革論者が集い、ボヘミアン・サークルの最も著名なコミュニティーが形成されていった。ボヘミアンの溜まり場となる文学的キャバレーが数多く存在し、これらは、1950年代から60年代のビートの世代の作家たちが集うコミュニティーへと繋がっていくのである。実際、ケルアックも、友人らに会いに各地へ出かけ、再会を果たすと必ずニューヨークへと戻り、グリニッジ・ヴィレッジで恋をしたり、仲間たちと議論をしたり、バーやカフェで詩の朗読をしたりしていたのである。

しかし、このようなボヘミアン・コミュニティーは、イデオロギー的に二つの注目すべき問題を抱えていたといえる。一つ目は、ジェンダー化されたバイアスがかかっていたという点であり、二つ目はボヘミアンたちの流浪の民を真似た生き方が、衒いに過ぎなかったという点である。

19世紀末から20世紀初頭にかけて、世界各国で勃発したボヘミアン・コミュニティーへの女性の参加は、事実としては少なくなかったにもかかわらず、そのコミュニティーの概要や制度を描き出す言説のなかで、女性の表象が前景化することはほとんどなかった。数少ない例外として挙げられるのが、ドイツのシュヴァービング地区 (Schwabing) のボヘミアン・コミュニティーに参加したフランチスカ・ツー・レーヴェントロー (Franziska zu Reventlow) の存在であろう。伯爵令嬢に生まれながら、貴族社会を飛び出し、ボヘミアン生活に身を投じた彼女は、ドイツ帝国議会の議席をもつ有数の貴族の家柄の娘であった。しかし、こういった女性たちが、ボヘミアン・コミュニティーに積極的に参加していたことを表象する言説、もしくは、その象徴的な形象を彼女らに投影する言説は、決して多くはない。50年代の「ビート・ジェネレーション」におけるボヘミアン・コミュニティーも、この流れを汲んでおり、男性が中心であったことは前述の通りである。ボヘミアン・ライフを体現するのはたいてい男性であり、女性は常に脇役であった。

また、ボヘミアンたちは、流浪の民を真似て放浪の美学に赴くことで、安定した地位や定住という生活様式、「ブルジョワ的」な生活スタイルを拒み、

政治や権力に背を向け、声高に性の解放や社会改革を訴えた。浮浪者たちの集団に加わってその生活を体験しようとしたボヘミアンたちの行為は、アンダークラスの生活に外から入り込んで、その経験をあたかも自己表象であるかのように語るものと解釈できる。ブルジョワ的な生活様式から逸脱して、反逆的な生活態度をとることで、自己満足に陥っていると考えるならば、ボヘミアンたちが送った放浪型の生活様式は、きわめてスノッブ的であると言えるかもしれない。フィリップ・デュ・ピュイ・ド・クランシャン（Philippe Du Puy de Clinchamps）は、スノビスムを次のように定義している。

> 自己の職業的活動もしくは余暇の少なくとも一部、あるいはその思想、心情において、一流の価値にもなれば、無価値ともなりうるような現実の人間のすべての価値とは無関係に、その各人が、大衆を凌いでいるという優越性を自己に与え、それを相互に認め合うだけで、大衆より勝っていると確信しているような閥に所属しようと努める人間、または現に所属している人間のことである。
>
> 　　　　　　　　　　　　　（ド・クランシャン『スノビスム』横山一雄訳）

更にド・クランシャンは、「スノビスム」をその特徴によって「第一次スノビスム」と「第二次スノビスム」の二つに分類している。彼によると、「第一次スノビスム」の特徴とは、「例外的な世界に所属しようと願う欲望」が、社会的なヒエラルキーの頂点へと向かうことである。一方、「第二次スノビスム」では、「例外的な世界」が、社会的なヒエラルキーの下方に存在することになる。ボヘミアンたちがブルジョワ的な芸術から逸脱して「例外的な世界に所属しようと願う欲望」に衝き動かされ、浮浪者の生活スタイルを衒ったと考えると、ボヘミアニズムはまさに、ド・クランシャンのいうところの「第二次スノビスム」に他ならない。しかしながら、ボヘミアンたちが、下方の世界に所属する者たち（すなわち、彼らにとっての弱者）に対して傍観者であることを嫌悪し、その例外的な世界への帰属を求めたとしても、それは自己と他者（＝弱者）の擬似的な一体化でしかない。こういった世界から生み出される下方の世界の表象は、当然、翻訳されたものでしかない。結局、アンダークラスの者たちを「例外的な世界」として捉えている以上、その表象はスノッブの枠から出ることはないのである。

ケルアックは、ニューヨークのグリニッヂ・ヴィレッジにおけるボヘミア

ン・コミュニティーに所属しながら執筆活動にあたっていた。ボヘミアニズムの思考は、少なからず先験的にジェンダー的なバイアスがかかっていたし、また、そこで描き出される世界は、本来、他者を表象する枠から出ることができないにもかかわらず、あたかもそれが自己表象であるかのように衒っていたと言える。しかしながら、ボヘミアン・コミュニティーがこれらの問題を抱えていることに対して、ケルアックは自意識的であったと思われる。グリニッヂ・ヴィレッジにおいて活動をしたかと思えば、すぐにまた放浪の旅へと出て行った彼にとって、ホームという言葉は無縁だったに違いない。それは、どこにも帰属しようとしなかったパラダイスが、結局、最後までアウトサイダー的な自意識を持ち続けたのと同じである。

4．特定の地域への帰属を拒むボヘミアニズムへの傾倒

　モダニズム的言説における移動は、主体が故国離脱によってヨーロッパの伝統に触れ、孤立した心理的状況を経験することで、その価値が高められる。これは、ヨーロッパの伝統に対するコンプレックスにも似た執着が生み出した一つの極めてアメリカ的な事象であると言えるかもしれない。

　サル・パラダイスの移動は、定住よりも路上放浪を常に選び取ることで、外地における孤独の経験を礼賛している。これは、ヨーロッパという外地へ赴き、孤独を経験することでアメリカ的苦悩を体現しようとした「ロスト・ジェネレーション」にも見られる移動の審美化である。しかしながら、「ビート・ジェネレーション」独特のスピード感をもって語られる、新しいアメリカの反逆者たちによって生み出された文学は、人物の内面や心的苦悩に対しての価値付与を拒む傾向をも併せ持っている。『路上』という作品は、この世代特有の非常に斬新なスピード（つまり速度）という新たな感覚を生み出し、孤独な内面を描写を敢えて避けることで、「ロスト・ジェネレーション」の先輩作家たちが〈苦悩しながら〉構築した価値体系を、（反復するようでいながら）実は巧みに歪めているのである。

　また、パラダイスの移動は、最後までどこにも帰属しようとしない点で、モダニズムの移動とは大きく異なっている。そこに、「ビート・ジェネレーション」特有の、既存の社会へ所属することへの抵抗感が反映されている。

　ある特定の地域の特性を、独自の手法で鋭く巧みに描き挙げた作家たちがアメリカにいる一方で、ジャック・ケルアックは、自身も特定の地域への帰

属を拒むことでビートという時代を表象しようとしたのである。この特定地域に帰属しまいとする意思がグリニッジ・ヴィレッジのボヘミアン・コミュニティーにすら完全には入り込まないというかたちになって現れている。「ロスト・ジェネレーション」の作家集団が抱えていたのと同様の、ジェンダー的にバイアスがかかった、極めてスノッブ的なライフスタイルであったという問題を孕んでいたボヘミアン・コミュニティーに完全に帰属することなく、スピードというビート独自の感覚を重んじ、それを作品の手法に用いて小説を綴ることで、ケルアックは自分たちの姿勢をはっきりと打ち出すことが出来たのである。

〔付記〕第12章は、『都留文科大学大学院紀要』第10集（平成18年3月）所収の「放浪か、定住か――『路上』におけるサル・パラダイスの内なる葛藤」を加筆・訂正したものである。

参考文献

Blazak, Randy. "The Rise and Fall of Bohemian Enclaves: A World-System View." Reşat Kasaba. ed. *Cities in the World-System*. New York: Greenwood, 1991. 107-19.

Bradshaw, Steve. *Cafe Society: Bohemian Life from Swift to Bob Dylan*. London: Weidenfeld, 1978.（『カフェの文化史』海野弘訳、三省堂、1984年。）

Clifford, James. "Traveling Cultures." *Routes: Travel and Translation in the Late Twentieth Century*. Cambridge: Harvard UP, 1997. 17-46.（「旅する文化」『ルーツ――20世紀後期の旅と翻訳』毛利嘉孝・有元健他訳、月曜社、2002年、27-64頁。）

Cowley, Malcolm. *Exile's Return: A Literary Odyssey of the 1920s*. 1934. Harmondsworth: Penguin, 1994.

Dempcy, David. "In Pursuit of Kicks." *Kerouac & Friends: A Beat Generation Album*. McDarrah, Fred W. ed. 1985. New York: Thunder's Mouth, 2000. 27-32.（「キックを求めて」『ケルアックと仲間たち――ビート・ジェネレーション・アルバム』諏訪優他訳、思潮社、1990年、47-9頁。）

Feied, Frederick. *No Pie in the Sky: The Hobo as American Cultural Hero in the Works of Jack London, John Dos Passos, and Jack Kerouac*. 1964. San Jose: Authors Choice, 2000.（『ホーボー――アメリカの放浪者たち』

中山容訳、晶文社、1988 年。)

Green, Martin Burgess. *Mountain of Truth: The Counterculture Begins, Ascona, 1900-1920.* Hanover, NH: UP of New England, 1986. (『真理の山——アスコーナ対抗文化年代記』進藤英樹訳、平凡社、1998 年。)

Johnson, Joyce. *Minor Characters: A Young Woman's Coming-of-Age in the Beat Orbit of Jack Kerouac.* 1983. London: Virago, 1994.

Kaplan, Caren. *Questions of Travel: Postmodern Discourses of Displacement.* London: Duke UP, 1996. (『移動の時代——旅からディアスポラへ』村山淳彦訳、未来社、2003 年。)

Kerouac, Jack. *On the Road.* 1957. New York: Penguin, 1976. (『路上』福田実訳、河出書房新社、2005 年。)

Leed, Eric J. *The Mind of the Traveler: From Gilgamesh to Global Tourism.* New York: Basic Books, 1991. (『旅の思想史——ギルガメッシュ叙事詩から世界観光旅行へ』伊藤誓訳、法政大学出版局、1993 年。)

Newhouse, Thomas. *The Beat Generation and the Popular Novel in the United States, 1945-1970.* Jefferson, NC: McFarland, 2000.

Parry, Albert. *Garrets and Pretenders: A History of Bohemianism in America.* New York: Dover, 1960.

Pratt, Mary Louise. *Imperial Eyes: Travel Writing and Transculturation.* London: Routledge, 1992.

Wolff, Janet. "On the Road Again: Metaphors of Travel in Cultural Criticism." *Cultural Studies* 7 (1992): 224-39.

ジョン・タイテル『ビート世代の人生と文学』大橋健三郎・村山淳彦訳、紀伊国屋書店、1987 年。

舌津智之「越境するケルアック」『ユリイカ』 第 31 巻 12 号、1999 年。174-81 頁。

フィリップ・デュ・ピュイ・ド・クランシャン『スノビスム』横山一雄訳、白水社、1981 年。

ヘルムート・フリッツ『エロチックな反乱——フランチスカ・ツー・レーヴェントローの生涯』香川檀訳、筑摩書房、1989 年。

山住勝利「女性ビート作家としての Jan Kerouac と Trainsong」『アメリカ文学研究』第 42 号、2005 年、121-34 頁。

第 5 部

フォークナーとアメリカ南部

依藤道夫

第13章　フォークナーと南部貴族

1．フォークナーにおけるアメリカ南部の"家族"

　アメリカ南部の生んだ文豪、ノーベル賞受賞作家のウィリアム　フォークナー（William Faulkner, 1897-1962）は、いわゆる「南部貴族」（南部旧家）についての物語を多く書いた。何よりもまず、彼自身がそうした家の出身だったからである。

　フォークナー世界に登場する旧家には、サートリス家（Sartoris）、コンプソン家（Compson）、グリアソン家（Grierson）、サトペン家（Sutpen）、マッキャスリン家（McCaslin）、……などがある。また、成り上がり的な新興階級を代表するスノープス家（Snopes）なども、特に後期の作品を中心に度々現れている。

　フォークナー文学は、こうしたいかにも南部的な家々に濃厚にいろどられている。文学的には、南部旧家の跡取り息子だったフォークナーも、第一次世界大戦（World War I）後にあらわれた「失われた世代」（The Lost Generaton）の一員に数えられている。アーネスト　ヘミングウェー（Ernest Hemingway, 1899-1961）や　F・スコット・フィッツジェラルド（F. Scott Fitzgerald, 1896-1940）らと同一世代の作家というわけである。彼フォークナー自身、同郷の先輩で文学好きだった、イェール大学（Yale University）でも学んだ法律家フィル・ストーン（Phil Stone, 1893-1967）や著名な文人シャーウッド・アンダスン（Sherwood Anderson, 1876-1941）らの教えも通じて、また彼自らの豊富な読書体験も踏まえながら、当時の欧米の新文学運動に興味、関心を示していた。そこから吸収したものは極めて多いわけである。

　そのフォークナーも、やがて南部小説の作家としての道に入ってゆく。即ち、1929年出版の『サートリス』（*Sartoris*）から南部貴族の一族、南部の家族を描き始めるのである。この作品に登場するサートリス家は、フォークナー家を最もよく反映していると言われている。主人公は、フォークナーの分

身とも目される第一次世界大戦の帰還兵士ベイヤード・サートリス３世（ヤング・ベイヤード、Bayard Sartoris Ⅲ [Young Bayard]）である。ベイヤードが弟のジョン３世（John Ⅲ）をヨーロッパの戦場（空中戦）で失った心の痛手に深く苦悩する物語であり、いかにも「失われた世代」的な戦後派青年の悲劇的人生を扱った作品であるが、そのベイヤードは、南部旧家の末裔としての立場に煩悶してもいる若者である。

ベイヤード青年の曾祖父ジョン・サートリス大佐（老大佐、Colonel John Sartoris [Old Colonel]）は、作者ウィリアム・フォークナーの曾祖父ウィリアム・クラーク・フォークナー大佐（Colonel William Clark Falkner, 1825-1889。スペリングに留意のこと）をモデルにしている。フォークナー大佐は裸一貫で身を起こし、大農園主となったミシシッピー北部の伝説的、英雄的な存在であり、南北戦争でも大いに活躍した。弁護士、軍人、作家、鉄道建設者などとしても華々しい活躍をしたマルチ人間である。ただ、その人生の最後は悲惨で、政治的ライヴァルの銃弾に倒れている。

ウィリアム・フォークナーは彼のこの曾祖父の人物や人生から多大な影響を受けており、曾祖父は彼自身が作家を志す上での原動力になった重要な存在であった。

ベイヤード・サートリス青年は、自暴自棄な生活を送り、一時は山中の自然や黒人小屋などに逃避先を見つけるものの、十分な癒しを得ることができず、終にオハイオのデイトン（Dayton, Ohio）でテスト・パイロットとして墜死してしまうに至る。悲劇的な結末である。その彼も、ナーシサ・ベンボウ（Narcissa Benbow）との間にベンボウ・サートリス（Benbow Sartoris）という一粒種（息子）を残している。

フォークナーは、『サートリス』においてミシシッピー州ヨクナパトーファ郡ジェファスン（Jefferson, Yoknapatawpha County, Mississippi）という架空の地名を設定したが、これは現実にフォークナーがその生涯の住地としたミシシッピー州ラファイエット郡オックスフォード（Oxford, Lafayette County, Mississippi）をベースにしたものである。これ以後、フォークナーはこのヨクナパトーファ郡ジェファスンの町を中心として、その周辺も含めた地域を多くの長短の"連作小説"の舞台とし続けたのである。

更にフォークナーは、この『サートリス』において、「南部貴族の崩壊」という彼独自のテーマを把握し、これを後の諸作品で一層深めてゆくことになるのである。もっとも、そうした気配は彼の処女作小説『兵士の報酬』

コートハウス（ラファイエット郡庁舎）
南軍兵士像も見える。ミシシッピー州オックスフォード。

(*Soldier's Pay*, 1926) に既に見受けられたのであるが——。

　南北戦争における南部敗北の後、南部貴族の多くは、当然、衰退の様相を色濃く呈する。これは奴隷制度 (Slavery) の崩壊による大農園（プランテーション, Plantation）の解体、北部産業主義の侵略等によるものである。

　『響きと怒り』(*The Sound and the Fury*, 1929) は 19 世紀末から 20 世紀初期にかけての没落貴族コンプソン家の物語である。4 部からなるこの作品の第 1 部は、知恵遅れの三男ベンジー（ベンジャミン、Benjy [Benjamin]）の視点を中心として、例の「意識の流れ」(Stream of Consciousness) の手法を徹底的に駆使した独特の描写法で知られている。第 2 部は、長男クェンティン・コンプソン 3 世 (Quentin Compson III) をやはり「意識の流れ」の技法を用いて描いた部分である。クェンティンは三男ベンジーの相続した牧場がゴルフ場として売却された金で北部の名門ハーヴァード大学に留学する。本作品の事実上の主人公であるこのクェンティン青年は、南部独自の旧家の重圧、時間の重圧などに精神的にさいなまれ、妹キャディ（キャンダス、Caddy [Candace]）との近親相姦の妄想にも悩まされて、留学先のボストンのチャールズ川に投身自殺をするに至る。1910 年のことである。

　知恵遅れや精神異常の兄弟たちに対して、第 3 部の主要人物たる次男のジェイソン 4 世 (Jason IV) は、現実主義者の俗物である。子どもの頃から金銭

に対する執着心が極めて強い。彼は長女のキャディの生んだ私生児の娘クェンティン（Quentin）が母から定期的に送ってもらう金をその中間にあってひそかに盗み取っているが、終にはクェンティンにそのお金をすべて持ち逃げされてしまう。クェンティンの母キャディは元来浮気っぽく、駆け落ちまでしてしまうが、根はやさしく、ベンジーなども彼女を慕っていた。

クェンティン・コンプソン青年はやはりベイヤード・サートリス（ヤング・ベイヤード）同様にフォークナーの分身的存在とも取れ、この物語の中心的人物とみなせる。

コンプソン家の父ジェイソン氏（Jason Compson Ⅲ）は1912年に死亡する。また、母キャロライン（Caroline）は病的で、神経質な女性であり、絶えず泣き言を言っているが、ジェイソンの現実感覚をよしとしている。しかし彼女は冷酷なジェイソンにののしられる羽目に陥る。彼女の兄弟には食客的なモーリー・バスコム（Maury Bascomb）もいる。子供たちも、既に述べたように、みなそれぞれに異常である。この崩れゆくコンプソン家を精神的に支えているのが黒人召し使いのディルシー・ギブソン（Dilsey Gibson）である。彼女の夫はロスカス（Roskus）である。

狂った柱時計に象徴されるコンプソン家の重苦しい没落の気配は、作者の代表的短編「エミリーのばら」（"A Rose for Emily", 1930）や大作『アブサロム、アブサロム！』（*Absalom, Absalom!*, 1936）などで一層生々しく深刻なものになる。

「エミリーのばら」の主人公エミリー・グリアソン家も典型的な南部貴族の一門である。頑固な父親の急死後、エミリーは、北部人である道路工事監督（foreman）のホーマー・バロン（Homer Baron）と一時的につき合うが、流れ者的で浮薄なバロンを毒殺し、二階の新婚の部屋をその後何十年にもわたって死体とともに維持する。閉ざされた寝所で死体と同衾する旧家の末裔たる孤独な老嬢エミリーの姿は、グロテスクで異常そのものであるが、そこには南部の激しいプライドや執念のようなものさえ見て取れる。北部的なものに対する深い愛憎も感じられる。老嬢エミリー、つまりは南部の精神の異常な深淵に思い至る気がする。

コンプソン家やグリアソン家などに見る南部旧家の荒廃しゆくプロセスに南部の壮大な歴史的背景を加えたのが傑作『アブサロム、アブサロム！』である。一介の貧乏白人少年から身を起こし、刻苦して大農園主となった主人公トマス・サトペン（Thomas Sutpen）のこの一代記は、南部的な「アメリカの夢」実現の物語でもある。ただ、この一代記は、サトペンの人生過程が彼

自身のなした相当の無理を伴っていたために、ギリシャ古典を連想させるような壮大な悲劇にもなっている。つまりは南部貴族の崩壊というテーマを忠実になぞった作品なのである。

聖書やギリシャ神話の形を借りて描かれたサトペンのこの成功と没落の物語は、南北戦争をはさんだ南部の大農園主の家、南部貴族の辿った宿命的な過程を集約したものともみなせる。

農園主の館に貧乏白人の父の使いで行ったサトペン少年は、黒人召使に裏口へまわれとさげすまれ、深い屈辱感を味わうと同時に野望に燃えてやがてハイチ島に渡る。時が流れ、彼は財を手にしてミシシッピーに来り、"サトペン荘園"(Sutpen's Hundred) を経営する。土地の商人の娘エレン・コールドフィールド (Ellen Coldfield) と結婚して息子ヘンリー (Henry)、娘ジューディス (Judith) をもうけるが、ハイチ時代の先妻ユーレイリア・ボン (Eulalia Bon) とその息子チャールズ (Charles) に復讐されるに至るのである。

ヘンリーは、ミシシッピー大学の学友チャールズが妹ジューディスと結婚することにより黒人の血がサトペン家に入ることを忌み嫌って、チャールズをサトペン荘園の門前で射殺してしまう。ユーレイリアには、当初サトペンの知らないことではあったが、黒人の血が混じっていたのである。ヘンリーは失踪してしまう。

南北戦争にも出征したサトペン大佐だが、彼の"壮大な計画"(grand design) に基づくサトペン家の子々孫々の繁栄の夢は崩れ去り、最後の血筋の者としては、チャールズの孫でいかにも黒人の血の濃い、知恵遅れのジム・ボンド (Jim Bond) 一人が残るという皮肉な結末に終る。サトペンの野望に燃えた人生計画は無残にも崩壊する。彼自身が使用人の貧乏白人ウォッシュ・ジョーンズ (Wash Jones) に大鎌で殺害される悲劇は、短編「ウォッシュ」("Wash") で詳述されている。ジョーンズの孫娘ミリー (Milly) と彼女が生んだ女児（父親はサトペン）のことが、結局はその原因となったのである。サトペンは跡取りの息子を欲しがったが、生まれた赤子は女児であったため、母子を侮辱的に扱い、ウォッシュの怒りをかったのである。

この壮大な南部悲劇においては、語り手クェンティン・コンプソン3世やエレンの妹ローザ・コールドフィールド (Rosa Coldfield)、それにクェンティンの南部に対する複雑な愛情に満ちた、歪みを伴いさえした批判の激しさもまことに印象的である。また、クェンティンのハーヴァード大学学生寮の友人でカナダ人のシュリーヴ・マッキャノン (Shreve McCannon) の見せる反応や

見解は、この深刻な南部悲劇にいくらかの珍妙な客観性を与えてさえいる。

　名作中編「熊」（"The Bear"）や短編「デルタの秋」（"Delta Autumn"）など（ともに『モーゼよ、行け、他』（*Go Down, Moses and Other Stories* [Randon House, 1942年5月]）に収録さる）に描かれるアイク（アイザック）・マッキャスリン（Ike [Issac] McCaslin）も、やはり南部旧家の直系の末裔である。彼は少年時代に、チカソー・インディアン（Chickasaw Indian）の酋長イケモテュッベ（Ikkemotubbe）と黒人奴隷女の間に生まれたサム・ファーザーズ（Sam Fathers）に狩の手ほどきを受ける。自然や狩猟に関する優れた師だった"自然人"サムの貴重な教えは、アイクの人間形成の過程に図り知れない程に深い影響を及ぼした。サムはかつてアイクの先祖の奴隷でもあった人物である。その母とともに。

ウィリアム・フォークナー
（フォークナーの死（1962年7月）の2、3ヶ月前に、オックスフォードのコフィールド・スタジオにて撮影されたもの。故ウィリアム・ブーザー氏提供。(J.R. Cofield Photo, Courtesy William Boozer Collection)）

　アイクの先祖（祖父）キャロザーズ・マッキャスリンは、許されない人種的大罪を犯していた。即ち、彼は黒人奴隷女に子を生ませ、その子（女子）にまた子を生ませていた。そしてその子孫に、後年、アイクの親族の若者ロス（キャロザーズ）・エドモンズ（Roth [Carothers] Edmonds）が、先祖のことは何も知らないままであったとはいえ、またまた子（男子）を生ませてしまう。既にアイクは、先祖の罪を思い、また、土地（land）というものは本来人間の手に属するものではなく、それ自体もっと神聖なものである、と考えて、自ら直系として相続すべき土地財産を傍系の親族エドモンズ家に譲り、ジェファスンの町に出て一介の大工となっていた。そして自由で清らかな生き方をしようとしていたのである。このあたり、イエス・キリストの姿も連想させる。彼は、侵略により次第に後退してゆく大森林の狩猟行に老練な狩猟家（hunter）として毎年参加している。

　アイク老人は、一族の若者ロス・エドモンズに捨てられた黒人女にコンプソン将軍ゆかりの角笛（ホーン）を与えて、赤子とともに北部に帰り、黒人の男性と結婚するように、と諭すのである（「デルタの秋」）。ロスが先祖の罪

を繰り返してしまった。アイクの財産放棄という贖罪の行為は一体何だったのであろうか——。アイク自身も更なる対処の法を見出し得ないでいる。フォークナーのこの「限界」はそのまま南部的「限界」でもある。

　フォークナーは、後年の諸作品の中でスノープス一族(Snopes)を描いている。『村』(*The Hamlet*, 1940)、『町』(*The Town*, 1957)、『館』(*The Mansion*, 1959)のいわゆる「スノープス三部作」(Snopes Trilogy)においてである。短編「納屋は燃える」("Barn Burning", 1939)などの物語にその初期の姿が描かれているように、スノープス一族はもともと貧乏白人(Poor White)である。そして、この一族は、大農園主階級の南部旧家の人々が、根強い伝統やプライドなどを含む旧弊やしがらみの中で苦悶している間に、その間隙を縫うようにして社会的進出を果たし、地域社会に根を張って、力をつけていった新興の成金階級なのである。フォークナーはこうした人々を皮肉を込めて、また独特のユーモアを込めて批判的に描いたと言ってよい。彼らは新しい時代に順応できる新しい種類の人々と見ることもできるが、フォークナーは衰退しゆく南部貴族の視点から彼らを冷ややかに眺めつつ、その逞しい世俗的な生命力を描き出している。

　フォークナー世界においては、南部社会や南部旧家の伝統的、保守的な環境や束縛が登場人物たちに影響を及ぼし続けている。特に若い跡取り息子たちがそうした南部的重圧の中で煩悶する姿も目立つ。これにはやはり長男だった作者自身の体験に基づいている部分もあるであろう。先祖の過去の罪業が、ホーソン(Nathaniel Hawthorne, 1804-64)の世界におけるように、後の世代に影を落とす場合も見受けられる。

　かつての大農園体制と奴隷制度にいろどられた農本主義的南部社会にあっては、家や家族の概念・定義には封建制の時代の日本の家や家族のそれらに通ずるものも見てとれるであろう。日本文学においては、例えば森鴎外の『阿部一族』や横溝正史の『犬神家の一族』などにそうした旧家やその束縛の個人個人に対する過度の影響力の及ぶさまを見ることができる。

　フォークナーの南部旧家に対する思いには愛憎ともにこもった複雑な、重層したものが見受けられる。それは彼の南部そのものに対する思いでもある。

　核家族化とか家族の崩壊とかの諸テーマについて盛んに論じられる今日、改めて家や家族というものに関して、その概念や定義も含めて、今一度考え直し、問い直してみる必要があるであろう。家や家族とは、ある種の郷愁を

呼び起こす存在であり、かつまた連帯、相互扶助といった言葉も思い起こさせるものでもある。他方、それらは束縛とか旧弊といったマイナス面を思い出させるものでもある。

　フォークナーが多くの小説で一貫して取り上げ続けた南部の家や家族の問題が、たとえそれが19世紀以来の古いアメリカ深南部地域にかかわることであるとはいえ、今日的な家や家族についての議論や考察にとっても大いに参考になるのではないかと思われるのである。

　2．「エミリーのバラ」——フォークナーの求めたもの

　フォークナーは、故郷のミシシッピー州を舞台とする「ヨクナパトーファ・サーガ」(Yoknapatawpha Saga) と称される連作小説の作者として知られている。

　既に触れたように、フォークナーは、主として、深南部 (the Deep South) の没落旧家、いわゆる南部貴族の衰退を描いたことで有名である。

　彼はむろん長編小説の作家であるが、優れた短編小説も多数発表した。その中で最も著名な作品が「エミリーのバラ」("A Rose for Emily") であることは論を待たない。日本においても、以前から、多くの読者に親しまれて来ている。

　「エミリーのバラ」は1930年に雑誌『フォーラム』(Forum) に掲載され (4月)、翌31年に短編集『これら十三篇』(These Thirteen) に収録されている。例のマルカム・カウリー (Malcolm Cowley, 1898-1989) 編『ポータブル・フォークナー』(The Portable Faulkner, The Viking Press, New York) の第9刷 (1962年) で、わずか12頁分 (489頁-501頁) という、文字通りの短編作品である。

　この短さで作者の最も広く知られた作品、多分彼の長短両作品をすべて含めた中で最も広く読まれている作品足り得ているのには、それなりの理由があると考えねばなるまい。そしてそれには、例えば上記のような短いという手軽さ、取り組みやすさ、一種の絵物語のような独特のストーリー、殺人事件を含むゴシック・ロマンス的な世界としての魅力、難解で鳴るこの作家の文章にしてはむしろ読み通しやすいという点などが指摘出来よう。

　が、やはり一番の理由は、この作品に"フォークナー風"が典型的に表れているということではなかろうか。即ち、本作は、ほんの一小篇であるにもかかわらず、フォークナーの広大深遠な文学世界をそのまままるごと逆投影

図的に写し出した、いわば凝縮版という印象を与えているのである。フォークナーの全的世界の凝集物と言えるわけである。

「エミリーのバラ」は、フォークナーを特徴づけるさまざまな要素を包含している。料理に例えれば、そこにはメニューの内容がほとんど出そろっているということである。それに、料理の盛りつけ方、並べ方も、細部に多少の問題は残すものの、ほぼ成功している。更に、盛りつけ、並べ終えた料理の上に"バラ一輪"をそっと添えて、最終的な仕上げを施しているのである。タイトルの「バラ」は最終の象徴的スパイス、いわば画竜点睛として機能している。それは、構成的にも多少ルーズな面を持つ本作を最終的完結へと導く役割を果たしているように見える。因みにフォークナーは、1955年夏、長野市のアメリカ文学セミナーで、質問に答えて、かわいそうなエミリーにバラの一輪も捧げてやりたいではないか、という意味のことを言っている。

フォークナー的要素とは、時間（Time）や心理主義（心理描写など）、旧家（南部貴族）の没落、南北戦争、ゴシック色やミステリー性、南部対北部の対比（対立）の構図、父子（娘）関係、独自の語彙や文体、深南部的土着性、黒人（人種）問題などである。

こうした諸要素が作品世界に無理なく取り込まれ、巧みに按配され、融合されさえしている。しかも決して総花的に展開されているわけではない。

こうして読者は、ウィリアム・フォークナーというノーベル文学賞作家の極めて複雑難解とされる大規模かつ深遠な文学世界をごく短期間の内に一気に味わうことが可能となるのである。少なくともそうした印象を持たされることは確かである。言い換えれば、本作はこの作家に取り組むための極めて簡便でしかも立派な「マニュアル」にもなり得るということなのである。

> ミス・エミリー・グリアソンが死んだ時、我々町の者たちは、みな彼女の葬式に参列した。男たちは、倒れた記念碑に対するある種の敬意を含んだ気持をもって、女たちはほとんど、彼女の家の内部を見たいという好奇心をもって、出かけた。彼女の家の内部は、すくなくとも10年間、庭師兼料理人たる老召使を除けば、誰も見たものがいなかった。
> （「エミリーのバラ」）

When Miss Emily Grierson died, our whole town went to her

funeral: the men through a sort of respectful affection for a fallen monument, the women mostly out of curiosity to see the inside of her house, which no one save an old manservant —— a combined gardener and cook —— had seen in at least ten years.

(*The Portable Faulkner,* The Viking Press)

　こういう書き出しで始まる「エミリーのバラ」は、ストーリー・テラーとして名を馳せたシャーウッド・アンダーソン (Sherwood Anderson,1876-1941) の教導を受けたフォークナーらしく、語りの口調、ノスタルジックな色調さえ帯びたストーリー・テリングの流儀で書かれている。
　物語は全部で5章から成り立っている。それは、冒頭において、ヒロインのオールド・ミス、エミリー・グリアソン (Emily Grierson) の死去 (74才時) のことを述べ、南部貴族出身の彼女の時代遅れで孤立した古い屋敷について記した後、回想形式によって彼女ミス・エミリーの人生を描き出しているのである。父が亡くなった後のミス・エミリーの人生は、古風で気位の高かったその父親の及ぼした影響も加わって、孤独でかたくなな、極めて脱世間的なものであった。長編『アブサロム、アブサロム！』のミス・ローザ・コールドフィールド (Miss Rosa Coldfield) にも通じてゆく孤絶した人物像なのである。
　「エミリーのバラ」中の場面は、フォークナー独自の「現在～過去」の幅広い時間帯の中で、何度も変るが、その時間的順序はすべてが必ずしも明瞭になるというわけでもない。あいまいなところがある。
　ともかく、物語りに即して言えば、ミス・エミリーはミシシッピー州北部のジェファスンの町に住んでいるわけだが、彼女が町の薬屋に砒素を買いに行った時、「30」才を過ぎていた。更に、「40」才頃には、彼女は階下の部屋を使って陶器の絵つけを町の娘たちに教えていた。そして「74」才で亡くなったのである。葬式のあと「我々」は40年間誰も見たことのない二階の部屋をこじあけるが、そこは婚礼の飾りつけがしてあり、ほこりの積もったベッドには北部人（ヤンキー）でミス・エミリーの恋人だったホーマー・バロンの骸骨が抱擁の形と思われる姿で横たわっていた。砒素で毒殺されたということである。
　フォークナーは既に『響きと怒り』(*The Sound and the Fury,* 1929) において、ジェイムズ・ジョイス (James Joyce, 1882-1941) 流の「意識の流れ」(Stream of

Consciousness) の手法を用いつつ、時間の彼独自の処理方法を徹底的に推し進めていた。「エミリーのバラ」が発表されたのは、そうした実験が遂行されたその翌年の 1930 年 4 月のことである。

　過去の伝統や規範に束縛されがちな深南部社会を背景とする旧家出身のフォークナーの文学は、彼自身の家門の歴史のこともあって、過去への遡及性に強く特徴づけられている。

　フォークナー世界の「現在」は「過去」に深く影響されており、しばしば「過去」の一部分或いはその延長体でさえある。一方、「過去」は「現在」の視点で再構成されることがある。ともかく、彼の「現在」と「過去」は一体であると言うべきであろう。フォークナー自身、1956 年に、次のように述べている。

　　私が自分の登場人物たちを時間という点でうまく動かし回せたという事実は、少なくとも私自身の見るところでは、時間というものが流動的な状態であって、それは個々人の瞬間的な化身において以外には存在しないものだという私の仮説を証明しております。「あった」というようなものはなく、「ある」のみが存するのです。もし「あった」がそんざいすれば、悲しみや不幸などあり得ないでしょう。私が創出した世界を宇宙の一種の要石と考えたいのです。その要石は小さいけれど、それが取り去られたら、宇宙そのものが崩壊することでしょう。

　　　　　　　(Frederick J. Hoffman and Olga W. Vickery, Ed., *William Faulkner: Three Decades of Criticism*, Harcourt, Brace & World, Inc.)

　フレデリック・J・ホフマンは、フォークナーにおける時間について次のように論述している。

　　フォークナーは人間の諸々の緊張の複合のなかで、しかも修辞、文体、物語の速度とリズムに完全に同化吸収されたものとして、時間を見ているという事実がある。読者が純粋な現在に気づくことはほとんど全くないといってよく（『聖域』は異色の例外であり、他の小説では、ときどき、現在を単独に取扱うことはあってもほんの瞬間にすぎない）、またある特定の過去だけが与えられることもそうしばしばあるわけではない。彼の小説には、重要な、典型的な時間用法が二つある。すなわち、現在にいる、な

いしは近時の過去にいた語り手によって、徐々に、段階的に、入念になされる過去の復元（『アブサロム、アブサロム！』の場合のように）、それと、過去、現在、過去ないし過去の各時点内の変化の様式（『響きと怒り』が好例）である。いずれにしても、純粋な、あるいは単独の時間としての現在は、全くと言っていいほど見られない。現在は過去と融合しており、過去との関連においてのみ意味をなす。そして現在の複雑性の原因もこの二つに時間の融合にあるのだ。

　フォークナー的時間は連続体と説明されてよいのであり、時間は過去から現在へ、そして現在から過去へと流動する。現実は客観的存在というよりも、一定の心理状態のなかで、過去と現在が事物ないし事件から作り出すものなのである。

　　　　　　　　　　（F. J. ホフマン『フォークナー論』伊東正男訳）

　ホフマンはフォークナー的時間を流動する連続体（continuum）として説明しようとしているのである。

　「エミリーのバラ」における時間の取り扱い方は『響きと怒り』におけるそれのように複雑、厳密ではない。むしろ「回想」物語という枠の中で、比較的自在である。時としてルースネスに通じかねないこの自在さが、むしろこの短篇をして肩の凝らない、自然で読みやすいものにしている一因ではあろう。"一人称"の「我々（We）」（例えば第1章の1行目、第3章の1行目、第4章の1行目、第5章の21行目など──『ポータブル・フォークナー』）を用いた語りの口調が、読者を親しく作品世界にいざない入れ、回想形式のたゆたうような「現在、過去」の時間帯の中でミス・エミリーの極めて南部的かつ悲劇的な人生軌跡を追ってゆらゆらと経巡らせるのである。しかもストーリーの流れはよく分かるわけである。

　フォークナーは引き続いて『サンクチュアリ』（1931）、『八月の光』（1932）、『アブサロム、アブサロム！』（1936）などに、重いテーマを抱えた長編小説の創作業にのめり込んでゆくわけであるが、『響きと怒り』で相当の精力を費やした直後の、そして次の重要な創作段階に入る直前の谷間の時期におけるくつろいだ一服の茶が「エミリーのバラ」だったような気がする。「エミリーのバラ」の筆致には、そうした瞬間のゆとりのようなものが感じられるのである。

構造的にはエミリーの死で始まり、彼女の死で終る、即ち彼女の死を外枠（物語中の「現在」）として、その時点までの彼女の過去を長年月にわたってあれこれと回想するその過去は、あたかも死の外枠によって封印されてしまうかの如くであり、その封印される諸々をミス・エミリーは沈黙の内に墓中へ持ち込んでいってしまうわけであり、後に残るのは物証としての古い異様な屋敷とホーマー・バロン（恐らくフォークナーにおける南部の旧敵たる極めて北部的なもの）の残骸、そしてミス・エミリーにまつわる浮ついた世間の噂（フォークナー自身もこの噂に悩まされていた）のみなのである。
　薬屋で、ミス・エミリーは胸をそらして、こう言い放つ。

　　一番効くのを下さい。種類は問いません。

　I want the best you have. I don't care what kind.

或いはまた、「日ごとに」「月ごとに」「年ごとに」("Daily, monthly, yearly") 時を経たミス・エミリーは、孤絶の内にかたくなであった。

　　このようにして彼女は世代から次の世代へと過ごしゆき、その様は懐かしく、逃れようもなく、何ものも受けつけず、静かで、つむじ曲がりのものであった。

　Thus she passed from generation to generation ― dear, inescapable, impervious, tranquil, and perverse.

ジェファスンの墓地（セメタリー）に眠る南軍兵士たちがかつて不屈の旗を掲げたように、ミス・エミリーも孤絶の旗を立て続け、そして、「我々」の知らぬ間に老衰し、それがもとで死去した。
　フォークナーが時間の技法的操作の向こうに見ようとしたものは、ミス・エミリーの、南部人の、いや、先祖や家門の絡む深南部人たる彼自身の愛憎半ばする南部的なるものの実体だったのであろう。そのことは彼の他の多くの代表的作品が証明している。そしてフォークナーは、その実体が失われてゆくのを一輪のバラでもって追悼しているのである。

第14章　フォークナーと南部精神
──『墓場への侵入者』を通して──

1．『墓場への侵入者』

　ウィリアム・フォークナーは南部ミシシッピー州の出身であり、故郷を舞台とした長短多数の連作小説、いわゆる「ヨクナパトーファ・サーガ」を執筆した。彼は深南部人（Deep Southerner）であり、旧家の「南部貴族」の4人兄弟の長男であった。それゆえ、彼は南北戦争（the Civil War）や大農園（プランテーション、Plantation）、奴隷制度（Slavery）などを含む南部史や南部社会を熟知しており、それらを主たる題材やテーマとして優れた作品を生み出したのである。

　南部貴族の「家門」の衰退や崩壊がフォークナーの主たる関心の的だったことは紛れもない事実であるが、彼には他にも、人種、インディアン、ギャングや第1次世界大戦、第2次世界大戦、貧乏白人などを描いた作品もあり、更には推理小説や児童向けの物語などもある。さすが大作家であるだけに、作品世界も幅が広いわけである。そして、旧家の崩壊や人種問題、貧乏白人の問題などを含むこうしたいろいろな題材やテーマは、作品によっては相互に絡み合って取り扱われていることが多いのである。

　『墓場への侵入者』（*Intruder in the Dust,* 1948）は、白黒の人種問題を扱った推理長篇小説である。本作においては、フォークナーの南部観、黒人観（人種観）が分かりやすく現れている。

　旧家出身の深南部人たるフォークナーは、人種問題などについては、彼自身が生まれ育った深南部、その風土や人々を愛する一南部人として穏健な南部主義の立場を保持していたと考えられる。が、特に作家として名を成して以降は、私人としてのみならず公人として発言する（或いはせざるを得ない）機会も増え、自身いろいろに思案し、また苦悩することも多かったのではないかと思われる。そのことは彼が描いた諸々のエッセイからもうかがえるのではなかろうか（『ウィリアム・フォークナー：エッセイ、演説、公開書簡』[*William*

Faulkner:Essays, Speeches & Public Letters, Edited by James B. Meriwether, New York, Random House, 1965] などを参照されたい）。

　ともかく、こうした人種問題は単にフォークナーや南部の問題にとどまらず、合衆国社会全体のそれなのだと言える。

　『墓場への侵入者』は真の殺人犯を探す推理小説としての強い興味を読者に抱かせるが、他方でフォークナーの真摯な南部研究であり、『八月の光』（*Light in August,* 1932）や『アブサロム、アブサロム！』以後の形や色合いを変えた重要な人種問題の一探究でもあったのである。

　『墓場への侵入者』はフォークナーの最大傑作の一つに数えられているわけではないが、その人種的緊張（racial tension）を扱ったテーマからしても、彼の重要作の一つであることは間違いない。特に後期の作者にとり、スノープス3部作（Snopes Trilogy）と並んで大切な作品だったと言わねばなるまい。ただ、『墓場への侵入者』は『響きと怒り』や『アブサロム、アブサロム！』と異なり、教訓臭が全面的に押し出された、主義主張のスローガン色を感じさせ、その点からもやや深遠さを欠く結果になっている。推理小説としても一流とは言い難い。

　ただ、既述の通り、作者の文学経歴上、重要な作品であることは確かなのである。

　因みに、『墓場への侵入者』は、1949年にMGMによりオックスフォードの現地ロケ敢行を通して映画化されており（約1時間27分の白黒映画）、米国で広く知られた物語ともなった。クラレンス・ブラウン・プロダクション（A Clarence Brown Production）により制作され、監督もC・ブラウン（C. Brown）であった。

>　町中が（いや、この件に関しては郡全体が）、ルーカス・ビーチャムが白人の男を殺したことは前の晩から知っていたのだが、保安官がルーカスを連れて留置所についたのは、その日曜日のちょうどお昼頃だった。
>
>　　　　　　　　　　　　　　（『墓場への侵入者』第1章、鈴木建三訳）

　このような書き出しで始まる『墓場への侵入者』は、人種的葛藤を核とする南部問題を集成する形で仕上げられた意義深い作品である。本作においてフォークナーは、『八月の光』、『アブサロム、アブサロム！』や短篇「乾燥の九月」（"Dry September", *Scribner's Magazine* 第139号、1931年1月）、「デルタ

の秋」("Delta Autumn")、短篇集『モーゼよ、行け、他』などを通じて取り組んで来た人種問題を改めて取り上げ、しかも黒人リンチ問題を含めて、分かりやすい形で考察している。大掴みに言えば、『墓場への侵入者』は殺人事件のストーリーを追いながら、その過程で、チャールズ・マリソン（Charles Mallison Junior）少年や特に彼のおじで弁護士のギャヴィン・スティーヴンズ（Gavin Stevens）をして人種論、南部論、南北論や人生哲学を語らせている。結局、作者フォークナーは、ハーマン・メルヴィル（Herman Melville, 1819-91）が『白鯨』（*Moby-Dick; or, The Whale*, 1851）において、復讐に燃えるエイハブ船長（Captain Ahab）が巨大な白鯨を追跡する過程で、作者自ら鯨学及び海洋の知識や人生哲学を開陳するというあの手法と同じように、彼フォークナー自身の諸主張をかなりストレートに述べ立てているわけである。

スティーヴンズ家家系図
STEVENS GENEALOGY

既に指摘した通り、意見や主義主張の開陳、展開を主としたためにやや冗舌でスローガン的な色合いが強まり、その分、わかりやすくなった半面、奥深さを欠くことにはなったと言えるが、南部人一般の人種観の実体を明確に

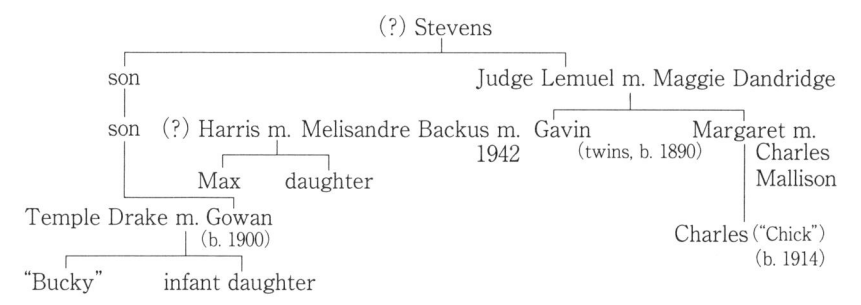

```
                    (?) Stevens
         ┌──────────────┴──────────────┐
        son                    Judge Lemuel m. Maggie Dandridge
   ┌─────┴─────┐              ┌──────────┴──────────┐
  son  (?) Harris m. Melisandre Backus m. Gavin      Margaret m.
              ├──────┐          1942   (twins, b. 1890)│ Charles
             Max   daughter                            │ Mallison
Temple Drake m. Gowan                          Charles ("Chick")
              (b. 1900)                              (b. 1914)
    "Bucky"   infant daughter
```

Faulkner, A Collection of Critical Essays (Ed. by R.P. Warren, Prentice-Hall, Inc.,1966) より。

描き出すことには成功している。そこには危険な群集心理の実体とそれを恐れる人々のヒューマンな心情とが、ともに描き出されているのである。

　作者が相当に力を込めて取りかかったと思われる本作の構成には、幾つかの柱が見て取れる。それは次のようなものである。

　① 黒人ルーカス・ビーチャム（Lucas Beauchamp）の冤罪事件の推移。推理小説としての物語。

② チャールズ・マリソン（"チック"）少年のこの殺人事件、冤罪事件を通しての人生入門（イニシエーション [Initiation] の物語）。
③ 黒人リンチにかかわる群集心理に基づく人々の行動パターン。
④ 主として、ギャヴィン・スティーヴンズ弁護士（ひいてはフォークナー）の人種論、南部論など（それらは南部穏健派のものであるが、やはり南部的、保守的で、反北部的なものであるとともに、南部の内部からの善意に満ちた社会改良論でもある）。

　多層構造と言うか重層構造とも言えようか、ともかく複数の柱或いは層を抱えた全体構造が見られるのである。
　このような作者の構想からしても、本作は彼の総合的な南部理解の書、彼の本格的な南部論上の提示物と見てもよい。作者は、その個人的な情念や人生哲学の奥行を描き出すというよりは、むしろ全体的、社会的な迫り方でもって矛盾を孕む、しかし彼自身愛着の深い南部社会に彼なりにメスを入れようとしたのである。『響きと怒り』や『八月の光』『アブサロム、アブサロム！』などの深遠な諸大作において重苦しい南部のまるでギリシャ劇のように悲愴な悲劇を描き上げた後、もっと明解でストレートに、社会的、地域的な観点から病んだ南部世界を今一度再考してみようとした意味深い試みだったのである。
　南部の過去、現在、そして未来にまで視野を広げた、南部人の側からの人種論、南部論、南北論、そして南部社会改良論なのである。

　物語は、ある年の５月のある土曜日、日曜日、月曜日の３日間の出来事を中心として、その前後を含めて展開する。この年から４年前の伏線（foreshadowing）さえ張られている。
　ある土曜日の午後、黒人のルーカス・ビーチャムが「ビート４区」にあるフレイザーの店で白人ヴィンソン・ガウリー（Vinson Gowrie）を射殺したという知らせがジェファスン（Jefferson）の町に入る。チャールズ少年もそれを知る。

　　あの土曜日の午後遅く、彼（チャールズ・マリソン）は広場を通って戻って来た（高等学校の校庭で野球の試合があったのだ）、そして彼は、ルーカスがフレイザーの店のところで、ヴィンソン・ガウリーを殺したことを

聞いたのだ、保安官に来てくれという知らせは3時頃に届き、……
(『墓場への侵入者』第2章)（　）内筆者註

　　ほんの一週間前のあの土曜日、一人の年取った黒人が、彼が一人の白人を殺したのだとみんなが信じ込まざるを得ないような立場におのれを追いやったがために、すっかり台無しにされてしまったあの土曜日を…
(『墓場への侵入者』第11章)

　ルーカスは、老スキップワース巡査（old Skipworth, the constable）に逮捕される。
　ホープ・ハンプトン保安官（Sheriff Hope Hampton）が翌日の日曜日にスキップワース巡査のところからルーカスをジェファスンに護送して来て、留置場に押し込めるに至る。折悪しく一族の地主キャロザーズ・エドモンズは、病気でニューオーリンズ（New Orleans）で入院しているのであった。
　ルーカスの頼みにより、チャールズ少年は、同じ日曜日の夜、友人の黒人少年アレック・サンダー（Aleck Sander）と70才の老嬢ミス・ハバシャム（Miss Habersham）の3人で山上の埋葬が終わったばかりの墓を掘り、棺の中の遺体はヴィンソンではなく、ジェイク・モントゴメリー（Jake Montgomery）だったことを確認する。それは5月の穏やかな宵のことであった。

　　……そしてもう一度、保安官がルーカスを連れて来た日曜日にここで見た顔だけでもなく、医者や弁護士や牧師などを別とすれば町の人間というよりは町全体がそこに集まっているように思われたのだった。……
(『墓場への侵入者』第9章)

　人々が町の広場や留置場前目指して集まり出している様子も分かるのである。

　　「ちょっぴり早くないですかね、弁護士さん？　第四区の連中は、夕飯を食って町に出て来る前に、乳を絞り、明日の朝の炊事に使う薪を伐らなきゃならんからね」
　　「奴隷は日曜の夜は家にいることにするかもしれんよ」と伯父も機嫌よく言って通り過ぎたが、そうするとその男は、今朝床屋にいた男がいったのとまさに同じことをいったのだ……

「そうなんですよ。今日が日曜だってのは、奴隷のせいじゃないですからね。あの野郎め、土曜の午後に白人を殺しやがるんなら、そのことを考えてたに決まってますよ」それから彼は、歩き続けて行く二人の背後から、声を高めて叫んだ。「今夜は女房が具合がよくないんでさ、それにわしは、あの留置所の玄関を眺めてるだけのためにあの辺をうろうろするのはごめんなんで。だが、もし奴等が助けがいるようなら声をかけるように奴等にいって下せえ」

(『墓場への侵入者』第 9 章)

文中「弁護士」「伯父」というのはギャヴィン・スティーヴンズのことである。

　この前の日曜の晩は三人で充分だったわけだし、一人だって充分なことだってありうるんだ

(『墓場への侵入者』第 11 章)

　文中で「三人」というのは、むろんチャールズ少年、アレック・サンダー、それにミス・ハバシャムのことである。文中で「三人で充分……」というのは、3 人が墓を掘りに行ったことを指すが、やや皮肉な表現を使っているわけである。16 才の少年二人と 70 才の老嬢が深夜に山の上の墓地で死人の墓を掘り返すということが尋常である筈がない。他には誰もやる者がいそうにないから、老黒人の窮地を救うために敢えてやっていることなのである。
　月曜日になって、ハンプトン保安官、シャベルを持った二人の囚人、そしてギャヴィンとチャールズ少年は、山の上の墓地へでかけてゆく。

　しかしとにかく彼は目が醒めていた。とにかくコーヒーが効いたのだ。彼はまだうとうと眠りたいのだが、今はもう眠れないのだ。眠りたいという気持ちはあるのだが、しかも今彼が闘って弱めなければならないのは不眠感なのだ。もう八時すぎだった。彼がちょうどミス・ハバーシャムのトラックを舗道から道に出そうとしているとき、郡のスクール・バスが一台通って行った、そして月曜日なので、もうすぐ通りは、本と、紙袋に包んだ弁当を持ち、元気あふれた子供たちでいっぱいになること

だろう、そしてスクール・バスの後ろには、田舎道の泥と埃にまみれた乗用車やトラックが数珠つなぎになって、切れ目ない列を作って並んでいたので、彼がうまくそこに割り込めないうちに、伯父と母とはもう留置所に着いてしまっていそうだった、というのは、月曜日というのは、広場のうしろの家畜売買用の厩でせり市のある日で、人の乗ってない車やトラックが、市役所の建物に沿って、飼葉桶に集まる子豚のようにぎっしりつまっており、家畜売買用のステッキを持った男たちが、立ち止まりもせずに広場を通りこし、小路を抜けて真直ぐに厩の方に行き、煙草を嚙んだり、火のついてない葉巻を口にくわえたりしながら、檻から檻を見て歩いている姿を、彼は目のあたりに見ることができた、……

(『墓場への侵入者』第6章)

　以上の土、日、月の3日間の時間帯の中で事件が起こり、そして解決されるという構成になっているわけである。

　チャールズ少年は、既にルーカス・ビーチャムと面識があった。作品の冒頭の一エピソードであるが、ルーカスが殺人事件に巻き込まれる4年前の初冬のある日のこと、当時12才だったチャールズ少年は、パラリ（Paralee）の子供で同じ年齢の少年アレック・サンダーと一緒に兎射ちに行ったことがあった。その折、チャールズ少年は、冷たい川に落ちてしまう。そこを通りかかったルーカスが、少年たちを自分の黒人の臭いの漂う小屋（Cabin）に連れ帰り、服を乾かさせ、自身が食べる予定だった質素な食事——ルーカスの出せる最上の食事——を食べさせもする。少年は御礼の気持ちから持ち合わせていた50セント玉をルーカスに渡すが、彼はそれを受け取らない。少年はお金を床に落として、拾わせようとするが、ルーカスはそれをアレックに拾わせ、少年に返させる。気まずい雰囲気であるが、このあたりにも白人の優越意識を潜在的に有するチャールズ少年と黒人ながら誇り高いルーカスのある種の（「対立」と言うよりは）「葛藤」が見て取れる。黒人ながら彼ルーカスにとって、チャールズ少年たちはかつての大農園主キャロザーズ・マッキャスリン（Carothers McCaslin）一族の血を引くところの彼の客人としてその小屋に招かれたのであり、にもかかわらず、少年は何も分かっていなかったのであり、そこに少年の「敗北」と言うか、「恥辱」と言うべきか、ともかくこの一事が大変苦い記憶物として澱のように彼の心の基底部に居座ってしまうのである。

チャールズ少年にとりこの小さくてしかも大きな事件が作品の冒頭で伏線として敷かれた上で、ルーカスの冤罪の物語が展開してゆくことになるのである。

因みに、ルーカスの住まいはジェファスンから17マイル離れたところにある独身の地主のキャロザーズ・エドモンズの地所の一隅にある。エドモンズの父が黒人の徒弟とその子孫にその小屋を含む10エーカーの土地を与え、その小さな長方形の土地は2000エーカーの大農場（プランテーション）の中にちょうど「封筒の真ん中に貼った切手のように」(a postage stamp in the center of an envelope) 存在していたのである。実のところ、ルーカスの自負心やプライドの強さ——白人たちにはそれが傲慢で生意気と受け止められていた——は、このような旧家の流れ、その一員なのだという彼の自意識にも由来していた。ルーカスは、エドモンズの曾祖父キャロザーズ・マッキャスリンとその息子にも使われていた奴隷たちのうちの一人の息子なのであった。

ルーカスは、そうした質素な小屋に小柄な妻モリー (Molly) ——ミス・ハバシャムはモリーと仲が良かった——と一緒に暮らしていた。モリーは、チャールズ少年がそこで食事をした時はまだ健在だったが、ルーカスが殺人事件に巻き込まれた頃にはもう亡くなっていた。ルーカスは、普段から白人にへりくだらず、誇り高く我が道をゆくタイプで、服装にも常にこだわりを見せ、金の爪楊枝をくわえ、海狸〈ビーバー〉の帽子をかむっていた。何一つ上手の言えない正直者で、頑固者であった。従って、町の白人たちからは傲慢な黒人だとして嫌われがちだったのである。作中では、次のようにも描かれている。

　　……帽子もまた、使い古してはあるが、お祖父さんもそれ一つに三十ドルか四十ドルも払って使っていたような、手縫いの海狸の帽子だった。それは色だけは黒人だが鼻柱は高く、いくぶん鉤鼻になっている顔に、かぶっているというよりはちょこんと載っているといった形だったが、その顔に現れているもの、顔の奥から滲みでているものは、黒でもなければ白でもなく、傲慢さも少しもなく、侮蔑的ところもなく、ただ厳しく不屈で、しかも落着きはらっているのであった。
　　　　　　　　　　　　　　　（『墓場への侵入者』第1章）

チャールズ・マリソン少年は父母とおじ（母の兄）のギャヴィン・スティーヴンズ弁護士と一緒に一つ家に暮らしている。ギャヴィンの弁護士事務所

元フィル・ストーン法律事務所
現在はトマス・フリーランド氏父子の法律事務所。オックスフォード。

は町の中央広場に面した建物の二階の角に、広場を見下ろす形であり、少年は普段からそこに自由に出入りさせてもらっている。本作はチャールズ少年が主人公であり、彼を中心とした物語である。そしておじのギャヴィンは少年の相棒役ということになるが、実際には、少年はギャヴィンおじの助手的存在とも言えるわけである。ルーカスは作中の重要なキーマンたる立場を占めるが、そのルーカスの冤罪の物語を少年やギャヴィン弁護士が解きほぐしてゆく役割を担うわけである。ともかく、本作は、チャールズ少年にとって、人生入門、イニシエーションの物語なのである。

なお、クリアンス・ブルックス（Cleanth Brooks, 1906-94）も、本作のことを「チック・マリソンが成長してゆく姿を描いた小説（a novel about Chick Mallison's development toward maturity）」だと言っている（*William Faulkner: Toward Yoknapatawpha and Beyond*, Yale University Press, 1978）。

チャールズ少年はやさしい、少年らしい純粋さを持った正義漢であり、南部的心情の持主だが、行動力と勇気とを備えている。50才になる独身のギャヴィン・スティーヴンズはいかにも法曹界の人間らしく論理的でクールであるが、同情心もあり、やはり正義漢で、南部の穏健派としての保守的立場を有している。

ギャヴィン・スティーヴンズは、従来から広く、作者フォークナーの初期の文学上の指導者フィル・ストーンをモデルとして創造された人物だとみなされている。彼フィル・ストーンは地元のミシシッピー大学 (The University of Mississippi) のみならず、北部のイエール大学にも学んだ、オックスフォードの有能な弁護士であり、文学に対する造詣も深かった。理想的な南部紳士であった。フォークナーは、若かりし頃、4才年上のこのストーンから沢山の文学上の教えを受けている。従って、『墓場への侵入者』のギャヴィンの思想にストーンのそれも多分に反映していると考えることは十二分に可能である。ただ、ストーン夫人であるエミリー・ホワイトハースト・ストーン (Emily Whitehurst Stone, 1909-92) 女史は、生前筆者のインタビューの中で、フォークナーが夫ストーンをモデルとして、ひたすらに冗舌なギャヴィンを創り出したことをよしとはされていなかった。夫ストーンとギャヴィンとの間に相当の乖離があることを指摘されたわけである（この点については拙著『フォークナーの世界―そのルーツ』[成美堂、1996] を参照されたし）。

2．フォークナーの人種観

　ギャヴィン・スティーヴンズは、ルーカス・ビーチャムが冤罪を蒙っているということを必ずしも最初から積極的に信じたわけではない。まず甥のチャールズ少年が行動を起こす。作中に明確に記してあるわけではないが、少年は既にルーカスの人となりを知っていたのであり、そのルーカスが殺人というような恐ろしい罪とは結びつきにくいと直観的に感じていたのではなかろうか――。

　留置場に連行されるルーカスから「君のおじさんに私が会いたがっていると伝えてくれ」と頼まれた少年は、おじギャヴィンとともにルーカスと面会する。留置場の一階には射撃の名手ウィル・レギット (Will Legate) が万一の事態に備えて待機している。集まって来た群集が暴発して、ルーカスにリンチを加えることを恐れ、保安官がそうした処置を取ったのである。因みに、このウィル・レギットは、短篇「デルタの秋」("Delta Autumn") などにも狩猟団の一員として登場している。

　最初の面会の直後に単独でまた戻って来たチャールズ少年に対して、ルーカスは埋葬されたヴィンソン・ガウリーの死体を掘り出して射たれた傷口を調べさせてみてくれと頼む。ルーカスの古い41口径のコルト拳銃で撃った

傷口ではないことが分かる筈だというのである。

　こうして少年たち3人が、少年は馬で、アレックとミス・ハバシャムは無蓋のトラックで夜中に山上の教会に行き、墓地を掘り返すことになる。クライマックスの一場面である。むろん、3人は死体を持ち帰る積りである。このあたりは、マーク・トウェイン (Mark Twain,1835-1910) の傑作『トム・ソーヤーの冒険』(The Adventures of Tom Sawyer, 1876) の中のトム少年たちの幽霊屋敷探検や、インジャン・ジョー (Injun Joe) の潜む洞窟の中の恐怖行などの場面も思い起こさせてくれる。

　さて、夜の11時近くになってようやく山上に到着したチャールズ少年たち3人が掘ったヴィンソンの棺の中には、彼ヴィンソンの遺体ではなく、ジェイク・モントゴメリー (Jake Montgomery) のそれが入っていた。モントゴメリーはクロスマン郡の方からやって来た材木買い付け人で、ろくに元手もない男であった。結局、3人はその死体を埋め戻す。実は、3人は、山上へ登ってゆく途中で既に、上から降りてくる人間と荷を積んだラバを闇の中で木蔭に隠れて目撃していた。暗闇なので顔も分からなかったけれども、これが殺人犯人のクロフォード・ガウリー (Crawford Gowrie) で、真相が判明するのを恐れて、ヴィンソンの死体を掘り出し、それを運んでいたのだということが、後になって明らかになる。

　「ビート4」(Beat 4) というあまり柄のよくない地域に住むガウリー一族の描写は、非常に鮮明というわけではない。胡散臭い雰囲気の漂うこの一族には父親のナブ・ガウリー (Nub Gowrie) や息子たちがいるが、末子ヴィンソンが兄の一人クロフォードにドイツ製のルーゲル銃で撃ち殺されていた。そしてルーカスが兄弟殺しの罪を被せられていたのである。クロフォードは、少年たち3人がヴィンソンの墓にやはり彼クロフォードが殺して埋めたジェイク・モントゴメリーの死体を発見したのを見て、急ぎジェイクの死体を掘り出し、結局二体とも一晩の内に慌てて川辺の別々の場所に埋めていたのである。二体目を運ぶ時はもう夜が明け始めていた。

　月曜日になって、チャールズ少年らの報告を受けたハンプトン保安官やギャヴィン・スティーヴンズは、少年ともども山上の教会の墓地へと車を走らせる。手伝いのための黒人囚人二人も伴っていた。墓地に行くと、老ナブ・ガウリーが息子たちのうちの双生児ヴァーダマン (Vardaman) とビルボー (Bilbo)、それに犬を連れて現れる。一緒に墓を掘るが、当然中は空っぽであった。

彼らは川辺へと下っていって、二遺体を発見し、掘り出すに至る。ヴィンソンの死体は橋の所のやわらかい流砂の中に埋められていた。結局、クロフォードは、弟ヴィンソンとアンクル・サドレー・ワーキット（Uncle Sudley Workitt）の材木を盗んでいたところをヴィンソンに知られて彼を殺し、更にジェイク・モントゴメリーがヴィンソンの死体を墓から掘り出すのを待ち構えていて、ジェイクをその頭を打ち割って殺害していた（ジェイクはクロフォードの殺人を知り、彼をゆすっていた）。

ルーカスはこの材木盗みに気がついていて、注意して見張っていて難に会う。ヴィンソン殺しの殺人現場に居合わせたルーカスは、自分の41口径のコルト拳銃の柄をうしろに突き出すようにしてヴィンソンの死体を見下ろしていたところを犯人に仕立て上げられて、逮捕されたのである。川辺から引き出されたヴィンソンの遺体の傷口は、41口径のコルト拳銃によるものではなかった。クロフォードの悪事を明らかにしようとしたルーカスは、逆に殺人犯にされてしまったのである。

ルーカス・ビーチャムは釈放され、真犯人のクロフォード・ガウリーが逮捕される。しかし、結局、クロフォードは、牢内で自身のドイツ製ルーゲル拳銃で自殺を遂げることになる。

結局、柄の悪いガウリー家の身内の争いに、普段、白人たちから生意気な黒人め、と思われていたルーカスが、自身の不注意もあって巻き込まれ、処刑かリンチの寸前までいってしまったわけである。その危うい彼を一部の良識ある白人たちが救ったということなのである。

南部の抱えるこうした重いテーマを扱うに際し、ここではフォークナーは推理小説の形を選んだのであるが、その手法が作品の全体的効果を高めるのに有利に働いたかというと、そうでもない。『墓場への侵入者』は、推理小説としてはややルーズで、緊迫感に欠けるところがある。早々に種明かしがされてしまった探偵小説といった印象を残している。

とりわけ興味を持たされるのは、群衆心理を扱っている部分である。黒人による白人殺しの噂が広まると、ジェファソンの郊外からも車が続々と町の中心部、広場と留置場前に押し寄せてくる。そして街路は車列で身動きが取れなくなってしまうのである。他方、黒人たちは息をひそめて家の中に閉じ籠っている。そして大嵐が頭上を吹き過ぎてゆくのをひたすら待つのである。

白人側の人種偏見に基づくこうした群衆の心理や行動はかつての南部社会

にはしばしば見受けられたものなのであろうが、フォークナー自身も少年時代から地元で時折目にした光景だった筈である。ジョゼフ・ブロットナー（Joseph Blotner）は、作品のベースになった実際の出来事に言及している（*Faulkner, A Biography,* Vol. 2, Chutto & Windus, London, 1974)。白人を殺した黒人に対するみせしめとしての残酷な集団リンチの構図——まるで絵に描いたようなその構図がここに再現されているのである。恐いもの見たさの欲望や快感、多勢が同一方向に向かって一斉に動いてゆくその盲目的な行動や、そして事件の真相が判明するやあっさりと散ってゆく単純でワン・パターンな流れ——、フォークナーは人種差別意識が当たり前のこととして定着している深南部社会の大衆心理の危うさ、恐ろしさを鋭く問い詰めているのである。彼自身もそのれっきとした一員である深南部社会の孕む根深い病巣に複雑な思いを込めながら、メスを入れているのである。

　既に触れたように、フォークナーは主としてギャヴィン・スティーヴンズの口を通して自らの南部観、人種観、北部観などを詳細に述べている。そしてそれは、基本的には、南部的な考え方に則ったものであった。既述のように穏健な南部保守主義、人間愛を含む南部的な愛国主義とでも言うべきものである。
　チャールズ少年の想いの中でも、北部は次のようなものなのである。

　　　たんなる北部ではなく、あのはるか彼方の土地、その境を区切るあたり、地理上の場所ではなく、一つの情緒的な理念であるあの「北部」へと拡がっているのであり、その「北部」とは、彼が母親の乳を通じて、少しも恐れることもなく、実際のところ憎む必要もないのだが、ただ——ときには少しばかり面倒臭そうに、ときには嘲笑さえ浮かべて——挑戦すべきだと教えこまれてきた、常に、そしてどんなときでも、抜け目なく気をつけるべき一つの〈状態〉を指しているのだ。
　　　　　　　　　　　　　　　　　　　（『墓場への侵入者』第7章）

　ギャヴィン・スティーヴンズの人種論、黒人論は、作中諸処にちりばめられているが、そのポイントは、第7章の次の一節に含まれていると言ってよかろう。ここは大切なところなので長目の引用になることを了承願いたい。

われわれ（南部白人と黒人——筆者注）が北部に抵抗しなければならない理由はこれなんだ。われわれを守るためでもないし、われわれの双方が一つになって、一つの国として留まるためでもないんだ、そんなことは、もうわれわれが守っていくものから不可避的に出てくる副産物なんだ。われわれが守りたいものは、三世代前に、われわれがまさにそのためにわれわれの裏庭で血みどろに戦って破れ、それゆえに無傷ですんだもの、サンボーは自由な国に住んでいる一人の人間なのであり、それゆえ自由でなければならない、という公理なのだ。それこそわれわれがほんとうに守ろうとしていることなのだ。彼をわれわれの手で自由にする特権こそがね。他の誰もそれをやれないのだから、われわれがそれをしなければならない、というのは、もう一世紀も前に北部がそれをやろうとし、七十五年のあいだずっと、彼等が失敗であったことを認めているのだ。だからそれをするのはわれわれの仕事なのだ。まもなくこういったことは起こらなくなるだろう。いやもう起こしてはならないのだ。もうけっして起きてはならなかったのだ。それなのに、この前の土曜日に起こってしまったのだし、たぶんまた起こるかもしれない、たぶんもう一度、いやもう二度でも。しかし、人間の不滅性の全年代記というものは、人間が堪え忍んだ苦悩の中に、己れの罪の償いを踏み石としての星へと向かう苦闘の中にあるのだ。いつの日かルーカス・ビーチャムは、白人と同じく、リンチの綱やガソリンを怖れることなしに、白人を後ろからでも射つことができるようになる。まもなく白人と同じように、いつでもどこでも投票するようになるだろうし、その息子を白人の子供のゆくどんな学校にでも入れられるようになるだろうし、白人の旅行するところならどこでも旅行できるようになるだろう。しかしそれは、この次の火曜日というわけにはいかない。しかし北部の連中は、それをすぐ次の月曜日に、印刷した箇条に賛否を投ずるということにより、単純に決めて強制できると思い込んでいる。奴等は、もう四分の一世紀も前に、ルーカス・ビーチャムの自由はわれわれの憲法のちゃんとした条文になっており、ルーカス・ビーチャムの主人公はそれをのみこむために、打ちのめされ跪かされただけでなく、十年というもの泥の中に押しつけられたということを忘れてしまったのだ、しかもわずか三世代で、さらにまたルーカス・ビーチャムを自由にするための法律を通す必要に迫られているというわけなのだ。

「そしてルーカス・ビーチャム、つまりサンボーもまた、われわれと同質の人間なのだ、ただ、その一部のものが、白人たちの最善のものではなく、二流のものに逃げこもうとしているのだ——あの安っぽい、見かけ倒しの、不純な音楽、安くてきらきらする、ほんとうの根のない見掛け倒しの金とか、深淵の上に建てられたトランプのカードで作った家のような、なんの基礎ももたぬ人気というきらびやかな殿堂、それから、かつてはわれわれの小さな国民的産業だった、そして今では国民的素人娯楽となっている、政治的活動という騒々しい泥沼の中——わざわざ騒ぎをかきたて、こういった下らないことへのわが国民の熱狂のお蔭で金持になっている連中が作りだした、にせものの騒ぎの中にはいりこもうとしているのだ。そいつらは、最上のものでも、自分たちの口の中にはいる前に品が落とされ、けがされていなければ受けつけられぬ連中。世界中で、公然と二流である、つまり低俗であることを威張って回る唯一の連中なのだ。

(『墓場への侵入者』第7章)

　人道主義的な人間愛、家族愛に基づくゆるやかな改革を待つ——これがギャヴィンの、そしてフォークナーの人種問題に関する主張のここでのポイントであろう。『墓場への侵入者』は殺人事件の解決を目指す推理小説の体裁を取りながら、社会改良の理想を込めた問題小説 (problem novel) でもあるのである。
　事件から一週間後の土曜日、ルーカスが人々や車で賑わう広場に面したギャヴィンの法律事務所にやって来る。弁護代を支払いに来たのである。ルーカス・ビーチャムは、ギャヴィンの請求したペン先代金のみの二ドルを一セント玉を積み上げて律儀に差し出す。ルーカスは、あの生死のかかった大騒動の直後であるにもかかわらず、以前同様にあくまで自分流を頑固に冷静に貫き通すのである。
　ともかく、フォークナーのこうした突き離したような、しかも愛情のこもったルーカスの描写の中に、フォークナー流の南部主義的ではあるものの人間主義的な人種観が如実に見て取れるのである。

第15章　フォークナーと南部の歴史及び自然

1. フォークナーと南北戦争

　「南部作家」ウィリアム・フォークナーは、自身が関与したのは第一次世界大戦（合衆国は1917年参戦）だったが、そして彼のいくつもの作品が同大戦を扱っていることは確かであるが、彼の意識の底に南部の歴史にかかわる南北戦争のことが根強く横たわっていたことは明白である。

　第一次大戦に、訓練のみで終ってしまったものの、参加したフォークナーの頭の中では、同大戦と南北戦争が重層して存在することもあったのではなかろうか。

　フォークナーの曽祖父ウィリアム・クラーク・フォークナー大佐は、南北戦争でミシシッピー州の郷里の連隊を率いて出征し、奮戦した。彼は同州北部のリップレー（Ripley）の町を拠点にして、弁護士、軍人、農園主、作家、事業家、政治家などとして活躍した傑物だったが、ひ孫のフォークナーに深い影響を与えたことでも知られている。子供の頃、学校の先生に将来何になりたいかと尋ねられたフォークナーは、ひいおじいさんのような偉大な作家になりたい、と答えたものである。

　フォークナーは、自身の先祖と家系に深くかかわるものとして、南北戦争と南部の歴史に愛着と思い入れを抱いていた。南北戦争とそれに濃く彩られた深南部（the Deep South）、とりわけミシシッピーの歴史は、フォークナー文学の基盤の重要な部分をなしており、多くの長短の作品にさまざまな色合いを見せながら反映している。

　南北戦争はフォークナー世界の大切な一要素であり、一原点である。そしてフォークナーは、一族の人々や町の人々、特に彼の初期の文学上の指導者だった弁護士のフィル・ストーンたちから曽祖父のことも含めた南部人たちの戦争中の苦悩と奮闘の歴史を聞かされ、また自身も書物などで学んでいた。更にはフォークナー自ら愛車を駆って、古戦場を経巡ったと言われる。

コートハウス（ティッパ郡庁舎）
（ミシシッピー州リップレー。）

　南北戦争は、北部側から見れば、また客観的な視点に立って考えてみても、明らかに南部の側に重い負い目のある戦争だったのであり、この戦争により、南部の農業経済の基盤をなしていた悪名高い奴隷制度は、南部の敗北とともに消滅せしめられた。戦争の帰趨は世界史の流れに沿うものであり、その意味では、エイブラハム・リンカーン大統領（President Abraham Lincoln, 1809-65）や北軍の掲げた大義は達せられたのである。
　ただ、フォークナー家を含む南部白人層の思いはずっと複雑であり、敗戦により南部の伝統的社会が根底から揺らぎ、覆ることになってしまったことに対する南部人たちの戸惑いや苦悩、憤りには大変深いものが、容易には癒し難いものがあったのである。そうした惑いや苦悩、憤りを少なからず反映したものがフォークナー文学の世界でもあるわけである。
　奴隷制度は崩壊したものの、黒人差別の問題は、例えばK・K・Kの活動を見ても分かる通り、後々まで残った。それは今日もまだ南部のみならずアメリカ合衆国全体において未解決の課題と言うべきである。フォークナー自身、1949年にノーベル文学賞を受けて世間の注目を浴びるようになった後、公の席で発言する機会が増えたが、南部の白人保守層の旧態依然たる人

フォークナー大佐像と一族の墓所
（リップレー・セメタリー。リップレー。）

種差別主義思想に関しては、彼の発言も歯切れがよくなかった。おおむね中立的立場を取ろうとしたフォークナーは、北部の白黒融合の理想に急ぎ邁進し過ぎる人々、つまり平等を強制する人々にも、また南部の極端な人種差別主義運動に走る人々にもともに反対し、もっと時間をかけて解決してゆこう、と呼びかけている（「北部の編集者への書簡」(1956)［ジェームズ・メリウェザー編『エッセイ、演説、公開書簡』］）などを参考にされたい）。

ヴァージニア大学英文科教授だったレイモンド・ネルソン氏 (Prof. Raymond Nelson) がかつて筆者に指摘したように、20世紀の第二次世界大戦以後に至るまで南部白人たちの多くが北部に対する南北戦争敗北と戦後再建時代の仕打ちへの恨みを根深く持ち続けていた。フォークナーは「全てがもう過去の出来事です」と言いながらも、たとえば次のように述べている。

　　百年前、私の国アメリカ合衆国は、一つの経済、一つの文化ではなく、二つのそれだった。お互い対立していたので、95年前、どちらが勝つかを試そうと戦争を始めた。私の側、つまり南部は敗北した。戦闘

は大海原の中立地帯で戦われたのではなく、私たち自身の故郷、私たちの庭や農場で戦われたのである。それはあたかも沖縄やガダルカナルが遠い太平洋の島々ではなく、本州や北海道のすぐ近くにあったかの如くだったのである。私たちの土地、私たちの家は、私たちが打ち負かされたあとも留まった征服者たちによって侵略された。私たちが敗れた戦いによって荒廃せしめられただけでなく、征服者たちは、私たちの敗北と降伏のあとも 10 年間にわたって、戦争が何とかあとに残してくれたわずかなものをもすべて奪い取ってしまった。この戦争の勝者たちは、人々や民族のいかなる地域社会においても、私たちの復権を計ったり、私たちの再興を計るという努力を全くしなかったのである。

(「日本の若者たちへ」[『エッセイ、演説、公開書簡』])

これはフォークナーが 1955 年（昭和 30 年）に夏期文学セミナーに出席するため日本を訪れた際述べた言葉である。ここにはフォークナーの南北戦争観の一端が披瀝されており、これは同時に多くの南部白人たちが共有する見解でもあると言えよう。フォークナーのミシシッピー州も、ヴァージニア（Virginia）州やサウス・カロライナ（South Carolina）州、ジョージア（Georgia）州などのように、北軍により深々と侵略、蹂躙された。彼の故郷で、彼の多くの小説の舞台となったオックスフォードの町も同様である。世界史や人権発展史の流れからずれた、逆行的な出来事だったことは当然認識しながらも、フォークナーは旧南部貴族の末裔の一人として、さまざまな葛藤を抱えながらも、南部人、ミシシッピー人としての誇りを持ちながら南部側の南北戦争を描いたのである。

南北戦争に言及し、またそれを取り上げた作品には『サートリス』、『八月の光』、『アブサロム、アブサロム！』、『征服されざる者』（The Unvanquished, 1938）、『墓場への侵入者』、戯曲『尼僧への鎮魂歌』（Requiem for a Nun, 1951）その他がある。特に『征服されざる者』の中には 7 短編が収録されているが、それらはフォークナー家をモデルにしていると考えられているサートリス家と南北戦争及び同戦争後の物語をつづっている。たとえば、「退却」（"Retreat", 1934）ではジョン・サートリス大佐が連隊を募集したことや第 2 回マナサスの戦いの後に選挙で階級を落とされたこと、いったん故郷の農園に戻ったサートリス大佐が彼を捕まえにやって来た北軍兵たちをうまく騙して逃走する話などが描かれている。7 編のうちの最後の「美女桜の香り」（"An

Odor of Verbena")は戦争後のサートリス大佐を描いた作品のうちの一傑作である。

作家フォークナーが連作小説たるいわゆる「ヨクナパトーファ・サーガ」の第一作として出した『サートリス』に早くもマナサスの戦いを含むヴァージニアの戦場のことが言及されており、ジョン・サートリスや弟のベイヤード・サートリス（Bayard Sartoris, 戦死してしまう）が従ったジェブ・スチュアート（Jeb Stuart）将軍と北軍との戦いがジョンの妹ジェニー（Jenny, Virginia Sartoris Du Pre）の語りを通して描かれている。また、ジェファスンの町（オックスフォードをモデルとする架空の町）の歴史をも描いた『尼僧への鎮魂歌』では、ジョン・サートリスが連隊長としてマナサスの戦いで奮闘したこと、北軍がジェファスンの中心部を焼いたことなどが物語られている。また、北部からどさくさに紛れて一旗上げようとやって来たカーペットバガー（carpetbagger）や戦後の南部についての言及も見られる。

『八月の光』では、孤高の牧師ゲイル・ハイタワー（Gail Hightower）が戦場を駆ける騎馬上の祖父の姿を瞑想しているし、『アブサロム、アブサロム！』では、トマス・サトペン大佐が息子ともども出征している。彼ら、即ちハイタワーの祖父やサトペン大佐は、ジョン・サートリス大佐の場合同様に、W・C・フォークナー大佐をそのイメージの基盤としている。

フォークナーは、『墓場への侵入者』において、法律家のギャヴィン・スティーヴンズ（既述のように、フィル・ストーンがモデルとみなされている）に南部人の北部への抵抗の理由、南部人の守るべきものなどについて語らせている（第14章2を参照されたし）。これはフォークナー自身の南北観である。

> われわれ（南部白人と黒人）が北部に抵抗しなければならない理由はこれなんだ。……
>
> 　　　　　　　　　　　　　　　　（『墓場への侵入者』）（　）内筆者註

ギャヴィンは更にこうも言っている。

> われわれ——サンボーとわれわれ——が連合すべきなんだ。われわれは彼の権利であってまだ彼の持っていない経済的、政治的、文化的特権と引き換えに、彼の、待ち、耐え、生き続ける能力の所有権を譲り受けるんだ。そこでこそわれわれは栄える。ともに合衆国を支配するのだ。

単に難攻不落なだけでなく、金銭に対する気違いじみた貪欲と、口先だけの大声で騒々しい国旗へのお世辞のかげにお互いに隠し合っている、一つの国家として存在してゆくことが出来ないのではないかという、あの根本的な恐怖心を除くと、もはや何も共通なものを持たないような、ああいった種類の大衆によってさえも脅かされることのない戦線を作りあげることになるだろう。

(『墓場への侵入者』)

　こうした北部観は、南部の穏健な白人層によって共有され得るものであろう。第14章で論じた通り、『墓場への侵入者』は、独身の法律家のギャヴィン・スティーヴンズが、甥のチャールズ・マリソンとともに、殺人の嫌疑をかけられた黒人のルーカス・ビーチャムの冤罪を晴らす物語であり、フォークナーの黒人種に対する彼なりの愛情の一端が感じられもする作品である。

　南部社会と南北戦争がW・C・フォークナー大佐を作り上げ、大佐の伝承と南部の土地、風土、そして第一次世界大戦がノーベル賞作家W・フォークナーを作り上げた。第一次大戦では、フォークナーはカナダのトロント (Toronto) の英国空軍 (Royal Air Force) に入り、訓練を受けたが、ヨーロッパ戦線に赴く機会は失した。しかし、「失われた世代」の一員として『兵士の報酬』や『サートリス』などを書いて、アーネスト・ヘミングウェーやスコット・フィッツジェラルド、ジョン・ドス・パソス (John Dos Passos, 1896-1970) などと並び称せられている。そして、その後の活躍により終にノーベル文学賞を手にした。

　そのフォークナーはもちろん第一次大戦当時の社会や文学から直接的に大きな影響を受けて、文人としてスタートしたが、彼が人間として、作家としてより深層の部分で激しく熱く突き動かされていたのは深南部の歴史の中で赤く炎と燃えた南北戦争によってであったと言えるのではなかろうか。先祖がかかわり、一族のその後にも影響した南北戦争を重要な一原点として躍動を続けたフォークナーの創作人生は、ニューイングランドのピューリタンの植民地史とそれに汚された自らの家系とを重く背負わされたナサニエル・ホーソンの人生にも似て、意味深く、重苦しく、またしばしば悲劇的でもある。が、17世紀ニューイングランドの深い森の中から聞こえてくるピューリタンたちの叫びにじっと耳を傾けたホーソン同様に、フォークナーも戦火

に燃えて発するミシシッピーの大地の呻き声に引き戻されつつ、また苦悩しつつ、南部の過去の陰影に富んで複雑な軌跡に思いを馳せ、それを通して南部人、アメリカ人の、いや人間の魂の奥底を見据え、人間社会の普遍的な真理や価値を改めて考察し、探求し直そうとしたのである。

2．フォークナーと自然

　深南部ミシシッピーのフォークナーは「失われた世代」の一員から出発して、南部世界に回帰していった。即ち、故郷ミシシッピー州北部のオックスフォードを郡都とするラファイエット郡を中心舞台とする深南部の物語圏、いわゆる「ヨクナパトーファ・サーガ」を構築していったのである。
　フォークナーは、同サーガにおいて、バルザック流の同一人物再登場方式を用い、また当初はジョイス流の「意識の流れ」の手法も活用しながら、南部貴族（大地主階級）の没落してゆく姿を南部史を背景にさまざまな角度から描いていった。自身の家系を基にしたサートリス家を始めとして、コンプソン家、サトペン家、マッキャスリン家、……などである。更に、南部貧農（Poor White）――バンドレン家（Bundren）、スノープス一族など――や黒人家族なども多く描いた。このように家というものをベースに物語を構築していったところは、いかにもフォークナーらしく、また極めて南部的、因習的、伝統的でもある。
　が、フォークナー世界には、自然（Nature）を、と言うより人間と自然の深いかかわりを描いた作品群もある。「ミシシッピー」（"Mississippi"）というエッセイや『モーゼよ、行け、他』――名作「熊」を含む――などである。フォークナーの自然観には、フランスのフランソワ・ピタヴィ（François Pitavy）教授も指摘されるような"dead end"的なところも確かにある。例えば、ヘンリー・ソロー（Henry Thoreau, 1817-62）のような積極的前進性や自然科学性などはあまり見られない。むしろ、詠嘆調に近いところさえある。打開や解決を目指してはいないのである。「熊」において人々は、犬とともに、大熊を倒そうと死闘する。しかしながら、いったんそれを倒してしまうと、つまり大森林の精霊、守護神のような存在だった大熊を殺してしまうと、人々にとり失われたものはあまりに大き過ぎるのである。最早人々にとってあの太古の森は存在しなくなるのである。いわば、「ウィルダネス」の本質的な喪失である。コロンブス的、ポカホンタス的な「新大陸」は失わ

れ、後にあるのは、鋤や大鎌、歯車などの挑みかかる物質的な森林に過ぎないのである。しかし、いかに太古の大森林がヤズー川（Yazoo River）とミシシッピー川（Mississippi River）の交差地点に追い込められようとも、フォークナーは意義深い教訓を見出す。それは宿命的な諦観というよりも、悟りをもととして耐え、忍ぶ力を認識することである。「熊」や「デルタの秋」に登場するアイザック（アイク）・マッキャスリンは、人間のそうした奥深い力を狩猟の師サム・ファーザーズを通して、また、大森林を通して学び知っている。

フォークナーにあっては、人事の綾や不可思議も自然との融合の中で読み解かれることがある。「デルタの秋」では人種問題が諭すように語られ、『八月の光』では大地の母のようなリーナ・グローヴ（Lena Grove）のゆったりとした姿が描かれる。

「デルタの秋」のアイザック・マッキャスリン老人は後年のフォークナーの一面を表すし、リーナはフォークナーにとっての理想の女性像だったのではなかろうか。

南部のフォークナーが北方のヘンリー・ソローと共通するところは、自然を通じて人間を考え、自然を通じて人間を知ることができたという点であろう。たとえ両者の目指すところは同一ではなくても。

フォークナーの故郷オックスフォードとその郊外一帯は、緩やかに波打つ丘陵地帯である。『八月の光』のアラバマ（Alabama）からやって来たリーナは、身重の身体でその起伏を越えてオックスフォードに辿り着く。この丘陵地帯は綿花畑や牧草地その他からなっている。北部ミシシッピーではこうした地形や景観が普通でもある。

北をタラハッチ川（Tallahatche River）が流れ、南には、ヨコナ川が東西に伸びている。クリーク的な小川もあちこちに蛇行している。タラハッチ川方面には湿地帯も見られ、川をせき止めた広大な人造湖サーディス湖（Sardis Reservoir）も広がっている。

この地方では、赤土の大地に松の緑の取り合わせが印象的である。シャワーのような強い雨や激しい雷雨に見舞われることも夏場にはある。その夏期は日差しも刺すようであり、むしろ汗ばむ高温多湿の季節である。

地肌がむき出しの、或いは雑草のはびこるに任せた一見見捨てられたような土地もあれば、木々のまばらな、或いは密な小森林も点在している。

サーディス湖
（タラハッチ川をせき止めた人造湖。オックスフォード。）

　そうしたなだらかな丘陵地帯を一般道路や高速道路が縫うように走り、小規模な村々や町々を結んでいる。土地面積の広さ——新大陸全体の特徴でもある——に比して人口が希薄であるために、村々や町々も総じて田舎びて閑静である。道を尋ねようにも、人影を見つけにくいことさえある。が、牧場などで、牛や馬などがたむろしている様子などを見ると、心の安らぎを覚えることも多い。

　オックスフォードの北西には、サーディス湖あたりに荒涼としたウィルダネス様の、木立群をはらむ草原が広がる。このあたりが『アブサロム、アブサロム！』のトマス・サトペン大佐が開いた「サトペン荘園」の位置するところとされている。大佐の使用人で、彼を大鎌で殺害することになるウォッシュ・ジョーンズが主人からあてがわれていた魚釣り小屋もこの近辺に想定されるわけである。町からサーディス湖に至るカレッジ・ヒル通りには、サトペンとエレン・コールドフィールドが結婚式を挙げたカレッジ・ヒル・チャーチ——フォークナーとエステル・オールダム（Estelle Oldham）の挙式の場所でもある——もある。

　北東方面には、今はミシシッピー大学が管理するフォークナー農場

ヨコナ川
（オックスフォード。）

（Faulkner Farm）が残っているが、自然そのものに委ねたような状態で保持されている。『モーゼよ、行け、他』中のマッキャスリン一族の農場もかくやと思わせるようなフォークナーお気に入りの農場だった。この北東方向を更に北へ上がれば、フォークナー家の先祖の地ティッパ郡（Tippa County）はリップレー（Ripley）の町に至る。作家の曽祖父ウィリアム・クラーク・フォークナーが立身を遂げた場所である。更にその北テネシー（Tennessee）寄りにはフォークナーという集落もある。地方の名士だったW・C・フォークナーの名に因んでいる。

　南東方面では、ヨコナ川（ヨクナパトーファ川）沿いの一角が、フォークナー作品中の「フレンチマンズ・ベンド」（Frenchman's Bend）の地と想定されている。オックスフォードから南東に伸びるSE334号線沿いに位置している。赤土と松林に彩られた穏やかに田舎びた丘陵地帯の端の川べり一帯の地である。『村』（The Hamlet, 1940）の成り上がり地主ヴァーナーの店（Varner's Store）も、フォークナー自身が描いた概念図によれば、今日は松林の中に当たる一分岐点にあった筈である。その店から南下する道がヨコナ川を越す地点が『死の床に横たわりて』（As I Lay Dying, 1930）において、洪水の中、バ

ンドレン家の者たちが母アディー（Addie）の遺体の入った棺桶——息子の一人、大工のキャッシュ（Cash）の作ったもの——を北岸へ渡そうと苦労する場所である。彼らは母を彼女の一族の眠るジェファスンの墓地に埋葬しようとするのである。今日の川沿いの地ディレイ（Delay）や川の南方のテュラ（Tula）などを含むこの地方は、当時のフォークナーの抱くイメージの中では、新興の成り上がり階級や貧農たちの跋扈するところといったジェファスンの鬼門に当たるような土地だったと言ったら、言い過ぎであろうか。

　南西の方面には、オックスフォードのフォークナー屋敷ローアン・オーク（Rowan Oak）の門前を通過するオールド・テイラー・ロード（Old Taylor Road）が伸びている。やはりこの方面も、他と似て、荒涼とした感じの農村風景を見せている。目ぼしいものは、何もない。寂しくかつのどかである。フォークナーはこの道が気に入っていて、馬でよく遠乗りした。その先には、かつて鉄道の一駅があったテイラーの集落がある。廃線となって久しいその駅前が、『サンクチャリー』（Sanctuary, 1931）の、駅で人々の乗り降りする一場面として用いられている。テイラーは今はほんの小集落である。更に南方には、ウォーター・ヴァレー（Water Valley）の町がある。いささかの賑わいを見せる田舎町である。

　オールド・テイラー・ロードの途中の一隅には、ボンド（Bond）姓やジョーンズ（Jones）姓などの刻まれた半ば風化した石墓が群れる荒廃した小墓地がある。『アブサロム、アブサロム！』中のジム・ボンド（Jim Bond）やウォッシュ・ジョーンズの名前を連想させられる。

　一枚の「切手」のような小さな一片の土地にも書くことが山ほどあることを知ったフォークナーであるが、四周を上記のような地理風土、自然環境に包まれた「ヨクナパトーファ郡」なる舞台が、彼の大小の悲喜劇を支えている、というより、それらと融合しているのである。

　かつて、フォークナーの師（mentor）たるイェール大学出の法律家フィル・ストーンは、彼自身が出版を助けたこの作家の処女作詩集『大理石の牧神』（The Marble Faun, 1924）に寄せた「序文」（Preface）の中で、次のように述べた。

　　これらは主として青春と素朴な心が生み出した詩である。それらは陽光や木々、空、青い丘などにじかに反応する精神の生んだ詩である。
　　それらはそこでそれらが書かれた土地、それらの作者に誕生と滋養を与えた土地と同じように、陽光と色彩の中に浸っている。作者は、立ち

木と同じく確実にかつ不可避的に、ここの土壌に根差している。……これらの詩の作者は、その生まれ故郷の土壌に浸った人物である。彼はまったく本能的に南部人であり、それ以上にミシシッピー人である。ジョージ・ムーアはあらゆる普遍的な芸術はまず地方的であることによって偉大となる、と言った。そして、北部ミシシッピーの陽光や物まね鳥、青い丘はこの若者の存在そのものの一部なのである。

(『大理石の牧神』序文)

フォークナーほど故郷の「土壌」に強く密着した作家は珍しい。彼は後年1955年（昭和30年）日本の長野市を訪れた時、郊外の農村部も見ている。そしてミシシッピーと比べている。「農夫」と呼ばれることを望んだ彼は、確かに故郷の大地が産み落とした子である。

フォークナーは、狩猟（hunting）にも関心が深かった。晩年まで地元のグループと共にミシシッピー・デルタ（Mississippi Delta）の大森林方面へ出かけることがあった。

大森林は、19世紀以来、綿花栽培などの目的で切り開かれ、開墾されて、どんどん失われていった。オックスフォードの狩猟団にとっても、年月と共に西方や西南方、ミシシッピー川方向へと退いてゆく大森林は、次第に遠退いてしまうわけである。昔は数十マイル進めば辿り着けた森林が、20世紀に入るとやがて数百マイルも車で走らねば行き着けないようにとなってしまったのである。

ミシシッピー・デルタの大森林は、南方のヤズー川（Yazoo River）とミシシッピー川の合流地点ヴィックスバーグ（Vicksburg）北方の、両川に挟まれた狭苦しい範囲内に追い込まれてしまっている。今日のナショナル・デルタ・フォレスト（National Delta Forest）がそれである。

他にも、その更に北方のホリー・スプリングズ・ナショナル・フォレスト（Holly Springs National Forest）などがあるが、大規模なのはナショナル・デルタ・フォレストである。ヤズー市の西方から西南方にかけて南北に伸びている。国や州によって管理されているのである。

フォークナーは、デルタの大森林の狩猟行を中篇「熊」や短編「デルタの秋」などで描いている。そして、失われた森林が罪深い人間に対して復讐に出てくる、と嘆いている。奴隷制度や森林破壊の罪業のことを言っているの

である。

　フォークナーの文学は、アメリカ文学特有のウィルダネスやフロンティアの、つまりは自然（ネイチャー）のテーマと深く結びついている。1830年代にオクラホマへ移されたインディアンのチカソー族に代って、白人たちが北部ミシシッピーに入植してきた。オックスフォードはインディアンとの交易所のあった場所に作られていった辺境の町である。当時は本当にまだフロンティアの地、開拓地だったわけである。リップレーやフォークナーの生まれたニュー・オールバニー（New Albany）など周辺の町々も似たような経過を辿っている。森林地帯を含め太古以来の原野、そうしたフロンティアの地たる「場」の産物である。彼のヨクナパトーファ・サーガは、とりわけそうした性質の文学なのである。

　オックスフォードがミシシッピー大学を擁する大学町であるとは言え、その歴史は合衆国の多くの町々と同様に短く、原始の、辺境の名残は既に述べた四周の郊外の自然の中にも当然、潜在的にも留められている。それは新大陸の文学たる所以でもあるが、特に農本主義的国家「南部連邦」（The Confederate States of America）の"末裔"かつ"農夫"たるフォークナーが、彼の文学の根底にミシシッピー北部丘陵地帯の、或いはミシシッピー・デルタの自然を据えたのは当然の理(ことわり)だった、と考えてよい。彼の文学世界における人事は、ミシシッピーの土地風土と深く結びついていたのである。

　〔付記〕W. フォークナーとアメリカ南部研究においては、筆者の長年の友人でテネシー州のフリーランス・ライター（freelance writer）で Nashville House of Books のオーナーだった故ウィリアム・ブーザー（William Boozer）氏とナッシュヴィル在住のキャロル（Carol）夫人に多くを負っている。改めて厚く感謝申し上げる。なお、ブーザー氏はスティーヴン・C・フォスターの遠縁に当たる。同氏は長年にわたり *Faulkner Newsletter* の編集長でもあった。

　更に、イェール大学英文科（Department of English, Yale University）のヴェラ・クチンスキー（Vera Kutzinski）教授、ワイ・チー・ディモック（Wai Chee Dimock）教授、ウェス・デイヴィス（Wes Davis）教授にも厚く御礼申し上げる。

　同英文科のフレッド・C・ロビンソン（Fred C. Robinson）名誉教授とヘレン（Helen）夫人にも深甚なる謝意を表したい。

　イェール大学の故クリアンス・ブルックス（Cleanth Brooks）教授御夫妻、元ハーヴァード大学教授の故ジョエル・ポーティ（Joel Porte）氏、そしてノースカロライナ州シャーロット（Charlotte, North Carolina）の故エミリー・ホワイトハースト・ストーン（Emily Whitehurst Stone）夫人——フィル・ストーン（Phil

Stone）氏夫人——などの思い出も今なお鮮明である。同夫人の御息女で宗教学者のアラミンタ・ストーン・ジョンストン（Araminta Stone Johnston）夫人とその夫君でジャーナリストのスティーヴ・ジョンストン（Steve Johnston）氏にも感謝申し上げたい。文芸評論家斎藤襄治先生の御厚意にも深く謝するものである。原稿のコンピューター入力や校正に携わってくれた娘の依藤則子（キャタピラー三菱）の助力も有難かった。

　なお、各章中の原書からの引用文（翻訳）で訳者名を記していないものは筆者の拙訳である。また、フォークナーの肖像写真を除き他の写真はすべて筆者撮影のもの（2001年）である。

参考文献

Allen, Frederick Lewis. *Only Yesterday, an Informal History of the 1920's*. New York: Perennial, Harper-Collins Publishers, 2000.

Beck, Warren. *Man in Motion, Faulkner's Trilogy*. Madison: The University of Wisconsin Press, 1963.

Blotner, Joseph. *Faulkner A Biography*, Volume 1, Volume 2. London: Chutto & Windus, 1974.

Brooks, Cleanth. *William Faulkner, First Encounters*. New Haven: Yale University Press, 1983.

———. *William Faulkner, The Yoknapatawpha County*. Baton Rouge: Louisiana State University Press, 1990.

———. *William Faulkner, Toward Yoknapatawpha and Beyond*. New Haven: Yale University Press, 1979.

Cowley, Malcolm. *Exile's Return, A Literary Odyssey of the 1920s*. New York: Penguin Books Ltd, 1978.

———. Ed., *The Portable Faulkner*. New York: The Viking Press, 1946.

Falkner, William Clark. *The White Rose of Memphis*. Chicago & New York: M.A.Donohue & Company, 1909.

Faulkner, William. *Absalom, Absalom!*. New York: The Modern Library, Random House, 1951.

———. *As I Lay Dying*. New York: Vintage Books, Random House, 1985.

———. *Big Woods, The Hunting Stories*. New York: Vintage Books, Random House, 1983.

———. *Go Down, Moses*. New York: The Modern Library, Random House, 1995.

———. *Intruder in the Dust*. New York: Vintage Books, Random House, 1972.

———. *Sanctuary*. New York: The Modern Library, Random House, 1932.

———. *Sartoris*. London: Chutto & Windus, 1964.

———. *Soldier's Pay*. London: Chutto & Windus, 1957.

———. *The Sound & the Fury*. New York: The Modern Library, Random House, 1956.

Ford, Margaret Patricia & Kincaid, Suzanne. *Who's Who in Faulkner*.

Baton Rouge: Louisiana State University Press, 1963.

Hoffman, Frederick J. & Vickery, Olga W.. *William Faulkner, Three Decades of Criticism*. New York & Burlingame: Harcourt, Brace & World, Inc., 1963.

Kazin, Alfred. *On Native Grounds*. New York: Harcourt Brace Jovanovich, Inc., 1970.

O'Connor, William Van. *The Tangled Fire of William Faulkner*. New York: Gordian Press, Inc., 1968.

Porte, Joel. *The Romance in America*. Middletown, Connecticut: Wesleyan University Press, 1972.

Snell, Susan. *Phil Stone of Oxford, A Vicarious Life*. Athens: The University of Georgia Press, 1991.

井出義光 『南部―もう一つのアメリカ』 東京大学出版会、1978年。
ウィルスン、エドマンド 『アクセルの城』 大貫三郎訳、せりか書房、1968年。
大橋健三郎編 『ウィリアム・フォークナー』 早川書房、1973年。
大橋健三郎・原川恭一編 『ウィリアム・フォークナー [資料・研究・批評]』 1巻1号。南雲堂、1978年。
カウリー、マルカム 『亡命者帰る』 大橋健三郎・白川芳郎訳、南雲堂、1960年。
カーン、ジャック・フェルナン 『アメリカ文学史』 島田謹二訳、白水社、1966年。
斎藤襄治 『日米文化のはざまに生きて―斎藤襄治論稿集』 海文堂出版、2004年。
高田邦男 『ウィリアム・フォークナーの世界』 評論社、1978年。
高橋正雄 『「失われた世代」の作家たち』 (二十世紀アメリカ小説II) 冨山房、1974年。
谷口陸男 『失われた世代の作家たち』 南雲堂、1966年。
西川正身編 『フォークナー』 研究社、1966年。
日本ソロー学会編 『新たな夜明け―『ウォールデン』出版150年記念論集』 金星堂、2004年。
バーダマン、ジェームス・M. 『アメリカ南部―大国の内なる異郷』 森本豊富訳、講談社、1995年。

フォークナー、ウィリアム 『フォークナー全集』 第1巻~第27巻、冨山房、1967年。
――『「熊」他三篇』 加島祥造訳、岩波書店、2000年。
――『サンクチュアリ』 加島祥造訳、新潮社、1984年。
――『八月の光』 加島祥造訳、新潮社、1995年。
――『響きと怒り』 高橋正雄訳、講談社、2006年。
――『フォークナー短編集』 龍口直太郎訳、新潮社、1962年。
フォークナー、ジョン 『響きと怒りの作家〈フォークナー伝〉』 佐藤亮一訳、荒地出版社、1964年。
フォークナー、マリー・C. 『ミシシッピのフォークナー一家―マリー・C・フォークナーの回想録』 岡本文生訳、冨山房、1975年。
ホフマン、フレデリック・J. 『フォークナー論』 伊藤正男訳、審美社、1987年。
依藤道夫 『黄金の遺産―アメリカ1920年代の「失われた世代」の文学』 成美堂、2001年。
――『フォークナーの世界―そのルーツ』 成美堂、1996年。
――『フォークナーの文学―その成り立ち』 成美堂、1997年。

あとがき——アメリカ文学の情熱と活力

　アメリカ合衆国を彩る第一の特色は、多様性である。それは人種や地域、歴史や習慣などいろいろな面において指摘できる。アメリカの長所も短所もおそらくこうした特色と深く関わりあっている。たとえば、アメリカ人やアメリカ文化の有する新大陸的活力や文化的な多彩さは長所の面から見ることが出来るであろうし、複雑な人種間問題などは短所のほうに通じると言えよう。が、混沌や不安定な側面を伴いながらも、こうした多様性のゆえにアメリカらしさが打ち出され、アメリカがアメリカ足り得ているということは確かである。
　これは長期にわたり狭小な島国国家に単一民族として寄り添って暮らしてきた我々日本人には、相当に異質な、そしてうらやましいぐらいにダイナミックで変化に富み、風通しのよい社会や精神風土に見えるのである。
　アメリカ文学も例外ではない。そこには地域性や気候風土、民族（人種）性などが色濃く反映している。地方色（Local Color）や地方主義（Regionalism）といった言葉も、アメリカ文学を特色づけるキーワードの主たるものである。
　アメリカ文学は、植民地時代以来の、また東部ニューイングランド地方以来の伝統を有しながら、日本の二十数倍もある広大な面積上に膨張してきている。移民の流入が今なお激しく、資本主義経済の牙城たるニューヨークを軸として産業的、物質的、科学技術的な分野からも国内のみならず、世界に向かって発信し続けてきているアメリカ、そうした未来志向のアメリカン・パワーに後押しされつつ、アメリカ文学も、世界言語たる英語を最大の武器としてハリウッドの映画産業やニューヨークの芸術、ファッションともども、世界に向かって乗り出してきている。
　本書では、アメリカ文学草創期の文人ワシントン・アーヴィングやロマン主義文学の代表者ナサニエル・ホーソンから20世紀のビート・ジェネレーションの旗手ジャック・ケルアックまで、優れた作家や劇作家たちをそれぞれ専門の担当者が熱意をこめて論じている。地域的にはボストンやニューヨークを含む東部からジョージアやミシシッピーに至る南部にまで及んで

いる。歴史の古いニューイングランドやアメリカ文明を象徴するニューヨーク、そしてかつては奴隷制度で成り立ち、その後も長らく経済的に立ち遅れていた南部に至る広範囲にわたっている。

　ロマン主義とリアリズムの違い、古典的文人たちと現代作家たちの、北部と南部の違い、小説と戯曲の、伝統的と前衛的のそれ、イギリス系と少数民族系の、都会と農村のそれなどさまざまな違いもあるが、そうした違い、諸相を乗り越えて言えることは、荒海の航海や辺境開拓、移民たちの労苦、大都の建設や物質文明の構築などを踏まえた数百年にわたる波乱のプロセスを通じて培われ、醸成されたアメリカ精神、その活力や生命力、洗練と泥臭さや悲劇と喜劇とを問わず滲み出てくる、ほとばしり出てくる新大陸的な情熱や強靱さが総じて看取できるということである。

　本書において、各論者が土地と文学をテーマとしてそれぞれの専門性を生かしながら自由に、縦横に論述を進めてきたわけであるが、読者諸氏がアメリカ文学の魅力を堪能されるのに本書がいささかなりとも寄与するところがあるとすれば、我々執筆者一同もって喜びとするものである。

　最後に、ご多忙中にもかかわらず寄稿して下さった立正大学の齊藤昇氏に深く感謝申し上げます。

2007年3月
依藤道夫

執筆者紹介

依藤　道夫（よりふじ・みちお）1941年鳥取県出身。東京教育大学文学部大学院修士課程修了。英米文学専攻。都留文科大学名誉教授。日本ペンクラブ会員。ハーヴァード大学客員研究員。イエール大学客員研究員。主著に、『フォークナーの世界—そのルーツ』（成美堂）、『フォークナーの文学—その成り立ち』（成美堂）、『Studies in Henry David Thoreau』共著（六甲出版）、『黄金の遺産—アメリカ1920年代の「失われた世代」の文学』（成美堂）など。

齊藤　昇（さいとう・のぼる）1955年山梨県出身。立正大学大学院文学研究科博士後期課程満期修了。アメリカ文学専攻。立正大学文学部教授。国際異文化学会会長。主著に、『ワシントン・アーヴィングとその時代』（本の友社）、『「最後の一葉」はこうして生まれた—O・ヘンリーの知られざる生涯』（角川書店）、訳書に、ナサニエル・ホーソン著『わが旧牧師館への小径』（平凡社ライブラリー）、ワシントン・アーヴィング著『ウォルター・スコット邸訪問記』（岩波文庫）など。

谷　佐保子（たに・さおこ）千葉県出身。早稲田大学大学院教育学研究科博士後期課程単位取得退学。アメリカ演劇専攻。早稲田大学他非常勤講師。主要業績に、「テネシー・ウィリアムズの描いたゼルダ・フィッツジェラルド像—『夏ホテルへの装い』を中心に」（『アメリカ演劇14』法政大学出版局）、「アメリカ演劇におけるホモセクシャル劇の変遷—テネシー・ウィリアムズからトニー・クシュナーまで」（『アメリカ演劇16』）など。

竹島　達也（たけしま・たつや）1965年神奈川県出身。早稲田大学大学院教育学研究科博士後期課程修了。学術博士。アメリカ演劇、アメリカ文化専攻。都留文科大学准教授。著書に、『新たな夜明け—「ウォールデン」出版150年記念論集』共著（金星堂）、主要業績に、「社会批評家としてのエルマー・ライス」（『アメリカ演劇9』法政大学出版局）、「『最後のヤンキー』—スプリット・ヴィジョン、理想の夫婦関係、アメリカン・ドリームの死」（『アメリカ演劇17』）など。

花田　愛（はなだ・あい）北海道出身。東京都立大学大学院人文科学研究科博士課程単位取得退学。アメリカ小説専攻。明治大学他非常勤講師。主要業績に、「放浪の表象—ドス・パソスの『マンハッタン乗換駅』と『USA』を中心に」（日本アメリカ文学会東京支部会報『アメリカ文学』第66号）など。

アメリカ文学と「アメリカ」

2007年5月1日　初版発行

編著者　竹島達也
　　　　依藤道夫
発行者　加曽利達孝
発行所　鼎書房
〒132-0031　東京都江戸川区松島2-17-2
　　　　　　TEL・FAX 03-3654-1064
印刷：イイジマ・互恵
製本：(株)エイワ

ISBN4-907846-46-0 C1074